사랑의 철학

셸리의 시와 시론

사랑의 철학 셸리의 시와 시론

인쇄 · 2022년 12월 19일
발행 · 2022년 12월 26일

지은이 · 퍼시 비시 셸리
옮긴이 · 정정호
펴낸이 · 한봉숙
펴낸곳 · 푸른사상사

주간 · 맹문재 | 편집 · 지순이 | 교정 · 김수란, 노현정 | 마케팅 · 한정규
등록 · 1999년 7월 8일 제2-2876호
주소 · 경기도 파주시 회동길 337-16 푸른사상사
대표전화 · 031) 955-9111(2) | 팩시밀리 · 031) 955-9114
이메일 · prun21c@hanmail.net
홈페이지 · http://www.prun21c.com

ⓒ 정정호, 2022

ISBN 979-11-308-2002-6 03840
값 24,800원

세계문학전집 12

P. B. 셸리
서거 200주년

Love's Philosophy _ Percy Bysshe Shelley

퍼시 비시 셸리

사랑의 철학 셸리의 시와 시론

정정호 옮김

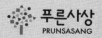
푸른사상
PRUNSASANG

셸리 서거 200주년을 맞아

2022년은 서양문학에서 대표적인 낭만주의 서정시인 P. B. 셸리 (Percy Bysshe Shelley, 1792~1822)가 서거한 지 200주년이 되는 해이다. 200년 만에 다시 셸리를 소환하는 것은 단순히 그의 놀라운 서정시가 그리워서만은 아니다. 20세기 전반기 신비평(New Criticism)이 지배하였던 영미에서 그의 시는 환영받지 못했다. 그의 사상과 시세계는 형식주의 비평의 프레임에 맞지 않았다. 그러나 비전적이고 개혁주의적인 그의 사상과 시세계는 20세기 후반기부터 영미 문단과 학계에서 크게 재평가되어 지금에 이르고 있다.

역자가 시인 셸리에게 깊게 관심을 가지게 된 것은 1970년대 초 대학 영시 시간에 피천득 교수로부터 셸리의 시 「서풍에 부치는 노래」와 「종달새에게」 등을 배우고 읽는 때부터 시작되었다. 당시 내가 읽은 또 다른 시는 19세기 초반 산업혁명과 더불어 영국 자본주의가 시작된 시기의 정치시 몇 편이었다. 그 당시 역자는 셸리의 빛나는 서정시도 좋았으나 동시에 정치시에도 눈길이 갔다. 어떤 의미에서 비전적 서정과 개혁주의적 정치가 묘하게 배합된 모습에 깊은 울림을 받았다. 피천득 선생님이 낭랑한 목소리로 낭독하시던 소리가 아직도 귀에 남아 있다.

또한 대학 시절 비슷한 시기에 영문학자이며 수필가였던 이양하 교수의 수필 「셸리의 소리」에서는 셸리 시의 음악성과 그 비전적인 모습이 나에게 강하게 엄습해왔다. 이 수필은 이양하가 1920년대 초 도쿄대학에서 영문학을 공부하던 시절을 그리고 있다. 어느 봄날 친구와 교외에 나가 산책한 뒤 잔디 위에 누워 있었다. 그런 후 그 친구가 셸리의 시 「탄식(A Lament)」을 열정적으로 낭송하고 있었는데 저녁 낭송이 끝난 순간 이양하와 친구는 특별한 경험을 하게 된다.

> …바로 그때였다. 이때까지 고요하던 하늘에서 난데없이 일진의 바람이 옥옥 오혹 하고 뒤 솔밭을 스치고 지나갔다.
> 나는 문득 몸을 일으켜 가장 높다란 소나무 가지를 쳐다보았다.
> 나의 친구도 손에 들었던 책을 놓고 같이 뒤 솔밭을 멍하니 바라보았다.
> 다음 순간 우리의 시선은 마주쳤다.
> 나는 "들었나?" 하고 그에게 물었다. 그는 다만 "우흥" 하고 대답도 아니요, 신음도 아니요, 영탄도 아닌 한마디를 발하였을 따름이었다.
> 두말할 것도 없이 우리는 소나무 가지를 스치고 지나는 이 바람소리에 우리가 읽던 시에 잠겨 있는 슬프고 날카로운 셸리 자신의 몸소 외치는 소리를 들었던 것이다.
> — 이양하, 「셸리의 소리」, 『이양하 수필전집』, 2009, 92쪽

필자는 이양하가 경험한 "셸리의 시혼에 입참(入參)하는 고귀한 순간"을 가지지는 못했지만 셸리의 어떤 시를 읽을 때마다 신비스런 비전의 순간을 간혹 느낀다. 셸리는 만 30세 되기 전에 조국 영국을 떠나 이탈리아에서 작품 활동을 하다 요절한 시인이다. 그의 시가 가진 혼의 울림은 지금까지도 나에게도 특별하였다.

21세기 초 현재의 세계는 "이미 언제나"처럼 바람직스러운 방향으로 나가지 못하고 있다. 셸리가 살던 19세기 초 유럽에서처럼 천민자본주의와 식민제국주의가 판을 치고 있고 각종 크고 작은 전쟁 그리고 지역, 민족, 국가 간의 분쟁이 끊이지 않고 있다. 지금도 진행되는 러시아의 우크라이나 침공 전쟁에 전 세계가 속수무책으로 있는 것은 참으로 놀라운 일이다.

무엇보다도 지구라는 자연 속에 살아야 하는 인간들이 생태 환경에 끼치는 해악은 그 한계점을 넘어서고 있다. 탄소 과다 배출로 인한 지구 온난화, 지진, 가뭄, 태풍, 홍수, 산불 등으로 몸살을 앓고 있는 소위 지질학적으로 인간이 지구에 가장 큰 영향을 끼치게 되는 인간세 시대가 되었다. 이러한 우울하고 황량한 시대에 200년 전 산업화와 자본주의가 급속히 발흥되던 19세기 초 유럽에서 젊은 시인 셸리는 인류를 강조하였다.

새천년이 시작되어 벌써 20년 이상 지난 오늘 우리는 다시 이상주의 사회개혁 사상가 셸리를 불러내야 한다. 또한 개인적으로도 셸리를 나의 "말년의 양식"으로 삼고 싶다. 나이 들면서 자연에 순응하며 사는 것이 지혜로운 삶의 방식이겠지만 나는 거부하고 싶다. 나는 계속 모든 문물 상황 속에서 그저 조화와 화평만을 이루기보다 소극적이나마 저항하면서 "위험하게" 살고 싶다. 여기에서 셸리는 현실과 역사와 미래를 위한 비전을 주는 예언가로서 나의 흔들리지 않는 안내자가 되리라.

2022년을 보내며
정정호 삼가 씀

■ 책머리에 셸리 서거 200주년을 맞아 ● 5

제1부 시

초기 시

제2부 시론

■ 각 시 작품과 시론 「시의 옹호」에 필요한 주를 작품 아래 각주로 달았다. 각 시 작품과 시론에 대한 해설은 책 말미에 모아서 실었으니 필요한 독자들은 참고하기 바란다.

시

소네트 : 지식을 가득 담은 풍선에게

불같이 빛나고 공과 같이 생긴 것이

저녁의 어둠을 통해 그대 하늘의 길을 조용히 가고

뛰어난 영광으로 빛을 어둡게 하고

하늘의 어둡고 푸르며 깊은 곳에서 반짝인다.

그대가 운반하는 불[1]과는 달리 머지 않아 그대는

주위를 감싼 어둠 속의 유성처럼 사라질 것이다.

꺼지지 않는 것[2]은 이글이글 타오르게 될 것이다 ─

애국자의 외로운 무덤 옆에서 횃불이 되고

억눌린 사람들과 가난한 사람들에게 용기의 빛이 되고

오두막집 화로에서 타오르기는 해도

압제자의 금물들인 둥근 천장을 통해 포효하게 될 불꽃이 되고

지구의 암흑 속에 횃불이 되고

허위가 아직도 존재하는 곳의 새로 만든 장면에서

진리처럼 돌진하는 태양이 된 후에는.

---

1 셸리는 보통 불을 영적 에너지의 상징으로 사용하였다. 그러나 여기서는 악의 잘 못을 극복, 광정(匡正)할 수 있는 지식을 가리킨다. 셸리는 악은 무지에서 비롯된 다는 소크라테스의 견해를 받아들이고 있다.

2 5행의 '불'을 가리킨다.

시련(詩聯)들 − 1814년 4월

떠나라! 황무지는 달빛 아래 어둡고,
재빠른 구름들이 저녁의 마지막 창백한 광선을 마셨다.
떠나라! 모아드는 바람은 곧 어둠을 불러낼 것이고
깊고 깊은 한밤의 수의(壽衣)는 하늘의 고요한 빛들을 불러내리라.

멈추지 마라! 시간은 지나갔다! 모든 목소리가 외친다, 떠나라고!
마지막 눈물 한방울로 그대 친구의 거친 기분을 시험하지 마라.
그대 사랑하는 이의 눈은 흐릿하고 차디차져 감히 그대 머물기를 간
청치 않으리.
의무와 직무태만만이 그대를 고독으로 다시 인도한다.

떠나라, 떠나라! 그대의 슬프고 조용한 가정으로.
쓰디쓴 눈물을 그 버려진 가정에 뿌리어라.
희미한 그림자들을 주의하라. 그들이 유령과도 같이 오고 가며
우울한 법석의 기묘한 그물을 얽어내는 것을.

황폐해진 가을 나무의 잎사귀들은 그대 머리 주위에서 떠다닐 것이고
이슬 내린 봄의 꽃봉오리들은 그대 발밑에서 번득이리라.
그러나 그대 영혼이나 이 세상은 죽음을 결속하는 서리 속에서 소멸

되리라.

　한밤의 찡그림과 아침의 미소보다 앞서서, 그대와 평화가 만나기도
전에.

　한밤의 구름 그림자들은 그들의 휴식을 취한다.
　지친 바람이 조용하거나 달이 바닷속에 잠기기에.
　휴식을 모르는 태양은 격동에 따라는 소강 상태를 알고 있다.
　움직이고, 수고하고, 슬퍼하는 모든 것은 자신의 약속된 수면을 가지
고 있음을.

　무덤 속에서 그대는 쉬리라 — 그 집, 히스나무, 정원을 이전에
　그대에게 소중하도록 만들었던 유령들이 도망치는 그날까지.
　그대의 기억, 회한, 그리고 깊은 사색은 자유롭지 못하리라.
　두 목소리의 음악과 하나의 달콤한 미소의 빛으로부터.

메리 울스턴크래프트 고드윈[3]에게

1

나의 눈은 고여 있는 눈물로 흐려 있었어요.
  그래요, 나는 확고했어요 ─ 당신은 그렇지 않았지만요.
좌절에 빠진 나의 모습은 당신의 모습을 마주치기가
  불안했고 두려웠어요 ─ 나는 당신의 모습이
나를 달래는 듯한 연민으로 얼마나 빛나고자
열망했는지 알 수 없었어요.

2

오로지 제 자신만을 먹고 사는,

<hr />

3 18세기 말 여성해방과 자유사상의 신봉자였던 메리 울스턴크래프트(1759~1797)
와 급진적 자유사상가이자 사회개혁가인 윌리엄 고드윈(1756~1836) 사이에서 난
딸로 셸리의 두 번째 아내이다. 셸리가 메리의 부모에게서 받은 사상적인 영향은
엄청난 것이었다. 셸리는 고드윈은 말할 것도 없고 『여성권리선언(*A Vindication of
the Right of Woman*)』(1792)과 『여성의 고통(*The Wrongs of Woman*)』(미완성)을 쓴 울
스턴크래프트도 존경하였으며, 여성의 교육과 해방에 대한 감수성과 비전에 커다
란 감화를 받았다. 메리 고드윈과 1813년에 처음 만난 셸리는 첫째 부인 해리엇과
1814년 7월에 결별한 후 메리와 본격적으로 교제를 시작하여 해리엇이 자살한 이
후에 즉각 결혼했다. 메리는 셸리가 죽은 후에 유명한 고딕 소설인 『프랑켄슈타인
(*Frankenstein*)』(1818)을 출간했고 셸리의 유고시를 정리해서 전집을 출간했다.

영혼의 말없는 분노를 억제하며 앉아서,
감히 신음 소리도 내지 못하는 족쇄 채워진 슬픔의
　　새장 속의 삶을 저주하며
많은 무관심한 눈을 피해
고뇌의 냉소 받는 무거운 짐을 숨기지요.

3

당신이 아무도 돌보는 이 없이
　　홀로 계셔
이렇게 세월을 보내실 때
　　그대여, 달콤한 사랑이여, 아무도 곁에 없을 때
나에게 대답해주실 때 — 오! 나는 깨어났다오,
고통으로부터. 그 순간만을 위하여.

4

나의 가슴에, 당신의 평화와 연민의
　　달콤한 말은 반쯤 시든 꽃에
떨어지는 이슬과도 같았다오 — 그대 입술
　　떨며 나의 입술 맞았고, 그대 검은 눈동자는
나의 머리에 부드러운 설득의 빛을 뿌렸다오.
마력과도 같이 그 고통의 꿈을 쫓아버리면서.

5

감미로운 그대여, 우리는 행복치 못하오! 우리 상황은
　기이하고 의심과 두려움으로 가득 차 있다오.
불행을 누그러뜨릴 말이 더 필요하다오 —
　당신과 나의 남겨진 위안을 위해
우리의 성스러운 우정의 근처에
침묵이나 비난이 근접하지 못하게 해요.

6

친절하고 상냥하고 부드러운 당신.
　만일 당신이 자신 이외의 모습으로 나타나신다면,
혹은 당신의 마음을 나에게서 돌리신다면,
　혹은 경멸의 가면을 감히 쓰고자 하신다면,
나는 살 수 없다오, 비록 그것이 당신이
내게 느끼는 사랑을 숨기기 위한 것일지라도 말입니다.

무상

우리는 야반(夜半)의 달을 감싸는 구름들이어라.
　구름들은 얼마나 불안하게 움직이며, 번득이며, 그리고 전율하는가.
어둠을 휘황하게 갈라놓으며! ― 그러나 머지 않아
　밤은 지나가고 구름들은 영원히 사라지리라.

우리는 또 잊혀진 수금[4]이어라. 그 불협화음의 현들은
　돌풍이 바뀔 때마다 다양한 반응을 보내며
그 가냘픈 몸체에 어떠한 두 번째 움직임도
　지난번과 같은 동일한 마음, 동일한 음조를 가져다주지 않으리.

우리는 휴식하네 ― 하나의 꿈은 잠에 독을 뿌리는 힘이 있네.
　우리는 일어나네 ― 하나의 방황하는 생각은 하루를 오염시키네
우리는 느끼고, 생각하거나 이치를 따지고, 웃거나 울고,
　분별없는 고통을 부둥켜안거나, 우리들의 걱정을 떨쳐버리네.

4　여기서 수금(lyre)은 아이올로스의 하프(Aeolian harp)를 가리킨다. 언덕에 놓아두면
　바람이 불어 소리를 낸다는 악기이다. 셸리는 『시의 옹호』 서두에서 시인과 영감
　에 대해 설명할 때도 같은 이미지를 사용하고 있다. 즉 시인은 수금의 몸통과 같
　아서 영감(바람)을 받아 노래한다는 것이다.

워즈워스에게

자연의 시인이시여, 당신은 결코 되돌아올 수 없는 것들이 떠난다는 사실을 알고 서러워하셨습니다.

어린 시절과 청년 시절, 우정과 사랑의 첫 번째 광휘는

달콤함 꿈처럼 달아나버리고 당신은 비통 속에 잠겨 있습니다.

이러한 흔해빠진 고통들은 나도 느낍니다. 그러나 또 다른 하나의 고통은

당신도 역시 느끼시겠으나 나만이 비통해 하고 있습니다.

당신은 외로운 별이었습니다. 그 빛은 깊은 겨울밤의 포효 속에서

어떤 가냘픈 배 위를 비추었습니다.

당신은 바위로 지어진 피난처를 고수하였습니다.

눈멀고 이전투구(泥田鬪狗)하는 민중들과 멀리 떨어진 저 높이에 말입니다.

명예로운 가난 속에서 당신의 목소리는

진리와 자유를 봉헌하는 노래들을 엮어내었습니다. ―

그러나 이제 당신은 이러한 노래들을 저버렸기에 나는 비탄에 잠겨 한탄합니다.

당신이 이 노래들을 저버리지 않아야 한다고 말입니다.

알라스터, 또는 고독의 정령

시인은 계속해서 방랑한다. 아라비아를 지나고
페르시아와 황막한 카르마니아 사막을 통하고
얼음의 동굴들로부터 인더스강과 옥서스강을 세차게 뿜어내는
꿈과도 같은 산들을 넘어갔다.
기쁨과 환희에 찬 그는 가던 길을 멈추었다.[5]
향기로운 식물들이 텅 빈 바위 아래에
자연의 처소를 화환처럼 엮어내는
카슈미르 계곡의, 가장 외로운 골짜기에 이르러
반짝이는 시냇물 옆에서 시인은 마침내 쭉 뻗는다,
그의 피곤에 지친 사지를. 그의 꿈속으로 하나의 환영이 나타났다.
그의 뺨을 아직 한 번도 붉게 물들인 적 없는
희망의 꿈을 꾸었다. 그의 꿈속에서 베일을 쓴 한 처녀[6]가
그의 곁으로 다가와 앉아 나지막하고 엄숙한 곡조로 말했다.

---

5 시인은 동방 쪽으로 여행하고 있다. 아라비아, 페르시아, 카르마니아 사막(현재
   이란의 남동쪽)을 통해 힌두쿠시산맥과 인더스강, 옥서스강의 원류를 지나 인도
   북서쪽의 카슈미르 계곡에 다다르고 있다.
6 환상 속의 처녀는 셸리가 이 시 서문에서 밝힌 세 가지 특질을 모두 구체화하고 있
   다. 세 가지 특질이란 지성(158행), 상상력(160~161행), 그리고 성적 관심(176행
   이하)이다.

그녀의 목소리는 시인 자신이 영혼의 목소리와도 같이
평온한 생각 속에서 들려왔다. 기나긴 그 음악 소리는
시냇물과 미풍이 어우러진 소리와도 같이
여러 가지 색깔의 씨실과 변화하는 색조들로 짜여진
그 그물 속에 그의 가장 깊숙한 감각을 붙잡아놓았다.
지식과 진리와 미덕이 그 처녀의 주제였고
시인에게 가장 귀중한 사상인 신성한 자유에 대한
고매한 희망과 시가도 얘기해주었다.
그녀 자신이 시인이었다. 곧 그녀의 순수한 마음이
빚어내는 거룩한 분위기가 그녀의 몸 전체를 통해
하나의 침투해 들어가는 불을 일으켰다. 그러자 그 처녀는
거친 가락을 뽑아냈다. 그녀의 목소리는 전율하는 흐느낌 속에 묻히고
비감에 찬 채 죽어 들어갔다. 아무것도 걸치지 않은
그녀의 아름다운 손은 어떤 이상한 하프를 켜서
기묘한 교향곡을 타냈다. 가지처럼 뻗어난 손의 혈관 속에서
설득력 있는 피가 말로 해낼 수 없는 이야기를 해주었다.
그 처녀의 심장 뛰는 소리는 음악이 멈췄을 때 그 간격을
메워주었고 그녀의 숨결은
단절되는 노래의 구절과 격정적으로
어우러졌다. 갑자기 그녀는 일어섰다.
마치 그녀의 심장이 그 터질 것 같은 짐을
참지 못하는 듯이. 그 소리에 시인은 돌아서서 보았다.
바람이 짜내는 물결 모양의 베일 밑으로

생명의 따뜻한 빛으로 빛나고 있는 사지를.

지금은 다 드러나버린 쭉 뻗친 팔을.

밤의 숨결 속에 떠 있는 그녀의 검은 머리타래를.

이글거리는 눈을. 짝 벌린, 창백한, 간절히 전율하고 있는

그녀의 벌려진 입술을.

시인의 강한 심장은 내려앉고 격렬한 사랑으로

마음이 아팠다. 그는 떨리는 사지를 일으키고 거친 숨을 잠재웠다.

그리고 팔을 벌려 맞았다.

그녀의 두근거리는 젖가슴을 ─ 그녀는 잠시 뒤로 물러섰다.

그리고 거역할 수 없는 환희에 굴복하여

미친 듯한 몸짓으로 짧고 거친 탄성을 지르며

그녀의 녹아 내리는 팔로 시인의 몸을 감싸 안았다.

이제 어둠이 그의 어지러운 눈을 감기고 밤은

그 환영을 감싸서 완전히 삼켜버렸다. 잠은

가는 길이 잠시 정지되었던 검은 파도와도 같이

그의 텅 빈 뇌리 위에 온 힘으로 다시 밀어닥쳐왔다.

(부분)

초감각적[7]인 미에 대한 찬가

1

어떤 보이지 않는 힘의 무서운 그림자가
　보이지 않게 우리 사이를 떠다닌다 — 꽃에서 꽃으로
　소리없이 오가는 여름 바람처럼 변덕스러운 날개를 가지고
이 다양한 세상을 여기저기 찾아다니며 —
어느 소나무 우거진 산 뒤로 떠올라 힘껏 내뿜는 달빛처럼,
　　그것은 변덕스러운 광휘로
　　모든 인간의 마음과 얼굴을 찾아온다.
저녁의 색조와 선율의 조화처럼.
　　널리 퍼져 있는 별빛 속의 구름처럼.
　　흘러간 음악에 대한 추억처럼.
　　우아하기에 소중하나
신비하기에 더욱 소중한 그 어떤 것처럼.

7　원문에 쓰인 'intellectual'이란 말의 뜻은 'non-sensible, nonmaterial, 또는 beyond the
　senses'(비감각적인, 비물질적인, 초감각적인)이다. 그러므로 'Intellectual Beauty'는
　감각적 경험에 의한 접근을 초월한 것이 되며, 자연의 세계와 인간의 도덕 의식에
　광휘와 우아와 진실을 가져다주는 깨달음의 상태를 말한다.

2

미의 정령이여, 그대가 밝혀주는

　인간의 사상이나 형태를 그대 자신의 색조로

　신성하게 만들더니 — 그대는 지금 어디로 사라졌는가?

그대는 어찌하여 사라져버려 우리를

어슴푸레한 눈물의 골짜기에서 공허하고 황량하게 만드는가?

　　어찌하여 태양빛이 저 산 계곡의 강물 위에다

　　영원히 무지개를 자아내지 않는지,

어찌하여 한 번 보였던 것이 없어지고 시들어버리는지,

　　어찌하여 두려움, 꿈, 죽음, 그리고 태어남이

　　이 햇빛과 같이 밝은 지상에 그러한 어두움을 드리우는지,

　　어찌하여 인간이 사랑과 미움, 실망과 희망의

기회를 동시에 가지는지 — 물어보아라.

3

훨씬 더 숭고한 세계로부터 들려오는 어떤 목소리도[8]

　현인이나 시인에게 그 대답들을 준 적이 일찍이 없었다 —

　그래서 하나님, 유령, 천당이라는 이름들이

그들의[9] 헛된 노력의 기록 속에 남아 있을 뿐,

8　셸리가 무신론자임을 보여주는 구절이다.
9　26행의 현인이나 시인을 가리킨다.

연약한 주문들이여 ─ 그들의 발설된 마력은

　　　우리가 듣고, 보는 모든 것으로부터

　　　의구심, 우연, 무상함을 떨쳐내지는 못하리.

오직 그대의 빛만이 ─ 산 위에 몰려 있는 안개와도 같이

　　　또는 조용한 어떤 악기[10]의 현을 따라

　　　밤바람을 타고 전해지는 음악과도 같이

　　　또는 한밤중의 시냇물 위에 내리는 달빛과도 같이

삶의 설레는 꿈에 은총과 진리를 내려주리라.

　　4

사랑, 희망, 자존[11]은 구름과도 같이

　　불확실한 순간들을 위해 빌린 듯 떠났다 다시 온다.

　　비록 그대가 누군지 알 수도 없고 두려웁긴 해도

그대가 그대 영광스러운 추종자들의 마음에 확실한 위엄을 심어주면

　　인간은 영원하며 전능하리라.[12]

　　　연인의 눈 속에서 찼다가 이울어지는

10　「무상」에서 언급된 수금(아이올로스의 하프).

11　사도 바울의 세 가지 주요 미덕(믿음, 소망, 사랑)을 셸리가 자기 나름대로 해석한 것. 믿음이 자존으로 바뀌었다.

12　39~41행에서의 셸리의 과장법은 셸리가 연대기적인 시간보다 심리적인 시간이 더 중요하다고 믿는 데서 나온 것이다. 셸리는 『매브 여왕』 서문에서 인간 감수성 의 완벽성과 실질적인 영혼 불멸의 가능성을 주장하였다.

연민의 마음을 전달하는 그대여 —

그대는 스러져가는 불꽃에 어둠이 도움이 되듯이[13]

인간의 사고에 자양분이신 이여!

떠나지 마오. 그대의 그림자가 왔을 때처럼

떠나지 마오 — 무덤이

삶과 두려움과도 같이, 어두운 현실이 되지 않도록.

5

아직 소년이었을 적 나는 유령들을 찾았고

귀 기울이는 수많은 묘지, 동굴, 그리고 폐허, 별빛 찬란한

숲을 가로질러서 세상 떠난 사자들과 고상한 대화를 나누고자

두려움 가득한 발걸음으로 찾아 다녔네.

나는 우리 젊은이에게 양식이 되었던 사악한 이름들을 불러내었네.[14]

아무 대답 없었고 — 그들을 보지도 못했네.

---

13 여기서 셸리가 불러내고 있는 정령은, 암흑이 스러져가는 불꽃을 키워주듯, 인간
    이 사상에 자양분을 공급해주는 것으로 되어 있다. 그러나 본질적인 의미는 정령
    이 인간의 사상에 자양분을 제공하는 것이 아니라 인간 사상의 대립적 · 반명제적
    인 성질이 인간 정신을 드러내어 주의를 환기시킨다는 의미이다. 이러한 대비는
    다음에 나오는 시 「몽블랑」에서도 나타난다.
14 49~52행은 셸리가 젊은 시절에 행한 마술 실험에 관한 언급이다. 53행의 '사악한
    이름들'은 27행에 있는 '하나님', '유령', '천당' 등과 같은 종교적인 용어를 가리
    킨다.

새들의 새로운 소식과 꽃 피는 소식을
전하고자 깨어나는 온갖 살아 있는 만물들을

바람이 구애하는 달콤한 계절에
삶의 운명에 대한 깊은 사색에 잠겨 있을 때
갑자기 그대의 그림자가 나를 엄습했네.
나는 소리치며 황홀경에 빠져 내 두 손을 움켜쥐었네[15]!

6

나는 그대와 그대의 무리에게 나의 온 힘을
바치겠노라 맹세했네 — 그 맹세 지키지 않은 적 있는가?
지금까지도 두근대는 가슴을 안고 눈에서는 줄줄 눈물 흘리며
나는 천 년 된 유령들을 불러낸다.
각기 그의 소리 없는 무덤으로부터. 그들은 학문의 열정이나
사랑의 기쁨이라는 환상의 은신처로부터
나와 함께 그 시기심 많은 밤을 응시해왔네.
망령들은 알고 있네. 어둠의 속박으로부터 그대가
이 세상을 해방시키리라는 희망 외에는
나의 이마를 기쁨이 결코 밝히지 못했음을.
아, 끔찍이도 사랑스러운 존재여 — 그대가 나의 이 말들이

---

15 그리스와 로마에서 신탁을 전하던 무당의 모습을 의도적으로 환기시키고 있다

표현해낼 수 없는 모든 것을 주리라는 희망 외에는,

7

정오가 지나면, 날은 좀 더 엄숙해지고
　　고요해지네 — 가을에는
　　조화가 있고, 그 하늘에는 광채가 있네.
마치 지금껏 존재하지 않았듯이, 그리고 존재할 수 없었듯이
여름 내내 들을 수도 없었고 볼 수도 없었던 조화와 광채가!
　　그러니 내 소극적인 젊은 시절에 자연의 진리인 양
　　나에게 내려온 그대의 능력이여, 그 고요함을
장래의 나의 삶에 공급해주오 — 그대를 경배하고
　　그대를 포용하는 모든 형태를 숭배하는 이에게,
　　아름다운 정령이여, 그대 마술에 묶여
　　자신을 무서워하고[16] 모든 인류를 사랑하게 된 이에게 공급해
주오.

16　단순한 두려움이 아니라 외경감을 말하고 있다.

몽블랑[17]
샤모니 계곡에서 쓴 시

1

영원한 만물의 우주가[18]

마음을[19] 통해 흘러가고 그 빠른 파도를 세차게 밀어붙인다.

어둡기도 하고 ― 빛나기도 하고 ― 어둠을 비춰주기도 하며 ―

광휘를 보내기도 하며, 비밀의 샘으로부터

인간 사상의 원류가 되지 않는 소리로.

산들이 외로이 서 있는 원시림에서

가냘픈 개울물이[20] 간혹 낼 수 있는 그러한 소리로.

개울 주변에서 폭포수는 영원히 도약하고

수림과 바람들은 서로 다투어 소리내고, 거대한 강은

암석 위로 끊임없이 부딪치고 포효하는 가운데.

---

17 이탈리아와 국경을 접한 프랑스에 있는 알프스산맥의 최고봉. 셸리는 이 시를 현재 프랑스 동남쪽에 위치한 샤모니 계곡의 아르브강 다리 위에서 구상하였다. 이 강은 제네바 호수로 흐르고 호수는 론강의 원천이다.

18 인지할 수 있는 모든 대상물들. 셸리는 여기서 그러한 대상물과 관계되는 모든 사상들도 포함시키고 있다(구체적으로는 아르브강과 모든 자연 현상들을 가리킨다).

19 아르브 계곡과 동시에 셸리의 '프로메테우스'에 의해 대표되는 보편적인 정신.

20 개인적인 인간의 마음과 같은 것(37행 "나 자신만의 인간적인 마음" 참조).

2

자, 그대, 아르브의 계곡이여 — 어둡고 깊은 계곡이여 —

그대는 다양한 색깔과 다양한 목소리를 가진 계곡.

그대의 소나무들, 울퉁불퉁한 바위들, 동굴들 위로

빠른 구름 그림자와 햇살들이 지나간다. 그대는 경이로운 장면.

거대한 힘이 아르브의 모습으로 내려온다.

비밀의 왕관을 둘러싸고 있는 얼음의 심연으로부터,[21]

폭풍우 사이로 터지는 번갯불과도 같이 이 어두운 산들을 통해

터져 나온다 — 그대는 누워 있다.

거대한 소나무[22] 가족들이 그대 둘레에 달라붙어

태고의 자손이 되고 그들의 뜨거운 사랑 속에

족쇄 없는 바람들은 아직도 오고 이전에도 와서

소나무의 향기를 마시고 그들이 힘차게 흔들어대는 소리를

듣는다 — 오래되고 장엄한 조화의 소리를.

그대의 지상의 무지개는 영묘한 천상의 폭포수의

거대한 물줄기를 가로질러 뻗쳐 있고 그 폭포수의 베일은

아직 조각되지 않은 어떤 심상[23]에 옷을 입힌다. 이상한 잠의 마력[24]은

21 『해방된 프로메테우스』의 데모고르곤을 연상시켜준다.
22 셸리는 여러 편의 시에서 소나무를 위기에 처한 인간의 집요성의 상징으로 사용하고 있다.
23 폭포수 뒤의 바위는 특별한 형태를 가지고 있지만 정의되지 않고 암시적인, 즉 인간에 의해 형성되거나 조각되지 않은 심상만을 가지게 된다.
24 고요의 마력.

사막의 목소리들이 사라질 때 자신의

깊은 영겁 속에 모든 것을 감싼다 ―

그대의 동굴들은 아르브 계곡의 움직임에 메아리친다,

다른 어떤 소리로도 길들일 수 없는 크고 외로운 소리로.

그대는 그 끊임없는 움직임 속에 잠겨 있고

그대는 쉬지 않는 소리의 행로이다 ―

아찔아찔한 계곡이여! 그리고 내가 그대를[25] 응시할 때면

나는 숭엄하고 기묘한 황홀경에 홀리기라도 한 듯이

나 자신만의 분리된 환상[26]을 명상하게 된다.

나 자신만의 인간적인 마음은 수동적으로

빠르게 흘러가는 것들을 보내기도 하고 받아들이기도 하며

뚜렷한 물체들이 가득한 우주와

끊임없이 교류를 계속한다.

길들지 않은 수많은 생각들은 방랑의 날개를 펴고

그대의 암흑 위로 떠다니기도 하고 휴식을 취하기도 한다.

마술적인 시가의 적막이 깃든 동굴 속에서는[27]

나의 정신 또는 그대는[28] 불청객이 아니다.

25 시인은 아르브 계곡을 이렇게 친근한 용어로 부르고 있다. 왜냐하면 계곡은 이미
    보편적인 정신의 표상이 되어 있기 때문이다.
26 개인적인 마음 또는 상상력, 즉 허상, 보편적인 정신과 대비되고 있다.
27 시를 만들어내는 창조적 상상력을 의인화하고 있다. 그녀의 동굴의 정적 속에서
    만 ― 마음속에서만 ― 개인은 보편적인 정신과 교류할 수 있다.
28 원문의 'that or thou'에 대한 해석이 애매하고 구구하다. 어떤 사람은 'that'을 셸리
    의 개인적인 마음으로 보고 'thou'를 보편적인 정신과 외적 세계를 나타내는 계곡

그리고 지나쳐버리는 그림자들[29] 사이에서

그대의 어떤 그늘, 어떤 환영, 어떤 희미한 심상인

만물의 유령들을 찾고 있다.[30] 마침내 이 그림자들이 도망쳐 나온

그대의 가슴이[31] 다시 유령들을 불러들인다. 아 거기에 그대는 존재

하는구나![32]

으로 본다. 또 어떤 이들은 'that'와 'thou'를 동일한 것으로 보아 보편적인 정신을
나타내는 아르브 계곡만을 가리키는 것으로 보고 있다.

29 다음 행에 나오는 '유령들'을 가리킨다.
30 분사구문 '찾고 있다(seeking)'의 주어는 37행의 "나 자신만의 인간적인 마음"이다.
31 여기서 가슴은 모든 삶과 사상에 자양분을 제공하는 신비스러운 힘을 가리킨다.
32 이 마지막 시행들에서 셸리는 플라톤의 사상에 영향을 받아 인간 정신은 실재계
    (이데아의 세계)를 직접 이해할 수 없고, 다만 스크린에 비친 듯한 실재계의 그림
    자만을 본다고 믿고 있다. 다시 정리하면 41행의 "생각들"은 시인의 창조적 상상
    력 속에서 아르브의 그늘, 환영과 이미지들을 다시 생각해냈을 때 거기에 갑자기
    상상 속에서 아르브가 나타나 존재하게 된다.

보나파르트[나폴레옹]의 몰락에 관한 한 공화주의자의 감정

나는 그대, 몰락한 독재자를 증오했다! 나는 신음한다
그대 같은 가장 야심이 없는 노예가 춤을 추고 자유의 무덤 위에서
축제를 벌인다고 생각하니. 그대는 그대의 왕좌를 세웠을지 모른다
그것을 지금까지도 서 있었던 곳에 : 그대는 더 좋아했다
망각을 향한 단편들 속에서 시간이 휩쓸고 간
연약하고 피 뿌리는 강간을, 대학살을
나는 이것을 위해 기도했다는데, 그대의 잠 속에서
반역과 노예제도, 약탈(강탈), 두려움, 폭정을 살살 부추겼고
그리고 그대가 그것들의 신하를 마비시켰다. 나는 알았다
너무 늦게 그대와 프랑스가 먼지 속에 처박혀 있는 후로
미덕은 폭력이나 사기보다 더 영원한 적을 가지고 있음을.
그것들은 오래된 관심, 법적인 범죄
그리고 시간의 가장 더러운 탄생인 피 흘리는 신앙이다.

(1814년 또는 1815년)

스페인인들이 자유를 얻기 전
1819년 10월에 쓴 송가

일어나라 일어나라 일어나라!
그대들에게 빵을 거부한 지구에는 피가 흐른다.
죽은 자들을, 죽은 자들을, 죽은 자들을 위해
눈물 흘리는 너희들의 상처들은 눈처럼 되어라.
어떤 다른 애통이 보상될 수 있었을까?
그대들의 아들들, 그대들의 아내들, 그대들의 형제들이었다. 그들은;
전투하는 날에 그들이 살해당했다고 누가 말했는가?

깨어나라! 깨어나라! 깨어나라!
노예와 독재자는 '쌍둥이로' 태어난 적들이다!
차가운 사슬들을 흔들어라
그대의 친족이 휴식을 취하는 먼지로 되도록;
무덤 속의 그들의 뼈들을 움직이기 시작하네
위의 거룩한 전투에서 가장 크게 들리는
그들이 사랑하는 목소리들을 들을 때

흔들어라. 깃발을 높이 흔들어라.
자유가 깃발에 의한 정복으로 치달을 때까지;
자유를 부채질하는 노예들이

기준이 넘는 노역으로 한숨에 한숨을 쌓으며
그리고 자유의 웅장한 전차를 수행하는 그대들이여
동맹 전쟁에서는 손을 들어올리지 말라
너희들도 그 방어의 자녀이기에 자유를 방어하라

영광, 영광, 영광을
엄청나게 고통 당하며 행동하는 그들에게!
그대들이 이겨낼 것보다 더 크게 될
이름은 이야기에는 없었다.
정복자들은 그들의 적들만을 정복하였고
그들은 그들의 복수, 자존심과 힘을 전복시켰다!
네 자신 위에서 너희들도 좀 더 승리하리라.

묶어라 묶어라 모든 이마에
제비꽃, 담쟁이넝쿨, 소나무로 만든 왕관을;
이제 핏자국을 숨겨라
감미로운 자연이 신성하게 만든 색깔로;
녹색의 힘, 하늘색 희망과 영원성의;
그러나 팬지꽃[생각]을 그들 사이에 두지 말자
그대들은 부상당했고 팬지는 기억을 상기시킨다.

1820년

그대는 무덤으로 서둘러 가려고 하는가! 그곳에서 무엇을 찾으리오
그대는 세계의 생명체가 소멸하는 한가한 두뇌의
불안한 생각들과 분주한 목적에 빠지는가?
오, 그대는
창백한 기대가 아름답게 만드는
모든 것을 소유하려고 헐떡거리는
빠른 가슴을 가지는가!

그대는 어디서 왔다가 어디로 가야 하는지에 대해
추측하고 다니는 허망한 마음을 가지는가
지금까지 결코 알려지지 않는 모든 것을 알 수 있다면
그렇게 빠른 발걸음으로 삶의 푸르고 즐거운 길을 서두르고
행복과 고통으로부터 회색의 죽음의 동굴 속에서
피난처를 찾고자 하는가?
오 가슴과 마음과 사상들이여!
그대들은 저 아래 무덤 속에서 무엇을 계승하기를 바라는가?

콘스탄시아에게

그대의 목소리는 한
정령이 일어나듯이 천천히
부드럽고 위로하는 날개로 나를 엄습하며 머물고 있다.
그대의 눈같이 하얀 손가락 안에 피와 생명은
마녀에게 기악의 현(鉉)을 가르친다.
      나의 두뇌는 거칠어지고 나의 숨은 빠르게 돌아온다
      뇌는 나의 몸 속에서 듣고
      빠르고 두텁게 출렁거리는 그림자들은
      나의 흘러넘치는 눈 위로 떨어진다
      나의 가슴은 불꽃처럼 흔들린다
햇빛 속에서 사라지는 아침이슬처럼
나는 이 나를 녹이는 황홀경에서 녹아버린다.

콘스탄시아, 나는 그대 없이는 생명이 없다.
세계를 휘감고 있는 대기처럼 그대의 노래가
흘러서 모든 사물을 가락으로 채운다.
지금 그대의 목소리는 빠르고 강한 폭풍과 같다.
      위로 솟아오르는 숯 위에서 안정하게 황홀경에 빠진 사람처럼
      나는 파도를 타오면서

아침의 구름처럼 즐거워한다.

지금은 그대의 목소리는 여름 밤의 호흡과 같고

별들이 가득한 바다가 잠들어 있는 곳에서

향기로운 향로로 빛나고 둥근 서쪽의 작은 성들 주위로

나의 영혼은 방황하여 그 관능의 비상 속에 나의 영혼을

보이지 않지만 젊은 수면 속에서 느껴지는

빠른 변화처럼 하나의 길고 숨막히는 경외감이 나를 붙잡는다.

거칠고, 감미로우나 이해할 수 없게 기이한

그대는 지금 숨쉬고 있다(노래하고 있다) 빠르게 솟아오르는 곡조로

하늘의 둥근 천장은 찢어지고 분리된다[33]

그대의 노랫소리의 황홀감에 의해

사라지는 힘 센 달들 너머로

그대 노래의 숭고한 경력을 따르기 위해

나의 어깨 위에서 날개가 만들어지고

자연의 가장 먼 구형의 언저리 위로

세상의 그림자 같은 벽들이 지나가고 사라질 때까지

멈추시오, 멈추시오 ― 미친 사람들이 배우는 그러한 영혼들을 위해서

---

33 음악의 수호여신인 성 세실리아의 전설에 따르면 하늘은 악기 오르간의 반주로 성 세실리아가 노래하는 힘에 의해 열린다는 것이다.

이렇게 가라앉는 것을 배우기 갈망하고 ─ 그리하여 사라지고 죽기
위해

아마도 진실로 죽음에 이른다 ─ 콘스탄시아 멈추시오!

그렇소! 그대의 눈 속에는 빛과 같은 힘이 있소.

    그대의 입술 사이에 있던 목소리는

    비록 누워 잠잘지라도 ─

    그대의 숨결과 그대의 머리칼 안에

    향기처럼 그것은 아직도 남아 있소 ─

    그리고 그대로부터 불꽃처럼 솟아오르네.

내가 이 시를 쓰고 있는 동안에도 나의 불타는 **뺨**은 젖어 있다 ─

나 가슴은 그러한 것들을 느끼고 배울 수 있으나 잊지는 못하리!

단편 : 감옥에서 풀려난 친구에게

친구여, 비록 내 희미한 눈에서 눈물이
　전율하지 않고, 나의 가슴이
환희가 고통을 닮도록 재빨리 맥박 뛰지 않는다 해도,
　허위가 아연실색해 입 벌리고 있도록 만드는 그대 목소리에서
　　　나는 그대에게 감사하오 ― 압제자로 하여금
　　　족쇄와 눈물을 모두 지니게 하고, 그로 하여금
　　　잠에서 얻는 새 기운처럼, 감옥에서
　　　새롭게 일어난 그대를 보고, 분통이 터져 통곡하게 하시오.
그는 인간을 구속하는 쇠사슬을 그대의 영혼이 먹고 살아야 하는
그 감옥 속에다 그대를 묶어놓을 수 있기를 헛되이 바랐었다오.

단편 : 고독 속에 오가는 상념들

나의 상념들은 고독 속에서 일어나 스러지고,
　태양이 나래를 펴는 하늘에서 달빛이 그러하듯이
　상념을 먹고 사는 시행은 녹아 없어지네.
잘 가공된 진주와도 같이 별빛 찬란한 하늘을 수놓으면서
상념들은 얼마나 아름다웠으며, 얼마나 굳건하게 서 있었던가!

오지먼디어스[1]

나는 고대의 나라를 다녀온 여행자[2]를 만났다네.

그는 말했다네 — "거대하면서 동체 없는 두 개의 돌다리가

사막에 높이 서 있다오 — 그 근처 모래 위에

부스러진 얼굴 조각이 반쯤 묻힌 채 놓여 있는데, 그 찌푸린 표정,

삐죽이는 듯한 입술, 그리고 조소를 띤 차가운 명령은

그 조각가가 그러한 정열을 잘 읽어냈음을 말해준다오.

그 정열은 이 생명 없는 돌조각에 새겨진 채

그 정열을 흉내 내며 조롱했을 손보다, 그 정열을 불태우던 가슴보다

오래 남아 있다오.

그리고 이 조각물의 대좌에는 다음과 같이 새겨져 있다오:

'내 이름은 오지먼디어스, 왕 중의 왕이로다.

내 업적을 보라, 너 힘센 자들아. 그리고 절망하라!'[3]라고.

---

1   셸리 시대의 성서학자들에 따르면 오지먼디어스(BC 1304~1237년에 이집트를 통
    치한 람세스 2세의 그리스 이름)는 노예로 부리던 유대인들을 탄압하고 그들을 해
    방시키고자 하는 모세의 계획을 반대하였다. 그는 자신의 명예를 기리기 위해 거
    대한 건물들과 기념비들을 많이 세웠다.

2   셸리가 실제로 이집트를 여행하고 온 사람을 만났을 가능성도 있지만, 1743년에
    리처드 포코크가 쓴 『동방과 다른 나라들에 대한 기술(*A Description of the East and
    Some Other Countries*)』에서 흉상에 관한 부분을 읽었을 가능성이 더 많다.

3   BC 1세기의 그리스 역사가 디오도로스 시켈로스는 이집트에 있는 거대한 흉상에

그 곁에는 남아 있는 것 하나도 없다오. 분해되고 황폐되어가는
그 거대한 잔재 주위에 쓸쓸하고 광활한 사막이
끝없이, 그리고 텅 빈 채 멀리멀리 뻗어 있다오."

새겨진 다음과 같은 말을 인용하고 있다. "나는 왕 중의 왕 오지먼디어스다. 누구
든 내가 얼마나 위대하며 내가 어디 있는지 알고자 한다면 나의 이 거대한 작품들
중 어느 하나라도 능가하는 일을 하게 하라."

빛바랜 향제비꽃에 대해

1

당신의 입맞춤과도 같이 나에게 숨결을 내뿜어주던
　향제비꽃의 향내음은 사라지고
당신에게서 오직 당신에게서만 발하던
　향제비꽃의 향기는 흐르듯 지나가 버리네!

2

그것은 시들어버리고, 생기 사라진, 얼빠진 모양이 되어
　나의 버림받은 가슴 위에 남아
아직도 따뜻한 내 마음을
　냉정하고도 조용한 죽음으로 조롱하네.

3

나는 통곡하노라 ― 나의 눈물은 그 꽃 살려낼 수 없으리!
　나는 한숨짓노라 ― 그 꽃은 더 이상 내게 숨결을 내뿜어주지 않으리.
향제비꽃의 불평하지 않고 침묵하게 된 운명은
　내 처지를 반영해주네.

나폴리 근처에서 실의에 빠져 쓴 시련

1

태양은 따뜻하고, 하늘은 청명하고
　파도는 빠르고 눈부시게 춤추고 있다.
푸른 섬들과 흰눈 쌓인 산들은
　보랏빛 정오의 투명한 힘 속에 싸여 있다.
　아직 벌어지지 않은 꽃봉오리 주위에
습기 낀 대지의 숨결은 가볍다.
　한 기쁨에서 나온 많은 목소리들과도 같이
바람, 새, 그리고 대양의 파도가 내는 소리와도 같이 도시의 목소리
도 고독의 음성처럼 부드럽다.

2

나는 초록색, 그리고 자주색 해초로 덮여 있는
　깊은 바다의 밟히지 않은 바닥을 본다.
나는 별들 속에서 녹아버린 광선과도 같이
　파도가 해안가에 부딪치는 것을 본다.
　나는 모래사장 위에 홀로 앉아 있다.
정오의 대양의 번개는

내 주위에서 번쩍이고 한 음조가

대양의 규칙적인 움직임 속에서 일어난다.

얼마나 달콤한가! 지금의 이 감동을 나와 나눌 사람이 있다면.

3

아아! 나에게는 희망도, 건강도,

　마음의 평화도, 주위의 고요도 없구나.

현인이[1] 명상 속에서 찾아내었고,

　내면의 영광으로 왕관을 쓰고 걸었던,

　부를 능가하는 만족감도 없구나.

명예도, 권력도, 사랑도, 여가도 없구나.

　이런 것에 둘러싸여 있는 다른 이들을 알고 있다.

그들은 미소 지으며 살아가고, 삶이 즐겁다고 말하네.[2]

내게는 그 운명의 잔이 다르게 주어졌도다.

4

그러나 지금은 절망도 온화하다,

1　21~23행은 로마 황제이며 스토아 학파의 견인주의 철학자인 마르쿠스 아우렐리
　우스(121~180)에 관한 내용이다. 셸리는 그의 『수상록』을 매우 좋아하였다.
2　25~26행은 베니스에 살고 있던 바이런과 그 주변 인물들을 가리키는 듯하다.

바람과 바다가 잠잠하듯이.
지쳐버린 아이처럼 누워
　내가 지금까지 짊어져왔고 앞으로도 짊어져야 할 삶의 고통을
　울며 흘려 보낼 수 있으리라.
죽음이 잠과 같이 살며시 내게 다가와
　따뜻한 대기 속에서 내 뺨이 차가워짐을 느끼고
바다가 나의 죽어가는 머리 위에서
마지막으로 단조로운 속삭임을 들려주게 될 그날까지.

5

내가 죽으면 누군가 슬퍼할지도 모르지.
　마치 내가, 감미로운 오늘이 가버렸을 때
너무 빨리 늙어버린 나의 외로운 가슴이
　이 때맞지 않는 신음 소리를 내어 모욕을 주듯이.
　그들은 슬퍼할지도 모르지 ― 나를 사람들이 사랑하진 않아도 ―
그래도 애통하게 여길지도 모르지.
　그러나 나와는 달리 오늘은, 태양이 사람들을 즐겁게 한 후
티없는 영광 속에 저물어갈 때에도,
기억 속에 남아 있는 환희처럼 영원히 남으리.[3]

---

[3]　43~45행은 티없이 맑은 날은 시인과는 달리 하나의 즐거운 기억을 남겨 그 원래
　　의 즐거움을 다시 만들어내리라는 뜻.

소네트 : "채색된 베일은 걷어내지 마라"

걷어내지 마라, 살아가는 사람들이 삶이라고 부르는 채색된 베일을.

허위의 형상들이 그곳에 그려져 있다 하더라도,

그리고 한가히 흩어져 있는 색깔들로 우리가 믿고자 하는

모든 것을 삶이 단지 흉내만 낸다 하더라도 ― 그 뒤에는 쌍둥이 운

명의 여신인

불안과 희망이 숨어 있어 언제나 보이지 않게 음울하게

간극 위에 그림자들을 엮어내고 있으니.

나는 채색된 베일을 걷어버린 이를 알고 있었다 ― 그는 구했다.

잃어버린 가슴이 민감하였기에, 사랑할 대상물을.

아, 그러나 찾아내지 못했다! 아무것도 없었다.

이 세상에 그가 인정할 수 있었던 것은 하나도 없었다.

남에게 무관심한 많은 이들 사이로 그는 움직였다.

그림자들 중에 하나의 광휘를, 이 우울한 정경 위에서

빛나는 하나의 점을, 진리를 추구하는 하나의 정령을 찾아서.

그러나 대설교자[4]와도 같이 진리를 찾지 못했네.

---

4   구약 「전도서」 서두에 나오는 "헛된 것 중에 헛된 것 … 모든 것이 헛되도다"라고
    말하는 회의주의적인 설교자를 가리킨다.

단편 : 바이런에게

오, 위대한 정신이여, 당신의 심원한 해류 속에서 이 시대는
조심스럽지 않은 폭풍우 속에서의 갈대와도 같이 부들부들 떠니,
당신은 어찌하여 당신의 성스러운 분노를 억제하지 않는가?

줄리앙과 마달로[5] : 하나의 대화

어느 저녁 나는 마달로 백작과 말을 달렸다오.
베니스를 향해 흘러가는 아드리아의 흐름을 막고 있는
방파제 위에서[6] — 이곳은 항상 뒤척이는 모래가 쌓여 있고
대지의 포옹에서와 같이 소금펄에서도 자라나는
물과 땅 어디서나 사는 풀들과 엉겅퀴들로 엉켜 있고
나무 한 그루 없는 바닷가 흙더미 — 그물이
마르면 외로운 어부도 포기해버리는
사람이 살 수 없는 바닷가. 그 어느 것도
황폐함을 막지 못한다오. 키 작은 나무 한 그루
부서진 채 수선되지 않은 몇 개의 말뚝을
제외하고는. 그리고 조수는 그 위에
평평한 모래의 좁은 공간을 만들어준다오 —
해 떨어질 때 우리는 그곳에서 말을 타곤 했었다오.

5 1818년 셸리는 바이런과 클레어(메리 셸리의 의붓자매) 사이에서 태어난 알레그
   라의 장래를 논의하기 위해 처음으로 베네치아를 다녀왔다. 셸리는 바이런과의
   해후에 관해 다음과 같은 내용의 편지를 보냈다. "바이런과 나는 바이런의 곤돌라
   를 타고 환초(環礁)에 둘러싸인 바다를 지나 기다란 모래섬으로 갔다. 그곳에서 우
   리는 모래사장을 따라 말을 타며 대화를 나누었다." 이것이 이 시의 시작 부분을
   구성하고 있다. 줄리앙은 셸리 자신이고 마달로 백작은 바이런을 나타낸다.
6 아드리아는 이탈리아 반도와 유고슬라비아에 둘러싸인 바다이다. 방파제는 베네
   치아의 리도섬을 가리킨다.

그것은 나의 기쁨이었다오 — 나는 모든 폐허와
한적한 곳을 사랑한다오, 그런 곳에서 우리는 즐길 수 있기에.
우리의 영혼이 그렇기를 희구하듯이 우리가 보는 것이
광활함을 믿을 수 있는 기쁨을.
이 넓은 바다 역시 그러했고, 이 해변가
그 바다보다 더 황량했다오 — 허나 무엇보다도
나는 어느 때보다 기억 속에 남을 친구와
말 타는 것이 좋았다오 — 바람은 뿌렸다오,
햇살 밝은 대기를 따라 살아 있는 물보라를
우리 얼굴에다. 푸른 창공은 허허했다오,
잠을 깨우는 북풍으로 속속들이 발가벗겨진 채.
그리고 파도로부터 기쁨처럼 소리가 터져 나와
고독과 조화를 이루고 보냈다오.
우리의 가슴속에 영묘한 즐거움을 —
말을 타며 우리는 얘기했다오. 그 재빠른 생각이
웃음과 함께 날갯짓하며 올라가 머뭇거리지 않고
두뇌에서 두뇌로 날아갔다오 — 그러한 즐거움이 우리의 것이었소 —
회상되는 시간들의 가벼운 기억들로 충만하여
어느 누구 슬픔에 굴복할 만큼 느리지 않았다오. 마침내 우리는
집으로 향했다오, 항상 영혼을 유순하게 해주는 그곳으로.
이날은 상쾌했으나 차가웠다오. 그리고 지금은
태양이 가라앉아가고, 바람 역시 그러하다오.

(부분)

캐슬리¹ 통치기에 쓴 시행

1

시체들이 무덤 속에서 차갑고,
돌멩이들은 도로 위에서 말이 없고,
유산아는 자궁 속에서 죽어 있고,
그 어미들은 창백해 있네 ─ 더 이상 자유가 없는
　영국의 죽음처럼 흰 해안과도 같이

2

영국의 아들들은 돌멩이들처럼 길바닥에 널려 있고 ─
그네들은 감각도 없는 진흙 더미들이다 ─
그네들은 짓밟히고 어디로도 움직이지 못한다 ─
영국이 진통을 겪으며 당하고 있는 유산은
　매맞아 죽은 자유이다.

1　캐슬리 자작은 로버트 스튜어트(Robert Stewart)로 당시 외무장관이자 토리당의 수
　령이었다. 그는 일찍이 아일랜드에서의 소요를 잔인하게 진압한 것으로 악명이
　높았고, 오스트리아를 지지하여 비난을 받았다. 당시 그는 유럽, 특히 프랑스에서
　의 혁명 운동에 반대하였기 때문에 셸리와 바이런 등에게 비난을 받고 있었다.

3

그대 압제자여! 그러하니 짓밟고 춤추어라.
그대의 희생자는 개전(改悛)의 정이 없는 자이니까.
그대는 영국의 시체들과, 흙덩이들과, 유산아들의
유일한 군주이며 소유자로다 ― 그들은
　　그대가 무덤에 이르는 길을 닦으리로다

4

그대 들으시오. 죽음과 파괴와
죄악, 그리고 부유함이 파멸의 신호를 보내며
축제 기분으로 들떠 내는 소음을! 내부에서?
진리를 입 다물게 하는 것은 주신 바커스의 승리로다.
　　그대의 축혼가로다.

5

그러시오, 그대의 유령과도 같은 아내와 결혼하시오!
두려움과 불안함과 분쟁이
삶의 방에 놓여 있는 그대의 침상에 퍼지게 하시오!
그대 폭군이여, 파괴와 결혼하시오! 그리고 지옥이
　　신부의 침상으로 그대를 안내하게 하시오!

영국의 민중에게 보내는 노래

영국의 민중들이여, 어찌하여 밭갈이를 하는가?
그대들을 무참히 밟아버리는 귀족들을 위하여?
그대의 독재자들이 입은 값비싼 옷감들을
어찌하여 땀과 정성으로 짜고 있단 말인가?

어찌하여 먹여주고 입혀주고 구해주는가?
요람에서 무덤까지
그대들의 땀을 짜내는 — 아니 피를 마시는
배은망덕한 게으름뱅이들을.

영국의 부지런한 일벌들이여, 어찌하여 주조하는가?
많은 무기들과 사슬과 채찍을.
가시도 없는 게으름뱅이들이
그대들이 힘들여 만들어놓은 것들을 약탈하게 해주려고?

그대들은 누리는가? 여가와 안락과 안정을?
쉴 곳과 음식물과 사랑의 부드러운 위안물을?
아니라면 그대들이 고통과 불안으로
그렇게 값비싸게 얻은 것은 무엇이란 말인가?

그대들이 뿌린 씨를, 다른 이들이 거둬들이고
그대들이 찾아낸 부를, 다른 이들이 가져가고
그대들이 짜낸 옷감을, 다른 이들이 입고
그대들이 주조한 무기를, 다른 이들이 지닌다.

씨를 뿌려라 — 그러나 어떠한 독재자도 거두게 하지 마라.
부를 찾아내라 — 그러나 어떠한 사기꾼도 쌓게 하지 마라.
옷감을 짜라 — 그러나 어떠한 게으름뱅이도 입게 하지 마라.
무기를 주조하라 — 그러나 그대들을 지키기 위해 지녀라.

그대들의 지하실로, 누추한 거처로, 오두막집으로 들어가라.
대청에 또 다른 거처를 꾸미어라.
그대들이 만들어낸 속박의 쇠사슬을 왜 흔드는가? 그대들이
그대들이 만든 쇠붙이가 그대들을 노리는 것을 볼 때.

쟁기로, 삽으로, 호미와 베틀로
그대들의 무덤을 찾아내 비석을 세워라.
그리고 그대들의 수의를 짜라 — 공명정대한 영국이 그대들의 희망
의 무덤이 되는 날까지.

시드머스와 캐슬리에게[2]

태곳적의 오크나무에서
　두 마리 어리석은 까마귀가 찢어지는 소리로
까악까악 하며 그들의 클라리온을 켜대듯이.
싱싱한 인간의 고기가 타는 냄새를
　대낮에 그들이 맡을 때 ―

두 마리의 캑캑거리며 짖어대는 밤새가
　그들의 죽음의 주목(株木) 둥지에서
야음을 통해 밤을 더 무섭게 만들며 날듯이.
달이 변덕을 부리고
　별들이 거의 보이지 않을 때 ―

상어와 통발상어가
　대서양의 작은 섬 아래에서

2　셸리의 이 강력한 풍자시는 당시의 두 정치가를 향한 것이다. 「캐슬리 통치기에
　쓴 시행」에도 등장하는 캐슬리 자작은 1812년부터 1822년 사이의 외무장관으로
　워털루 전투 후에 유럽의 새 질서 형성에 주도적 역할을 하였다. 시드머스 자작은
　당시 내무장관으로 캐슬리의 후원을 받아 노동자 계급의 소요 사태에 강압적인
　조치를 취하였다. 결국 이런 정책은 '피털루 대학살'의 원인이 되었다.

흑인 노예선을 기다리며
그 배에 실린 짐을 가지고 논쟁을 벌이며
　붉은 아가미를 널름거리듯이 —

그대 둘은…… 싸움에 굶주린 두 마리 독수리.
　젖은 돌 밑에 숨어 있는 두 마리 전갈.
피에 굶주려 으르렁거리는 두 마리 냉혹한 늑대.
역병에 걸린 가축 위에 틀고 앉은 두 마리 까마귀.
　서로 하나로 엉겨 붙은 두 마리 독사들이어라.

1819년의 영국

병들고, 미치고, 눈멀고, 경멸당하고, 죽어가는 왕[3]
머저리 같은 족속[4]의 쓰레기들인 왕자들은 국민들의
조롱 속을 흘러가고…… 흙탕물 속에서 나온 진창어[5]
보지도 느끼지도 알지도 못하는 통치자들은
단지 스러져가는 나라에 거머리같이 달라붙을 뿐이다.
피 속에 망연자실하여 한 대의 타격 없이도 떨어질 때까지.
민중들은 경작되지 않은 들판에서 굶주리고 괴로움에 가슴 에는데[6]
군대는 자유의 파괴와 압제의 희생물을 보다 못해
권력을 휘두르는 모든 이에게 양날을 가진 칼로 변한다.[7]

3 1760년부터 통치한 영국 국왕 조지 3세를 가리킨다. 그는 말년에 정신이상이 되었
   으며 눈도 안 보이게 되었다.
4 하노버 왕가와 그 일족들.
5 조지 3세의 여러 자식들을 가리킨다. 대부분 서출이고 도덕적으로 악명이 높았다.
   여기에서는 1820년에 조지 4세가 된 섭정 왕세자를 가리킨다.
6 '피털루 대학살'을 가리킨다. 1819년 8월 16일 맨체스터에서 평화적으로 시위하는
   노동자들과 그 가족들을 술취한 기병대들이 들이닥쳐 강제로 해산시켰는데, 이
   과정에서 여러 명이 죽고 많은 사람들이 부상을 입었다. 성 피터 광장에서 일어난
   일이나 군중들은 웰링턴 장군의 워털루 전투에서의 열광적인 승리를 비아냥거리
   기 위해 '피털루'라고 불렀다.
7 셸리는 여기에서 통치자들에게 환멸을 느낀 군인들이 반란을 일으켜 독재자들에
   게 무기를 들이대는 것을 암시하고 있다.

황금으로 사고 피로 이끄는 법령들은 부추기고 살해한다.[8]

종교는 예수도 없고 신도 없다[9] — 봉해진 성경 —

폐지되지 않는 의회[10]와 시대의 최악의 법칙[11]이 모든 것들은 무덤들이다.[12] 여기에서 광휘의 환영이[13]

터져나와 우리의 격렬한 나날을 비추었으면.

8 황금과 피는 악정(독재)의 두 개의 뿌리와 형태이다. 즉 부와 권력에 기초한 법률 제도는 국민들을 범죄에 빠지게 하고 범죄를 저지르면 처벌한다.
9 성경에 나타난 예수 그리스도의 가르침과 관계가 없는 압제하는 율법으로서의 오용된 종교의 형태이다.
10 셸리는 의회도 개혁되어야 한다고 생각했다. 그는 『개혁에 대한 철학적 견해 (*Philosophical View of Reform*)』에서 의회와 영국민의 비대표성 문제를 상세히 다루고 있다.
11 비국교도들과 로마 가톨릭 신자들이 관직을 가지지 못하게 하는 법령.
12 앞서 말한 모든 구악들이 사라지고 (셸리가 희망하는) 과거 속에 파묻힐 수 있다.
13 새시대의 새로운 정신, 혁명, 자유 등으로 해석될 수 있다.

하늘에 부치는 송가

정령들의 합창

구름 한 점 없는 밤의 궁전 같은 지붕
황금빛들의 천국
　깊고 측정할 수 없고, 거대한
　　지금도 그렇고 이전에도 그랬고.
　현재와 과거의
　　영원한 장소와 시간의
　　　현존의 방, 사원, 가정,
　　　앞으로 나타날 행위들과 시대의
　　　언제나 달집으로 덮은 둥근 천장!

영광스러운 형상들은 그대 안에 생명을 가진다 —
지구와 지구의 모든 친구들
　언제나 떼지어 모여드는 살아 있는 구체들
　　그대의 깊은 틈새와 황무지
　그리고 미끄러져 가는 초록색 세계들.
　　그리고 삼단 같은 번쩍이는 머리채를 가진 재빠른 별들
　　　그리고 가장 춥고 빛나는 얼음 같은 달들
　　　그리고 암흑 저편의 강력한 해들

강렬한 빛을 지닌 원자들[14]

그대 이름은 신과도 같다.
하늘이여! 왜냐하면 그대는
인간이 그의 본성을 바라보는
　거울이라는 힘이 거처하는 곳이기에 ―
세대들이 지나가는 동안
　무릎을 꿇고 그대를 경배한다 ―
　　그들의 머무르지 않는 실들과 그들은
　　강물과 같이 흘러간다 ―
　　그대는 그렇게 머무른다 ― 언제나! ―

더 먼 곳의 목소리

그대는 단지 마음의 첫 번째 방이다.
그대 주위에 유치한 환상들이 기어오른다.
　종유석에 의해 빛 비춰진 동굴 속의
　　나약한 곤충들처럼;
　그러나 새로운 기쁨들의 세계가
　　그대의 최상의 영광을
　　꿈의 그림자로부터

14　생각할 수 있는 가장 작은 입자들, 또는 어떤 것의 조각들.

단지 하나의 희미하고 대낮 같은 빛처럼 보이게 만든
단지 무덤의 입구일 뿐이다.

좀 더 크고 더욱더 먼곳의 목소리

조용히 하라! 심연은 조롱으로 가득 차 있다.
원자에 의해 태어난[15] 그대의 주제넘음을!
하늘이란 무엇인가? 하늘의 짧고 광활한 공간을 물려받은
   그대들은 누구인가?
그대들이 단지 하나의 부분에 지나지 않는
   그 정신의 본능으로
       달아나는 해들과 천체들은 무엇인가?
       자연의 힘찬 심장이
       가장 얇은 핏줄을 통해 움직이는 핏방울들인가? 떠나라!

하늘은 무엇인가? 하나의 이슬의 구면체로
새 아침에 여러 개의 눈을 가진 꽃을[16] 채우고
   그 꽃의 어린 잎사귀들은
       상상되지 않은 세계 위에서 깨어난다.
       떼지어 반짝이는 태양들이 움직이지 않고

---

15 '태양빛에 의해 보이는, 먼지에 의해 생기는'이라는 뜻.
16 아마도 코스모스를 가리키는 듯하다.

그 궤도를 측정할 수 없이 말아 걷는다.
그곳에 모여 있는 수많은 태양들과 더불어
그 유약한 사라지는 천체 속에서
떨고 빛나고 그리고 사라지기 위하여![17] —

---

17 이 마지막 연의 우주 전체는 광대한 우주 속에 이슬방울처럼 아주 작은 부분으로
존재하는 소우주로 해석할 수 있다.

서풍에 부치는 노래

1

오, 거센 서풍이여[18], 그대 가을의 숨결이여,
눈에 보이지 않는 그대로부터 죽은 잎사귀들은
쫓겨다니네. 마치 마술사로부터 도망치는 유령들과도 같이.

노랗고, 검고, 창백하고, 열병 걸린 듯 붉은,[19]
염병으로 고생하는 무리들 :오 그대,
그들이 어두운 겨울 침상으로 휘몰아치네.

날개 달린 씨앗들을[20]. 그곳에서 그들은 낮게 묻혀
무덤 속의 시체들처럼 싸늘하게 누워 있네. 마침내
그대 누이인 청명한 봄이[21] 꿈꾸는 듯한 대지 위에

---

18 서풍은 일년 내내 알프스 남쪽 지역에서 부는 바람이다. 셸리는 이 바람이 여름이
   끝날 무렵부터 일어나고 있음을 관찰하고 있다. 또 다른 서풍은 겨울이 끝날 무렵
   이탈리아 서쪽 해안으로 분다.
19 여기에 나오는 네 가지 색깔은 실제 낙엽의 색깔도 되겠으나 인류의 피부색 ― 몽
   골인, 흑인, 백인, 아메리카 인디언 ― 을 나타낼 수도 있다(여기에서 "열병 걸린
   듯"은 폐결핵에서 생기는 붉은 색깔을 말한다).
20 많은 식물들은 바람이 씨앗을 운반시켜 종족을 번식시킨다.
21 일반적으로 봄에 부는 서풍은 그리스나 로마 신화에서 모두 남성적이나 셸리는

나팔[22]을 불어댈 그날까지. 그리고 생동하는 색깔과 향내로
들과 산을 가득히 채울 그날까지.
(양떼처럼 대기 속에서 먹고 크도록 향기로운 꽃봉오리를 몰아내며)

사방으로 움직이는 그대 거친 정령이여.
파괴자인 동시에 보존자여.[23] 내 말을 들어다오, 오, 들어다오!

   2

험한 하늘의 동요 속으로 그대가 흘러갈 때면
방만한 구름들이 하늘과 태양의 엉클어진 가지에서 흔들려 떨어진
대지 위의 시들어 가는 잎사귀들과도 같이 흩어지네.

비와 번개의 사자들[24] : 그대 공기의 물결의
푸른 표면 위를 타고, 어떤 격렬한
마이나드[25]의 머리로부터 뻗친 빛나는 머리카락처럼

   이 고정관념을 수정하여 봄의 소생력을 도와주는 부드러운 바람으로 보고 있다.
22 매우 높은 음을 내는 트럼펫의 일종.
23 힌두 신화에는 세 명의 주신으로 파괴신 시바, 창조신 브라흐마와 유지신 비슈누
   가 있는데 셸리는 이를 염두에 두고 있다.
24 이탈리아의 제노바에서 레그혼에 이르는 지중해 연안은 가을이면 수평선 위에서
   나무줄기들처럼 솟아오르는 맹렬한 회오리를 동반한 폭우가 내린다.
25 마이나드는 그리스 신화에서 술과 주연과 식물 식생의 신인 디오니소스를 경배하
   는 여인들을 뜻하며, 광란에 빠진 여자라는 의미도 된다. 디오니소스의 제의가 벌

아득한 지평선 끝으로부터
하늘 꼭대기까지, 그 다가오는
폭풍우의 머리타래가 흩어지네. 그대

저물어가는 해의 만가여, 이 저물어가는 밤도 그대에게는
그대의 모든 수증기가 응결된 힘으로 둥근 천장을 이룬
거대한 무덤의 둥근 천장이 되리라.

그 단단해진 수증기[26]의 천장으로부터
검은 비, 번갯불, 그리고 우박이 터져 나오리. 오, 내 말을 들어주오!

3

그대는 그의 여름의 꿈으로부터,
수정같이 맑은 시냇물의 소용돌이 소리에 취한 듯이 누워 있는
푸르른 지중해를 잠깨웠네.

바이아 만의 가벼운 돌섬 옆에서 잠들어

어지면 마이나드들은 미친 듯이 춤을 추며 머리카락을 휘날린다고 한다. 셸리는
여기서 바람에 휘날리는 구름들을 마이나드와 비교함으로써 폭풍의 악마적인 힘
을 암시하고 있다.

26 구름들

꿈속에서 오래된 궁전들과 탑들이[27]

너무 감미로워 감각이 상상만 해도 기절해버리는,

푸른빛 이끼와 꽃들로 온통 뒤덮여서, 파도 속에서
더욱 강하게 비추는 햇빛 속에서 떨고 있음을 보고 있는 지중해를!
그대의 진로를 위해 대서양의 공평한 세력들은

스스로 간극을 만들어주고,[28] 바다 밑바닥에서는
바다꽃들과 대양의 수액 없는 잎을 지닌
끈끈한 해초들이 그대 목소리를 알아차리고

갑자기 공포에 질려 사색이 되어
벌벌 떨며 잎사귀를 떨구네.[29] 오, 내 말을 들어다오!

27 셸리는 이 시를 쓰기 1년 전 화산의 용암으로 만들어진 경석섬이 있는 나폴리 서
   쪽의 바이아 만을 배를 타고 건넌 적이 있는데, 이때 그는 수중에서 로마 황제들
   이 살던 대별장들의 폐허를 보았다. 셸리는 이것을 귀족적이며 타락한 힘의 상징
   으로 간주했던 것 같다.
28 아마도 셸리는 아메리카에서 일어난 미국 독립혁명과 그것이 유럽에 미치는 영향
   을 염두에 두고 있는 듯하다.
29 3연 결론 부분에서 암시된 현상은 박물학자들에게는 잘 알려져 있다. 바다나 강이
   나 호수 밑의 식물 식생은 지상 위의 계절의 변화와 조화를 이루고 결과적으로 변
   화를 공고(公告)하는 바람들에 의해 영향을 받게 된다. (셸리 自註)

4

만일 내가 그대가 불어 날릴 수 있는 하나의 낙엽이라면,
만일 내가 그대와 함께 날아가는 한 점의 빠른 구름이라면,
만일 그대의 힘 밑에서 가쁜 숨을 몰아쉬며, 그대만큼

분방하지는 않지만 그대의 힘의 충동을 나누는 파도라면,
오, 걷잡을 수 없는 자여! 만일 그대가 하늘을 나는 속도를
따라잡는 것이 환상이 아니었던

소년 시절로 되돌아가 그래서
하늘에서 그대의 방랑의 동반자가 될 수만 있다면,
나는 안타깝게 기도 속에서

그대를 성가시게 굴지 않았으리.
오, 나를 올려주오. 하나의 파도처럼, 나뭇잎처럼, 구름처럼!
나는 삶의 가시밭 위에 쓰러지네! 피를 흘리네![30]

세월의 무거운 무게 밑에서 사슬로 얽매이고 굴복당했네.

---

30 셸리는 그가 경험한 불운과 고통에 패배감을 느끼는 것 같다. 그 이유는 그의 불
행에 너무 깊이 빠져 있어서 서풍의 소생 능력이 필요하기 때문이다. 이 밖에 예
수의 면류관을 암시한다고도 볼 수 있고 단테가 삶을 "거칠고 고집스런 … 어두운
숲"(「연옥」 1권 1~5행)이라고 표현한 은유하고도 관계가 있다.

길들이지 않고, 재빠르고, 자존심 강한, 너무나도 그대를 닮은 사람이.

   5

나를 그대의 수금으로 삼아다오, 바로 저 숲과도 같이.
내 잎사귀들이 저 숲의 잎사귀들처럼 떨어진들 어떠리!
그대의 힘차고 소란스러운 노랫소리가

숲과 나에게서 슬픔 속에서나마 감미로운
깊은 가을의 가락을 얻어내리라! 그대 거센 정령이여,
나의 정신이 되어주오! 그대, 격렬한 이여, 내가 되어주오!

새로운 출생을 재촉해주는 시들은 낙엽들과도 같이
나의 죽은 사상들을[31] 온 우주에 몰아가 주오!
그리고 이 시를 주문으로 만들어,

아직 꺼지지 않은 화로에서 나오는 재와 불씨와도 같이
온 인류에게 내 말을 흩트려 뿌려주오!
나의 입술을[32] 통해 아직 깨어나지 못한 대지 위에

---

31 이전에 썼으나 성공하지 못한 시편들.
32 여기에서 셸리는 영감이나 묵시가 발설되어 나오는 하나의 매체에 불과하다.

예언의 나팔[33]을 불게 하오! 오, 서풍이여,
겨울이 오면, 어이 봄은 멀 것인가?

---

[33] 새시대에 대한 선언. 신약 「요한계시록」 9절에 나오는 예수 통치와 시작을 알리는 나팔 소리의 반향일지도 모른다. 또한 이 부분은 『시의 옹호』의 마지막 부분과도 관련이 있다. "시인들은 이해되지 않은 영감의 최고 해설자이며, 미래와 현재 위에 던지는 거대한 그림자들을 가진 거울이며, 그들이 이해하지 못하는 말이며, 전투를 위해 부나 그들이 영감을 불러일으키는 것을 느끼지 못하는 나팔과 같다. 움직이지 않는 그 영향은 감동시킨다. 시인들은 이 세계의 인정받지 못한 입법자들이다."

권유

카멜레온들은 빛과 공기를 먹고 산다.
　시인의 밥은 사랑과 명성이다.
만일 걱정이 가득한 이 넓은 세상에서
　시인들이 그들처럼 적은 노력으로
그 양식을 찾아낼 수만 있다면,
　하루에도 스무 번씩이나
　지나가는 빛마다 자신의 색깔을 바꾸는
변덕스러운 카멜레온들처럼
　시인들이 그 색깔을 항상 바꿀 것인가?

시인들은 이 차가운 땅 위에 존재한다.
　카엘레온들이 그러하듯
바다 밑 동굴 속에
　태어날 때부터 몸을 가리우고.
빛이 있는 곳에서, 카멜레온들은 변한다.
　사랑이 있지 않은 곳에서, 시인들은 변한다.
　명성은 사랑이 위장한 것 : 만일 누구든
사랑과 명성을 찾지 못한다 해도, 결코 이상하게 여기지 말라,
　　시인들이 변하는 것을.

허나 시인의 자유롭고 고귀한 정신을
　부와 권력으로 오염시키지 말아라.
광선들과 바람을 제외한 어떤 음식이든지
　밝은 카멜레온이 탐식한다 해도
그들은 그의 형제 도마뱀처럼
　머지않아 세속적으로 자라나리라.
　더 환한 별의 자손들이여,
달의 저편에서 온 정령들이여,
　아, 그 크나큰 은혜를 거절하라.

인도 소녀의 노래

1

나는 밤의 달콤한 첫잠에서
그대 꿈꾸다 깨어납니다.
바람은 나지막이 불고
별들은 밝게 빛납니다.
나는 그대 꿈에서 깨어나고
나의 발에 들어 있는 한 정령은
나를 인도해주었습니다. — 어떻게 했는지는 모르지만요.
그대의 창가로 말입니다, 님이시여!

2

떠도는 산들바람은 실신합니다.
어둡고 고요한 시냇물 위에서 —
황목련의 향기는 아스러집니다.
마치 꿈속에서의 달콤한 생각들과도 같이.
나이팅게일의 넋두리도
그녀의 가슴에서 임종을 맞습니다.

마치 내가 그대 가슴에서 그래야만 하듯이.
오, 소중한 님이시여!

   3

오, 나를 잔디에서 일으켜 주오!
나는 죽습니다! 실신합니다! 아스러집니다!
그대의 사랑을 입맞춤의 비로 퍼부어주오.
내 입술과 창백한 눈시울에.
내 뺨은 싸늘하고 파리합니다. 아, 이를 어찌하리!
내 가슴은 쿵쿵 거리며 빨리도 뜁니다 —
오, 이 가슴 그대 가슴에 다시 한 번 껴안아주오!
마침내 그곳에서 터지고 말도록.

메리 셸리에게

세상은 황량하고
메리, 당신 없이 방황하고 있는
　나는 피곤하오.
예전에는 있었소, 하나의 기쁨이.
당신의 음성 속에, 그리고 당신의 미소 안에.
　메리, 이제 그것은 사라졌소. 나도 이제 떠나야만 하기에.

사랑의 철학

1

시냇물은 강물과 합치고
  그리고 강물은 다시 바다와 합치네.
하늘의 바람은 영원히
  달콤한 정서와 섞이네.
이 세상 어느 것도 홀로일 순 없네.
  모든 것은 하늘의 섭리로
서로서로의 존재 속에서 합치네.
  나는 어찌 그대와 못 합친단 말인가? ―

2

산들이 높은 하늘과 입맞춤하고
  파도가 서로 서로를 포옹하는 것을 보라.
어느 누이 꽃도 용서받지 못하네.
  그네의 오빠 꽃을 저버린다면.
그리고 햇살은 대지를 포옹하고
  달빛은 바다에 입맞춤하네.
이 모든 입맞춤이 무슨 소용 있으리?
  만일 그대가 나에게 입맞춤하지 않는다면.

해방된 프로메테우스

네 번째 정령

1막 737~751행

어느 시인의 입술에서 나는 잠을 잤다네.
사랑의 명수와도 같이
그의 숨결 소리에 맞추어 꿈을 꾸면서.
세상의 행복을 그는 구하지도 찾지도 않는다네.
다만 사색의 황야에 출몰하는 형상들의
영묘한 입맞춤에 만족하며 살 뿐.
새벽부터 황혼까지 그는 지켜보리라,
호수에 반사된 해가 담쟁이꽃 속의
노란 벌들을 밝게 비추어주는 것을.
그것들이 무엇인가는 유의하여 보지도 아니한 채.
그러나 이들로부터 그는 창조해낼 수 있으리라.
살아 있는 사람보다 더욱 진실한 형상들을.
영원불멸의 자식들을!
이들 중 하나가 나의 잠을 깨웠고
나는 그대 구하고자 속력을 높였다네.

대기 중의 노래하는 목소리

삶의 삶이여! 그대의 입술은 사랑으로
　입술 사이로 새어나오는 숨결에 불을 지피고
그대의 미소는 사라지기 전에
　차가운 공기를 불로 바꾼다 ; 그러고는
바라보는 이마다 당혹 속에서 어쩔 줄 몰라
기절케 하는 모습 속으로 미소는 숨어버린다.

빛의 어린이! 그대의 사지는 그들을
　감추는 듯한 의복을 통해 불타오른다.
빛나는 아침 햇살이
그 빛을 가르는 구름 사이로, 갈리기 전에 빛을 내듯이.
그리고 가장 성스러운 이 분위기는 그대가
빛을 내는 곳이면 어디든지 쫓아가 그대를 덮어버린다.

다른 것들도 아름답다 ― 어느 누구 그대를 볼 수는 없어도
　그대의 목소리는 낮고 부드럽게
가장 아름답게 소리 낸다. 그 목소리
　투명하게 빛나는 그대 모습을 감싸버리기에
그리고 모든 이 그대를 볼 수는 없어도 느끼기에.
내가 지금 느끼듯이. 영원히 놓쳐버린 그대를!

지상의 등불! 그대가 움직이는 곳마다
　지상의 희미한 형상들은 즐거움에 싸이고
그대가 사랑하는 이들의 영혼은 가볍게
　바람을 타고 걷는다.
지금의 나처럼 그 형상들이 지쳐버릴 때까지.
혼란에 빠져, 방황하며 ― 그러나 눈물은 내비치지 않고!

아시아의 대답[34]

　나의 영혼은 요술에 걸린 배.
　잠자는 백조와도 같이, 그대의 아름다운 노래의
은빛 파도 위에 떠 있고
　그대의 영혼은 천사처럼
　배를 저어 가는 타륜 옆에 앉아 있다.
모든 바람이 아름다운 곡조로 울려퍼지는 가운데
　나의 영혼은 영원히 떠나는 듯하다.
　많은 구불구불한 강물 위로,
　광야의 천국인
　산들, 숲들, 심연들 사이로!
그러나 마침내 잠 속에 갇힌 사람과도 같이

34　아시아는 대양의 여신 중 하나로 프로메테우스의 애인이다. 이 부분은 영시 중에
　서도 절창의 하나로 꼽힌다.

대양에 이르러 나는 떠내려가고 떠돈다.
영원히 확산되는 소리를 지닌 깊은 바닷속으로.

　　그동안 그대의 정령은 날개를 펼친다.
　　음악의 가장 조용한 영토 속으로.
행복한 하늘을 부채질해주는 바람을 잡으며.
　　그리고 우리는 계속 더욱더 멀리 항해한다.
　　항로도 없이…… 인도해주는 별도 없이……
그러나 언젠가는 사라질 작은 쌍돛배가 결코 가보지 못한
　　엘리시안 정원의 작은 섬들을 지나
　　수로 안내인 중 가장 아름다운 그대에 의해 인도된
　　아름다운 음악의 본능에 의해
　　내 욕망의 배는 이끌려진다 ―
우리가 숨쉬는 공기가 사랑이고
그 사랑이 바람과 파도 위에서 움직이고 있는 영역으로.
이 지상과 우리가 천상에서 느끼는 것을 조화시키면서.

　　우리는 시간의 얼음 동굴을 지나왔다.
　　어른의 어둡고 흔들리는 파도를 지나고
웃으며 배반하는 젊은이의 부드러운 대양도 지나왔다.
　　그림자들로 가득한 유년의
　　투명한 심연을 넘어 우리는 달아난다.
죽음과 탄생을 넘어 성스러운 날을 향해서.

둥근 천장을 한 정자들이 가득한 천국이
　　아래를 바라보고 피어 있는 꽃들로 환히 밝혀지고,
물길은 조용히 원시림 사이로
　　구불구불 흘러내리고,
너무나 눈부셔 볼 수 없는 모습들로 가득하네.
그리고 평안함을 지켜보았네 ― 마치 그대와도 같아.
바다 위를 걷고 아름답게 노래부르는 모습을!

데모고르곤의 노래

4막 570~578행

희망이 무한한 것이라고 생각하는 비애를 견디는 것,
죽음이나 밤보다도 더 검은 악행을 용서하는 것,
　　절대절명한 것처럼 보이는 권력에 반항하는 것,
사랑하고 참고, 희망이 그의 폐허에서
그가 생각한 것을 창조할 때까지 희망을 가지는 것,
　　변하지도 않고 넘어지지도 않고 후회하지도 않는 것,
이것은, 거인이여! 그대의 영광처럼
훌륭하고, 위대하고, 즐겁고, 아름답고, 자유로운 것이니,
이것만이 삶이요, 기쁨이요, 제국이며 승리로다.

무질서의 가면 무도회
맨체스터의 대학살 사건에 부쳐

1

내가 이탈리아에 누워 잠들어 있을 때
바다 건너에서 한 목소리가 건너왔다.
그리고 그것은 커다란 힘으로 나를 인도하여
시가(詩歌)의 비전 속을 산책하게 하였다.

2

나는 가는 길에 살인마를 만났다 —
그는 캐슬리 자작[35]처럼 가면을 쓰고 있었다 —
아주 부드럽게 그는 보였으나 어쩐지 오싹했다.
일곱 마리의 피 묻은 사냥개[36]가 그를 뒤따랐다.

---

35 셸리는 이 인물을 「캐슬리 통치기에 쓴 시행」 「시드머스와 캐실리에게」 등의 작품에서도 언급한다.
36 1815년 빈 회의에서 영국과 다른 7개국(오스트리아, 프랑스, 러시아, 프러시아, 포르투갈, 스페인, 스웨덴)이 노예 무역 폐지를 연기할 것을 결의하였다. 당시 피트 행정부의 호전성은 국민들 사이에 '피 묻은 사냥개'로 불렸다.

3

그 개들은 모두 통통했다. 그들은
탄식할 만한 곤경 속에서도 건강하리라.
왜냐하면 하나씩, 그리고 둘씩
살인마는 그들에게 그의 넓은 외투자락에서 꺼낸
인간의 심장들을[37] 씹어 먹도록 던져 주었기에.

4

다음으로 사기가 다가왔다. 그는 걸치고 있었다.
엘든[38]과 같이 흰 담비 모피로 만든 가운을.
그는 잘 울었기에, 그의 큰 눈물방울들이
떨어질 때마다 맷돌로 변하였다.

5

그리고 어린아이들이
눈물방울을 보석이라고 생각하며

---

37 노예들을 가리키는 듯하다
38 엘든은 존 스콧을 지칭한 것이다. 그는 대법관으로서 엄한 판결과 법정에서 갑자
기 눈물을 흘리는 것으로 유명했다. 엘든은 셸리의 첫째 부인인 해리엇이 죽자 셸
리로부터 두 아이의 양육권을 박탈하였다.

그의 발 둘레에서 앞뒤로 뛰며 놀고 있었는데,
아이들의 머리는 그 눈물의 돌에 맞아 완전히 부서져버렸다.

6

빛을 입은 것처럼 성경이라는 옷을 입고
다음으로 위선이 시드머스 자작[39]과 같이
밤의 그림자를 드리우며
악어[40]를 타고 지나갔다.

7

그리고 더 많은 파괴자들이 놀고 있었다.
이 무시무시한 가면 무도회에서.
마치 주교들, 판사들, 귀족들 또는 간첩들처럼
모두 변장을 하고 있었다. 심지어는 눈까지도 감추고.

---

39 시드머스 자작은 헨리 애딩턴으로 당시 내무장관이었다. 그는 많은 첩자와 정보
원을 고용하여 불만을 품은 노동자들을 자극시켜 소요를 일으키게 한 뒤 그중 많
은 사람들을 잡아들여 교수형에 처하거나 추방령을 내렸다. 1818년에는 의회를
설득해서 백만 파운드를 들여 가난한 노동자들이 모여 사는 대도시 공업 지대에
새로운 교회들을 설립하여 그들을 달래고 어려운 생활을 수동적으로나마 받아들
이도록 했다.

40 전설에 의하면 악어는 먹이를 유인하기 위해, 또는 먹이를 먹을 때 눈물을 흘린다
고 한다. 그래서 악어는 위선의 상징이었다.

8

최후로 무질서[41]가 다가왔다. 그는
핏물을 튕기면서 백마를 타고 왔다.
그는 입술까지도 창백하였다.
마치 요한계시록에 나오는 죽음과도 같이.

9

그는 왕관을 쓰고 있었다.
그리고 그의 손아귀에 잡고 있는 홀(笏)은 빛났다.
그의 이마에서 나는 다음의 표시를 보았다 ―
"나는 신이요, 왕이요 그리고 법이다!"

---

41 셸리는 악정이 혼란과 폭력을 가져오며 폭정은 질서의 거부라고 믿고 있었다. 셸리는 「요한계시록」 6장 8절의 다음과 같은 구절을 염두에 두고 있었다. "그리고 보니 푸르스름한 말 한 필이 있고 그 위에 탄 사람은 죽음이라는 이름을 가진 사람이었습니다. 그리고 그 뒤에는 지옥이 따르고 있었습니다. 그들에게는 땅의 사분의 일을 지배하는 권한, 곧 칼과 기근과 죽음, 그리고 땅의 짐승들을 가지고 사람을 죽이는 권한이 주어졌습니다."
이 밖에 벤자민 웨스트의 〈창백한 말을 탄 죽음〉이라는 유명한 그림을 암시하는 것인지도 모른다. 이 그림에서 죽음은 왕관을 쓰고 칼을 가진 자들과 함께 군중들을 짓밟는 모습으로 그려져 있다. 셸리는 '무질서'를 악에 대한 최고의 의인화로 사용하고 있는데, 이는 밀턴의 『실락원』(2권 988행)에 나오는 '혼돈'과 포프의 『우인열전』(4부 655행)에 나오는 '무정부'에서 따온 듯하다.

10

웅장하고 빠른 걸음걸이로
영국의 대지 위로 그는 지나갔다.
경모하는 민중의 무리들을
짓밟아 피의 수렁으로 만들면서

11

그리고 주위에 있는 힘센 군대는
대지를 짓밟아 흔들어놓고
그들의 주님을 봉양하기 위해
피 묻은 칼을 모두 하나씩 흔든다.

12

그리고 영광스러운 승리감으로 그들은
의기양양하고 즐겁게 영국 땅을 지나갔다.
황폐함의 포도주를
마시고 완전히 취하여서

13

들과 마을을 지나, 바다와 바다를 건너
빠르고 자유분방하며 화려한 행렬이 지나갔다,
깨부수고 짓밟으면서
마침내 그들은 런던 시까지 왔다.

14

시민들은 공포에 질려서
그들의 마음이 공포로 병들었음을 느꼈다,
무질서의 승리의
폭풍노도와 같은 함성을 듣고서.

15

고용된 살인자들이 거만스럽게
피와 불꽃으로 무장을 하고
그를 맞으러 왔다,
"그대는 신이요, 법이요, 왕이다"라고 노래부르며,

16

"권력자여, 허약하고 외로운 우리는
그대가 오시기를 고대해왔소이다!
우리의 지갑은 텅 비고 우리의 칼은 차갑습니다.
우리에게 영광과 피와 황금을 주소서."

17

잡동사니 군중들, 법률가와 사제들은
그들의 창백한 이마를 땅에 조아리며
좋지 못한 기도인 양 크지 않게
"그대는 법이요 신이다"라고 속삭이네 —

18

그러자 모두 함께 하나가 되어 소리치네,
"무질서여, 그대는 왕이요, 신이요, 주님이십니다.
당신에게 우리는 경배합니다.
그대의 이름은 이제 거룩하나이다!"라고.

(부분)

미모사

114~137행

결론

미모사, 또는 외양의 형체가 부패를 알기 전에
그 가지 안에서 정령과 같이 앉아 있던 것이
이러한 변화를 느꼈는지
나는 말할 수 없네.

별들이 빛을 발하듯이 사랑을 뿌렸던
형체와 더 이상 합쳐져 있지 않은,
그 여인의 부드러운 마음이 기쁨을 떠난 곳에서
슬픔을 발견했을지를

나는 감히 추측하지 못하네. 그러나
실수, 무지, 투쟁의 이 삶 속에서는
아무것도 존재치 않고, 모든 것은 그림자일 뿐,
그리고 우리는 꿈의 그림자일 뿐.

죽음은 삼라만상처럼 조소일 뿐이라고
말하는 것은 온당한 믿음이리라.
그러나 다시 생각해보면

즐거운 신조가 되기도 하네.

그 달콤한 정원, 그 아름다운 여인,
그곳의 모든 감미로운 형상들과 향내음들은
사실은 결코 사라져버린 적 없었네.
변하는 것은 우리들이지 그들은 아니네.

사랑과 아름다움과 기쁨에는
죽음이나 변화는 없네. 그들의 힘은
우리의 감각 능력을 초월할 뿐.
우리 감각들 명석치 못해 그 빛 감당 못하네[1]

(부분)

1　이 결론 부분에서 내세우는 진술은 간단하다. '우리는 우리의 감각 능력(감각, 이
　성 등)이 명석치 못한 것을 알기 때문에 이 시의 1부, 2부, 3부에서 이야기되는 일
　들이 사실이 아닐 수도 있다'는 것. 시인은 인간의 지각이 틀리기 쉽다는 것을 알
　기 때문에 그녀의 명백한 죽음과 아름다운 정원이 파괴된 이야기를 들은 뒤에도
　아직도 시인 자신의 위와 같은 "온당한 믿음"을 지켜 나갈 수 있게 되는 것이다.

구름

바다와 냇물에서 나는
　목마른 꽃들에게 생기 나는 소나기를 가져오고,
나뭇잎들이 정오의 꿈에 취해 있을 때 나는
　엷은 그늘을 만들어주네.
새싹들의 어미인 대지가 태양 주위를 돌 때
　어미[2]의 품안에서 기분 좋게 잠에 취하게 된 새싹들에게
나는 날개를 흔들어 이슬을 내리게 하니
　그 귀여운 봉오리들은 제각기 잠에서 깨어나네.
우박이라는 도리깨를 내리쳐 휘둘러서 나는
　발 아래 초록 평야를 하얗게 만드네.
그러고는 다시 그 우박을 빗물로 녹이고는 나는
　크게 웃으며 천둥을 때리고 지나가네.

내가 발 아래 산 위에다 눈가루를 흩뿌리면
　커다란 소나무들 깜짝 놀라 신음 소리 내네.
내가 질풍의 팔에 안겨 잠자는 동안
　눈은 나의 하얀 베개가 되네.

2　대지를 의미한다.

내 하늘의 처소인 탑루 위에 거만하게
　내 길 안내하는 번갯불이 앉아 있네.[3]
저 및 동굴 속에는 족쇄에 묶인 천둥이
　간간이 몸부림치며 소리내어 울부짖네.
자줏빛 바다의 깊은 물속에서 노니는
　수호신의 사랑에 유혹되어
이 번갯불은 대지와 대양 위로
　부드럽게 움직이며 나를 인도하네.
시냇물, 가파른 바위산, 그리고 언덕 위로
　호수와 평원 위로
번갯불이 꿈꾸는 어디든지 간에, 산이건 냇물이건 그 밑에는
　그가 사랑하는 정령이 남아 있다네.
번갯불이 빗속에서 녹아 내리는 동안
　나는 하늘의 푸른 미소 속에서 몸을 녹이고 있네.[4]

벌겋게 솟아오르는 태양은 화려한 눈빛을 하고

3　셸리가 다니던 사이언하우스학교와 이튼 칼리지에서 강의를 하던 애덤 워커가
　『친근한 철학의 체계』(1799)라는 책을 출간했는데, 그 책에는 다음과 같은 구절이
　있다. "물은 전기라는 날개를 타고 대기를 통해 일어난다." 그래서 비는 양극으로
　대전된 구름이 음극으로 대전된 지면과 반응을 일으킬 때 격렬한 전기적 폭우
　(19~20행) 또는 부드러운 비가(30행) 되어 내린다는 것이다. 셸리는 음극과 양극
　이라는 두 개의 대극적인 대전이 서로 이끄는 현상을 사랑으로 의인화하고 있다
　(23~28행).
4　구름의 윗부분은 태양빛에 노출되어 있다.

타는 듯한 깃털을[5] 쭉 펼치고

새벽의 별빛이 사그러들 때

　흘러가는 내 조각구름 등 위로 올라타네.

지진이 이리 흔들고 저리 흔드는

　가파른 바위산의 한 뾰족한 모서리 위에

황금 날개를 번쩍거리며

　한순간 깃을 접는 한 마리 독수리와도 같이.

저 밑에서 반짝이는 바다로부터 지는 태양이

　휴식과 사랑의 열정을 속삭이고 있을 때,

저 위 넓고 넓은 하늘 한가운데로부터

　저녁의 진홍빛 장막이 드리워질 때,

나는 마치 알을 품고 있는 비둘기와도 같이

　하늘의 둥지에서 날개를 접고 조용히 휴식을 하네.

　하얀 불빛이 가득한 둥근 얼굴의 저 처녀는

한밤중에 흩뿌려지는 미풍으로

　내 양털과 같은 마룻바닥 위로 빛을 내며 미끄러지네.

천사들만이 들을 수 있는

　달의 보이지 않는 발로 내는 장단 소리가

내 얇은 지붕의 천을 찢어낸 곳에서

　별들은 달 뒤에서 몰래 엿보고 있네.

5　태양 주위의 광환(光環)에 대한 시적인 표현.

마침내 조용한 강, 호수, 바다들이 제각기
　　나를 통해 저 높이에서 떨어진 하늘의 조각들인 양
달과 별들로 촘촘히 수놓아질 때까지
　　나는 바람으로 만들어진 나의 천막에 생긴 틈을 벌리면서
별들이 황금빛 벌 떼들처럼
　　빙빙 돌며 도망가는 모습을 보며 너털웃음 짓네.

나는 태양의 왕좌를 불타는 띠로 묶고
　　달의 옥좌를 진주 띠로 동여매네.[6]
회오리바람이 나의 깃발을 펄럭일 때
　　화산은 희미해지고 별들은 비틀거리며 수영하네.
격렬한 바다 위에 세워진
　　다리의 모양으로 곳에서 곳으로
태양빛을 견디며 나는 지붕처럼 드리워져 있네.
　　산들을 그 기둥으로 삼고서.

6　권적운은 하늘을 덮고 있는, 투명한 흰구름으로 태양이나 달이 그 구름 뒤에서 빛
　날 때 훈륜(暈輪)을 만들어낸다. 셸리의 보편화된 구름은 시 전편을 통해 끊임없이
　변화하면서 여러 형태로 각각의 역할을 해내고 있다. 45~58행에서 묘사된 구름은
　아마도 중간 고도의 고적운으로 '조각들'로 분열된다. 65행에 나타나는 구름은 층
　적운이고, 67~70행에 나오는 개선문같이 생긴 구름은 적란운이다. 이렇게 볼 때
　다른 시들에서처럼 여기에서도 셸리의 과학에 대한 지식은 놀라울 정도로 정확하
　다. 이것은 셸리가 현대에도 문제가 되고 있는 과학과 시에 대한 분리와 대립, 즉
　'두 개의 문화'의 문제에 관심을 가지고 (철학을 포함해서) 시와 과학의 화합을 시
　도한 것은 아닐까?

폭풍과 불과 눈을 가지고
　내가 진군할 때 지나가는 개선문은
대기의 세도가들이 나의 의자에 사슬로 묶여 있을 때
　백만 가지 색깔을 한 활이네.
위에서는 창공의 불덩이가[7] 그 부드러운 빛깔을 짜내고
　아래서는 눈물 흘리는 대지가 웃고 있네.

나는 대지와 바다의 딸.
　하늘이 소중히 길러낸 어린아이,[8]
나는 대양과 해안의 기공을 지나다니며
　변하네. 그러나 죽을 수는 없다네.
그것은 비가 온 후 티 한 점 없는
　하늘의 누각이 드러나고
볼록면의 섬광을 지닌 태양빛과 바람이
　대기의 푸른 둥근 천장을 만들어 세울 때,
나는 조용히 나의 기념비[9]를 보며 웃음짓다가
　무덤에서 나온 유령과도 같이, 엄마의 자궁에서 나온 아기와도 같이,
나는 비의 동굴을 차고 나와
　다시 일어나 그 기념비를 깨부숴버리기 때문이라네.

7　태양 광선.
8　존재의 형이상학적 체계 속에서의 구름의 위치는 하늘과 땅의 중간 지대에 있다.
9　죽은 구름의 기념비는 구름 한 점 없는 하늘의 푸른 둥근 천장을 가리킨다.

종달새에게

그대여, 반갑도다. 명랑한 정령이여!
   그대는 결코 새는 아니었으리라.
하늘[10]에서 아니 하늘 가까이에서
   그대는 가득 찬 가슴에서 즉흥적인 기술로
풍성한 노랫가락을 쏟아내는구나.

더 높은 그리고 한 층 더 높이
   지상에서 그대는 솟구쳐 오르는구나,
마치 지는 태양의 빛을 받는 불그름인 양.
   푸른 하늘을 그대는 날아오르는구나,
항상 노래하며 솟아오르고 언제나 솟아오르며 노래하며.

저무는 태양이 발하는
   황금빛 노을 속에서
구름은 광채를 받아 반짝이는데
   그대는 높이 떠서 달리는구나,
돌진을 막 시작한 육신을 떠난 영혼의 기쁨과도 같이.

---

10   하늘의 최고 지점, 또는 플라톤의 이데아를 가리킨다.

옅은 보랏빛 저녁은
　　그대 날아가는 주위에서 녹아 내리고
환한 대낮에 뜬
　　하늘의 별과 같이[11]
그대 보이지 않으나, 그대 날카로운 기쁨의 소리 나에게 들리네.

그대의 기쁨은 새벽별 금성이
　　발하는 화살처럼 날카롭구나.
그 은빛 금성[12]의 강렬했던 등불이
　　밤이 부서진 맑은 새벽에 약해지니
끝내 보이지 않게 되나 ─ 그곳에 있음을 우리는 느끼네.

온 대지와 창공이
　　그대의 목소리로 시끄럽구나.
밤은 허허히 맑은데
　　외로운 구름 한 점으로부터
달빛이 쏟아져 나와 하늘에 넘쳐흐르네.

그대 무엇인지 우리는 모르네.

11　저녁별로서의 금성(별은 낮에는 보이지 않으나 아직 하늘에 있는 것은 사실이다).
12　새벽별로서의 금성(그 빛은 낮의 빛 속으로 사라지기 직전에 가장 예리하게 보인
　　다).

무엇이 그대를 가장 닮았을까?
무지개 구름에서도
　보기에 그렇게 빛나는 빗방울들이 뿌려지지 않으리.
그대에게서 쏟아져 내리는 아름다운 가락들과 같이.

그대는 마치 상념의 빛 속에
　숨어 있는 시인[13]과도 같이
아무에게도 명령받지 않고 노래 불러
　드디어 세상 사람들이 이제껏 알지 못했던
희망과 공포의 공감을 불러일으키네.

그대는 마치 궁전의 높은 탑 속에서
　고귀하게 태어난 공주와도 같이
은밀한 시간에
　그녀의 규방을 넘쳐흐르는 사랑처럼 달콤한 가락으로
사랑에 번민하는 영혼을 달래주네.

그대는 마치 이슬 내린 골짜기의
　황금빛 나는 어린 개똥벌레와도 같이
가볍고 섬세한 색조를

13　8~12연에 나오는 직유들은 시인과 연인을 통해 동물계와 식물계, 그리고 광물계
　　로 진행되고 있고, 인간의 오관(시각, 청각, 후각, 미각, 촉각)과도 관련되어 있다.

어린 개똥벌레를 가려주는 꽃과 풀 사이로
보이지 않는 곳에서 뿌려주네.

그대는 마치 자신의 녹색 잎사귀에
　둘러싸인 장미꽃과도 같이
따뜻한 바람에 향내음을 빼앗겨
　드디어 그것은 너무나도 달콤한 향내음으로
무거운 날개를 가진 도적들[14]을 기절시키네.

반짝이는 풀 위에
　비에 잠을 깬 꽃 위에
내리는 싱싱한 봄 소나기 소리와
　즐겁게 맑고 생생한 그 모든 것들도
그대의 아름다운 음악을 따르지 못하네.

그대 정령, 아니 종달새여, 우리에게 가르쳐주오,
　그대의 달콤한 상념이 무엇인지.
그렇게도 신성한 황홀함을 홍수처럼 쏟아낸
　사랑이나 포도주의 예찬을
나는 이제껏 들어본 적 없다네.

14　53행의 '따뜻한 바람' 또는 '벌들'을 가리킨다.

결혼 축하의 합창도
　또는 개선의 노래도
그대 노래에 비하면
　공허한 허풍이고
무언가 모자라는 것이 있음을 느끼게 하네.

그대 행복한 가락의
　원천은 어떤 것들인가?
어떤 들판, 어떤 파도, 어떤 산들인가?
　어떤 형상의 하늘인가, 평원인가?
그대 사랑은 어떤 종류의 것인가? 고통에 대해 무지하단 말인가?

그대의 맑고 예리한 즐거움에는
　권태는 있을 수 없네.
번뇌의 그림자는
　결코 그대 곁에 가까이 오지 못하네.
그대는 사랑하네 ― 그러나 결코 사랑의 슬픈 권태는 몰랐네.

깨어 있건 자고 있건
　그대는 분명 죽음을 깊이 생각했네,
언젠가 죽을 우리 인간들이 꿈꾸는 것보다
　더욱 진실하고 심오한 것들을.
아니라면 어찌 그대의 가락이 수정 같은 시냇물로 흘러나오랴?

우리는 앞과 뒤를 바라보며

　없는 것을 그리워하네.

우리의 가장 진지한 웃음도

　어떤 고통으로 가득 차 있네.

우리의 가장 달콤한 노래들도 가장 슬픈 생각을 전해주네.

그러나 증오와 자만심과 공포를

　만일 우리가 멸시할 수 있다 해도,

눈물 한 방울 안 흘리도록

　만일 우리가 태어난 존재라 해도,

나는 우리가 어찌 그대의 즐거움 곁에 갈 수 있을지 모르네.

기쁨에 찬 소리로 가득한

　모든 음악들보다도

책에서 찾을 수 있는

　모든 보물들보다도

그대 기술은 시인에게 더 좋네. 그대 대지를 조롱하는 자여!

그대의 두뇌가 알고 있는

　즐거움의 절반이라도 나에게 가르쳐주오.

그러면 그 조화의 광기[15]인 영감이

15　이것은 플라톤적인 사상이다. 셸리가 번역한 플라톤의 「이온」편에 다음과 같은

나의 입술에서 흘러나오련만.

그러면 세상 사람들 들으리 — 지금 내 그대 소리 듣듯이.

구절이 있다. "뮤즈의 여신이 처음으로 영감을 불러일으켰던 것들을 통해 그 영감을 공유하는 능력을 가진 모든 다른 사람들과 그 첫 번째 열광의 영향을 전해주는 여신은 고리와 연쇄를 만들어낸다. 우리가 경탄하고 있는 위대한 시편들의 작가들은 어떤 예술의 법칙들을 통해 그 탁월성을 얻은 것은 아니지만 그들 작가들은 영감의 상태에서, 즉 신성한 광기 상태에서 자신들의 것이 아닌 정령에 빠져서 아름다운 시와 음악을 만들어내고 있다."

−에게 : "상냥한 처녀여, 나는
당신의 입맞춤이 무섭다오"

1

상냥한 처녀여, 나는 당신의 입맞춤이 무섭다오.
　당신은 나의 입맞춤을 두려워할 필요 없다오.
나의 영혼은 너무나 많은 괴로움으로 가득 차
　당신의 영혼을 감당할 수 없다오.

2

나는 당신의 자태, 당신의 목소리, 당신의 움직임이 무섭다오.
　당신은 나를 두려워할 필요 없다오.
당신을 경모하는 나의
　헌신적인 사랑은 티없이 순결하다오.

아레투사

1

아레투사는 일어났다,
아크로세라우니안 산속에 마련한
그녀의 눈송이 가득한 침상으로부터 ―
　뾰족 모서리가 잔뜩 있는
　낭떠러지로부터, 구름으로부터,
그녀의 빛나는 샘물을 돌보면서 ―
　그녀는 무지갯빛 머리타래를
　시냇물 사이로 흘러내리게 하며
바위에서 뛰어내렸다.
　그녀의 발걸음은 서쪽의 빛을 찾아
　기울어져 있는 계곡을
활기로 덮어버렸다.
　미끄러지며, 뛰어 오르며
　그녀는 갔다, 항상 노래를 부르며
잠과 같이 부드럽게 속삭이는 소리로.
　대지도 그녀를 사랑하는 듯했다.
　하늘도 위에서 그녀에게 미소 지었다.
그녀가 바다를 향해 머뭇거릴 때.

2

그때 대담한 알페이오스는
그의 차가운 빙하 위에서
삼지창으로 산들을 후리쳤다.
그러고는 바위들 속에
커다란 틈을 만드니 ─ 경련을 일으키며
에리만토스산[16]들이 모두 부들부들 떨었다.
그리고 조용한 눈송이를 담은 단지 뒤에서
성난 검은 남풍 보따리를
그 산은 풀어놓았다.
그리고 지진과 천둥은
산 아래 샘물들의 모래톱을
산산조각으로 깨어버렸다.
굽이쳐 흐르는 격류 사이로
강의 신인 알페이오스의
턱수염과 머리카락이 보였다.
그는 빛과도 같이 빠르게 도망가는 님프를
도리안의 바다[17] 연안까지
쫓아가고 있었다.

16 그리스 아르카디아에 있는 산.
17 그리스 연안에 면해 있는 지중해.

3

"오, 살려주세요! 오, 저를 인도해주세요!
그리고 깊은 바닷속에 저를 숨겨주세요!
알페이오스가 지금 제 머리카락을 잡으려 해요!"
목소리 큰 대양이 그녀의 애원 소리 듣고
검푸른 바다 밑까지 전율케 하고는
바다를 두 쪽으로 갈랐다.
그리고 바다 밑에서
대지의 하얀 따님 님프는
빛나는 광선과도 같이 도망쳤다.
그녀의 뒤로는 짭짤한 도리안 냇물과
섞이지 않은 그녀의
소용돌이 파도가 밀려왔다.
에메랄드빛 바다 위에 생긴
하나의 검은 흔적과도 같이
알페이오스는 뒤에서 돌진해 왔다.
구름바람의 흐름을 타고 아래로
한 마리 비둘기를 낚아채기 위해
쫓아오고 있는 독수리처럼.

4

바다의 신들이
진주를 박은 옥좌에 앉아 있는
거처의 밑으로,
하찮은 돌무더기 위로
굽이치는 파도와 같은
산호 숲을 통해서,
냇물 사이로
채색된 빛의 그물을 짜고 있는
희미한 광선을 통해서,
검은 파도가
숲속의 밤처럼 녹색이 되는
동굴 밑으로
상어보다 더 빠르게
검은 황새치들을 앞질러
산에 생긴
갈라진 틈을 통해
위로 올라
그 둘은 도리안의 고향집에 다다랐다.

5

에나의 산속에 있는

그들의 샘물로부터 나와

아침이 햇볕을 쬐고 있는 한 계곡 아래로 내려오며

한때 헤어졌으나

딴 마음 없이 지내는 친구들처럼 지금

그들은 물이 하는 일을 열심히 한다.

해가 돋을 때는 그들은

완만한 비탈길의 동굴 속에서

가파른 요람으로부터 벌떡 일어난다.

정오가 되면 그들은

아래의 숲을 통해

아스포델[18]의 풀밭을 지나 흐른다.

그리고 밤이 되면 그들은

오르티기아의 해안 아래의

흔들리는 바닷속에서 잠이 든다.

푸른 하늘에

누워 있는 정령들과도 같이

그 둘은 사랑하나 이제는 더 이상 살아 있지 않을 때에.

18 그리스 신화에서, 낙원에 피는 지지 않는 꽃,

아폴로의 노래

1

광활한 하늘의 활짝 핀 달빛으로부터
　별들로 짜여진 주단 커튼으로 가리우고
내가 누워 있을 때 나를 지켜보는 잠 못 이루는 시간들이
　나의 희미한 눈에서 분주한 꿈을 부채질해 보내며
나를 깨운다. 그들의 어머니인 회색빛 새벽이 그들에게
꿈을 말해주고 달이 가버렸음을 고할 때,

2

그때 나는 일어난다. 그리고 하늘의 푸른 둥근 천장에 올라
　나는 산과 파도 위를 걷는다,
나의 옷을 대양의 포말 위에 벗어놓은 채.
　내 발자국은 구름 위에 불로 길을 만들고
동굴들은 나의 빛나는 모습으로 가득 차 있다. 그리고 대기는
초록색 대지를 나의 격의 없는 포옹에 내맡긴다.

3

햇살은 나의 화살. 그것으로 나는
   밤을 사랑하고 낮을 두려워하는 거짓을 살해한다.
악을 행하고 생각하는 모든 이들은
   나로부터 도망친다. 나의 빛의 영광으로부터
선량한 마음들과 떳떳한 행동들은 새로운 힘을 얻는다,
밤의 군림으로 그 힘이 줄어들 때까지.

4

나는 구름, 무지개, 꽃들에게
   영묘한 색깔의 밥을 먹인다. 달과
순수한 별들은 그들의 영원한 보금자리에서
   옷자락인 양 나의 힘으로 띠를 둘렀다.
지상이나 하늘을 비추는 등불은 어느 것이나
하나의 정신을 이루는 부분들이다. 그 하나의 정신은 바로 나의 것.

5

나는 한낮에 하늘의 정상 위에 서 있다.
   그리고 내키지 않는 걸음으로 내려온다.
대서양의 저녁 구름 속으로.

나의 떠남을 슬퍼하여 그들은 울고 얼굴 찡그린다 —
어떤 모습이 내가 그들을 달래주려
서쪽 섬에서 보내주는 미소보다 더 기쁨을 줄 수 있겠는가?

6

나는 눈이다. 우주는 그 눈으로
　그 자신을 바라보고 그 자신이 신성함을 안다.
악기나 시가의 모든 화음,
　모든 예언, 모든 치유 약재가 내 것이다.
예술과 자연의 모든 빛도 — 내 노래에,
승리와 칭송이 당연히 속한다.[19]

19　미술, 음악, 시, 웅변, 의학의 신인 아폴로는 주피터로부터 미래를 내다볼 수 있는
　　능력을 부여받아 신탁을 내리곤 했는데, 그의 신탁들은 고대 세계를 통해 가장 폭
　　넓은 명성을 얻는다.

판의 노래

1

숲들과 고지로부터
　우리는 온다, 우리는 온다,
강으로 띠를 두른 섬들로부터,
　나의 감미로운 피리 소리를 듣고
　　　소리 높은 파도들도 조용해지는 섬들로부터.
갈대와 골풀 사이로 흐르는 바람,
　백리향의 벌어진 입에서 노니는 벌들,
도금양의 관목 숲에서 둥지 튼 새들,
　라임나무 꼭대기 속에 붙어 있는 매미들,
그리고 풀숲 아래 도마뱀들,
늙은 트몰로스산맥이 언제나 그렇듯이 조용하다.
　나의 감미로운 피리 소리를 들으면서

2

유려한 페네이오스가 흐르고 있었다.
　그리고 아주 어두운 템페의 골짜기가 누워 있었다.
죽어가는 날의 빛을 능가하는

펠리온산의 그림자 속에,[20]

　　나의 감미로운 피리 소리에 맞추어 속력을 높이며

실레누스, 실바누스, 파우누스

　　그리고 숲과 파도의 님프들이[21]

축축한 강가의 잔디밭 가로

　　이슬 진 동굴의 가장자리로 나아와

그리고 그때 시중 들고 동행하던 모든 이들과 함께

아폴로, 그대가 지금 그러하듯이 사랑으로 조용하다.

　　나의 감미로운 피리 소리를 시기하면서

3

나는 춤추는 별들을 노래했다.

　　나는 교묘하게 지어진 대지를 노래했다.

그리고 하늘을 ― 거인과의 전쟁들을.[22]

　　그리고 사랑과 죽음, 그리고 탄생을 ―

　　그러고 나서 나는 피리의 곡조를 바꾸었다 ―

20　페네이오스강은 북서쪽의 올림포스산과 남동쪽의 오사산 사이에 있는 템피의 아름다운 계곡을 통해 북동쪽으로 흐르는 테살리아의 강이다.
21　실레누스, 실바누스, 파우누스는 숲과 남성 신들이고, 아름다운 님프는 여성 신이다.
22　처음에는 제우스(주피터)와 올림피아의 신들을 도와 타이탄족을 전복시킨 거인들은 후에는 올림피아의 신들을 공격했다. 신들은 처음에는 거인들에게 밀렸으나 헤라클레스의 도움을 얻어 거인들을 물리쳤다.

어떻게 내가 마이날로스 계곡을 따라

　한 처녀를 따라갔고 갈대를 포옹하게 됐는지를 노래했다.[23]

신이건 인간이건, 우리는 모두 이렇게 속임수를 당한다!

　그것은 우리 가슴에 들어와 부서지고 우리는 피를 흘린다.

시기나 세월이 그대들의 피를 얼어붙게 하지 않았다면

그대들도[24] 그랬으리라 여겨지지만. 모두들 눈물을 흘렸다,

　나의 감미로운 피리 소리의 슬픔을 들으면서.

23　님프 시링크스(Syrinx)는 목신 판이 겁탈하려 하자 갈대로 변했다. 그러자 판은 그 갈대로 피리를 만들었고 그것이 판의 피리, 즉 팬플루트이다. '마이날로스'는 판의 신전이 있는 아르카디아에 있는 산이다.

24　여기서 '그대들'은 음악 경쟁의 상대인 아폴로와 심판관인 산신 트몰로스이다. 아폴로는 판의 노래에 대한 시기와 질투로 침묵을 지키고, 트몰로스는 노쇠 때문에 침묵을 지키고 있다고 비난하고 있다.

두 정령 : '하나의 우화' 중에서

제1정령

오 그대, 강한 욕망의 깃털로 장식하고
　지상 위를 떠다니기를 원하는 이여, 조심하라!
한 그림자[25]가 그대의 불의 행로를 추적하고 ─
　　　밤은 다가오리라!
　천계는 밝게 빛나고 있다.
그리고 바람과 광선들 사이로
　그곳을 배회하는 것은 기쁨이었다 ─
　　　밤은 다가오리라!

제2정령

죽음을 모르는 별들은 저 위에서 빛나네.
　만일 내가 밤의 그림자[26]를 가로지를 수만 있다면
내 마음 속에는 사랑의 등불[27]이 있네.
　　　그리고 그것은 낮이어라!

25　사람을 따라다니며 괴롭히는 파멸 또는 욕망의 좌절.
26　지구에 의해 하늘에 던져진 그림자들.
27　지구의 그림자가 끝나는 저녁별, 금성의 구체(球體)

그리고 나의 황금빛 깃털 위에서 깃털이 움직이는 곳마다
달은 부드러운 빛으로 미소 지으리라.
유성은 나의 주위에서 배회할 것이고
밤을 낮으로 만들리라.

제1정령
그러나 암흑의 회오리바람이
우박과 번개와 폭풍우를 잠깨운다면
보라, 대기의 경계선은 흔들리게 되고 —
밤은 다가오리라!
태풍의 붉고 재빠르게 움직이는 구름을
저 지는 태양이 따라잡고
우박은 서로 부딪치고 온 평원 위에 휘몰아친다.
밤은 다가오리라!

제2정령
나는 빛을 보네. 그리고 소리를 듣네.
나는 검은 폭풍우가 이는 바다 위를 항해하리라.
내부는 조용하고 주위에는 빛이 있어
밤을 낮으로 만들리라.
그리고 어둠이 깊어지고 강해질 때, 그대여,
그대의 잠으로 빠져들어가는 우둔한 대지로부터 보라.
그때 그대는 나의 달과 같은 비상을 보리라.

저 높이, 머나먼 곳에.

어떤 이는 말하네, 절벽이 있다고,
　알프스 산맥 한가운데
눈더미와 얼음이 깨진 틈 위로
　　한 커다란 소나무가 얼어붙어 죽어 있는 절벽이 있다고.
　그리고 그 날개 달린 형상을 쫓아가는
피곤한 폭우가
　그 백발이 성성한 가지들 주위로 영원히 날아다니며
　　영원히 그 영묘한 샘물을 새롭게 만들고 있다고.

어떤 이는 말하네, 밤이 건조하고 청명할 때
　죽음의 이슬이 늪지 위에서 잠들어 있을 때
밤을 낮으로 만드는
　　감미로운 속삭임이 여행자에게 들린다고.
　그리고 그의 첫사랑 같은 은빛 형상은
싱싱하게 빛나는 그녀의 머리카락으로 쳐들려져 흘러가고
　여행자는 향내 풍기는 풀 위에서 잠자다 깨어나
　　밤이 낮이 된 것을 발견한다고.

자유

1

불을 뿜는 산들이 서로 대답을 하고
　그들의 천둥 소리는 이 지역에서 저 지역으로 메아리치네.
폭풍우 치는 대양들은 서로를 깨우고
　그리고 얼음바위들은 겨울 왕좌 주위에서 뒤흔들리네.
　　태풍의 나팔 소리가 울려퍼지는데.

2

한 점 구름으로부터 번개가 섬광을 번뜩이고
　천 개의 작은 섬들이 빛을 맞아 주위에서 빛나네.
지진이 한 도시를 짓밟아 잿더미로 만들고
　백 명의 사람들이 공포에 떨고 비틀거리네.
　　울부짖는 소리는 지하에서 울려퍼지는데.

3

그러나 그대의 응시는 번개의 섬광보다 더 예리하고
　그대의 발걸음은 지진의 무거운 발걸음보다 빠르네.

그대는 대양의 노도에 귀먹게 하고, 그대의 응시는
   활화산들에 눈멀게 하고, 태양의 밝은 등불은
      그대에게는 희미한 도깨비불에 불과하네.

   4

파도와 산과 증발기로부터
   태양빛이 증기와 돌풍을 뚫고 화살처럼 돌진하네.
정령에서 정령으로, 나라에서 나라로
   도시에서 새 마을로, 그대는 새벽을 열어주네 —
그리고 독재자들과 노예들은 밤의 그림자들처럼
      새아침 빛의 날개 속에 갇혀 있네.

세계의 방랑자들

1

나에게 말해다오, 그대 별이여, 그대의 빛나는 날개는
그대의 불 같은 비상에 속력을 더해주는데
이제 밤의 어느 동굴 속에서
　　　그대의 깃털을 오므리려는지를

2

나에게 말해다오, 달님이시여, 천상의 집 한 채 없는 도정을 가는
창백하고 우울한 순례자여,
이제 밤 또는 낮의 어느 깊은 심연 속에서
　　　그대는 휴식을 구하려는지를.

3

지친 바람이시여, 세상이 내쫓아버린 손님처럼
방황하는 이시여,
그대는 아직도 숨겨둔 어떤 둥지가 있는지요?
　　　나무 위 혹은 버드나무 위에?

밤에게

1

날쌔게 서쪽 파도 위로 걸어라,
　　　밤의 정령이여!
어렴풋한 동쪽 동굴에서 나와,[1]
그 동굴에서 길고도 외로운 낮 동안 내내
그대는 즐거움과 두려움의 꿈을 엮도다,
그대를 무섭고도 사랑스럽게 만드는 꿈을.
　　　그대의 비상은 날쌔어라!

2

별들로 수놓은 회색빛 망토로
　　　그대의 형상을 휘감아라!
그대의 머리칼로 대낮의 눈을 멀게 하라.
지치도록 그녀에게 입맞춤하라.
그리고 도시와 바다와 육지 위로 방랑의 길을 떠나라.

1　낮이 저물어감에 따라 어둠의 첫 번째 정수는 동쪽에 나타난다. 전체 하늘의 빛과
　관련시켜 볼 때 그 어둠의 정수는 한 동굴의 어두운 입구처럼 보인다.

그대의 최면의 지팡이로 만물을 건드리며 ―
　　오너라, 오래도록 추구하던 이여!

　　3

내 일어나, 여명을 보았을 때
　　나 그대 그리워 한숨지었네.
햇빛이 높이 솟아오르고, 이슬은 사라지고
정오가 꽃과 나무 위에 무겁게 드리우고
지쳐버린 대낮이 환영 못 받는 손님인 양
머뭇거리며 그의² 휴식처로 돌아설 때
　　나 그대 그리워 한숨지었네.

　　4

그대 형제 죽음이 다가와 소리쳐 물었네,
　　"그대 나를 원해?"라고.
그대의 사랑스러운 자식인 잠은 몽롱한 눈을 하고
정오의 벌과도 같이 중얼거렸네,
"내가 그대 곁에 기대어 누워볼까?

2　여기서 '대낮'은 태양으로 남성적이다. 그러나 2연에서의 밤의 정령이 희롱하는
　'대낮'은 신화적으로 여성적이다.

그대 나를 원해?" 라고 ― 그리고 나는 대답했네,
　　"아니, 그대는 아니야!" 라고.

　5

그대 죽으면 죽음이 찾아오리,
　　재빨리, 너무나도 빨리 ― 그대 도망치면 잠이 찾아오리.
이들에게 나는 그대에게 드린 청을
드리지 않으리, 사랑하는 밤이여 ―
그대의 다가오는 비상이여, 날쌔어라.
　　빨리 오너라, 빨리!

시간

측량할 수 없는 바다! 그대의 파도는 세월.
　시간의 대양이시여! 그대의 깊은 고뇌의 바다는
인간 눈물의 염분으로 해서 짭짤해졌도다!
　그대 해안 없는 해양이여, 그대의 밀물과 썰물 사이에
죽음이라는 운명의 한계를 끌어안고,
포획물에 싫증을 느끼면서도, 더 많은 것을 달라 고함치며,
황량한 해안가에 그대의 표류물들을 토해내누나.
　고요 속에서 변덕스럽고, 폭풍우 속에서 끔찍하니,
　　누가 헤아릴 수 없는 바다,
　　그대에게로 나아가리?

－에게 : "음악은 부드러운 음성이 사라져도"

음악은 부드러운 음성이 사라져도
기억 속에서 메아리치고 ―
향내는 달콤한 오랑캐꽃이 시들어도
그것이 자극한 감각 속에 살아남지요.
장미 꽃잎은 장미꽃이 시들어도
쌓여서 애인의 침상[3]을 마련하지요.
그러니 당신에 대한 생각은, 당신이 가버린 뒤에도
사랑이 기대어 잠들 수 있겠지요.

3   떨어진 장미 꽃잎들은 죽은 장미를 위한 침상이 된다.

노래 : "오실 듯 오실 듯 그대 오시지 않는군요"

1

오실 듯 오실 듯 그대 오시지 않는군요.
　기쁨의 정령이여!
그 수많은 낮과 밤을
　그대 어찌하여 나를 버려둔단 말이오?
그대 멀리 달아난 이후로
수많은 피곤과 낮과 밤이 지나갔군요.

2

어떻게 나 같은 사람이
　그대를 다시 돌아오게 할 수 있을까요?
명랑하고 자유로운 자들과 어울려
　그대는 고통을 조롱하리이다.
거짓 정령이여! 그대는 잊었군요,
그대를 필요로 하는 모든 이들을.

3

떨리는 나뭇잎의 그림자를 보고
　두려워하는 도마뱀처럼
그대는 슬픔을 무서워하는군요.
　고뇌의 한숨조차도
그대를 나무란다오, 그대가 가까이 없음을.
그리고 나무란다오, 그대가 귀 기울이지 않음을.

4

나의 슬픔에 찬 노래를 맞추게 해주오,
　그대의 즐거운 곡조에.
그대는 즐거움을 위해 올 뿐,
　연민의 정 때문에는 오지 않으리다.
그러면 연민의 정은 그 잔인한 날개를
자를 것이고 그러면 그대는 머물게 되리다.

5

나는 그대 사랑하는 모든 것을 사랑한다오,
　기쁨의 정령이여!
새로운 잎사귀로 단장한 싱싱한 대지를,

별이 총총한 밤을,
가을 저녁을, 그리고 황금빛 안개
피어오르는 아침을,

6

나는 흰눈을 사랑하고, 광휘의 서리 덮인
　모든 형태를 사랑한다오.
나는 파도를, 바람을, 그리고 폭풍우를 사랑한다오.
　자연이 품고 있는 거의 모든 것들을
그리고 인간의 불행으로
더럽혀지지 않을 모든 것을 사랑한다오.

7

나는 고요한 고독을 사랑한다오.
　그리고 조용하고, 현명하고, 선량한
그런 이들의 모임을 사랑한다오.
　그대와 나 사이에
무슨 차이 있으리오? 그러나 그대는 소유한다오,
그대만큼 사랑하기에 내가 추구하고 있는 것들을.

8

나는 사랑의 신을 사랑한다오 — 비록 그가 날개 있어
　　빛만큼이나 빨리 도망간다 해도.
그러나 정령이여, 다른 모든 것보다
　　그대를 사랑한다오 —
그대는 사랑이고 삶이라오! 오, 나에게로 오시오.
다시 한번 나의 마음을 그대의 집으로 삼아주오.

오늘 미소 짓는 꽃은

1

오늘 미소 짓는 꽃은
　　　내일이면 지리.
우리가 머물기 원하는 모든 것들은
　　　충동질하다가 도망가리.
이 세상의 기쁨은 무엇이더냐?
어둠을 조롱하는 번개는
　　　반짝인다 해도 순간일 뿐.

2

미덕, 얼마나 연약한가!
　　　우정, 얼마나 희귀한가!
사랑, 보잘것없는 축복을
　　　자만에 찬 절망에 팔아버리는가!
그러나 우리는, 그들 모두 곧 사라진다 해도
그들이 주던 기쁨보다 오래 남으리. 또한 우리가
　　　우리 것이라 칭하는 모든 것들보다도.

3

하늘이 푸르고 밝게 비추는 동안에
　　꽃들이 즐겁게 피어 있는 동안에
밤이 오기도 전에 바뀌어버리는 인간의 눈이
　　낮을 즐겁게 해주고 있는 동안에
아직도 고요한 시간이 살금살금 기어가는 동안에
그대는 꿈꾸라 ― 그리고 그대의 잠에서
　　깨어나 서글피 울음을 터뜨리라.

소네트 : 정치적 위대성

행복도, 위엄도, 명성도
평화도, 세력도, 군대와 예술의 기술도
독재가 길들이는 민중들을 보호하지 못하네.
시가는 민중들의 가슴에서 치는 하나의 고동도 메아리치지 못하고,
역사는 그들의 수치의 그림자일 뿐.
예술은 그녀의 거울에 베일을 씌우고 허식에서 출발하네,
맹목적인 수백만의 민중들이 그 자신들을 닮은
불결한 심상들로 하늘을 더럽히며 망각 속으로 서둘러
사라지듯이. 힘과 습관에 의해 졸라매어진
민중의 숫자는 얼마일까? 인간이기를 바라는 이는
자신의 제국을 통치해야 하네. 그곳에서
최고의 통치자가 되어 의지를 정복하고 그 위에
왕좌를 세우고, 희망과 두려움의
무질서를 잠재우고 그 자신의 힘으로 존재해야 한다네.

탄식

1

오 세상이여! 오 인생이여! 오 세월이여!
그대의 마지막 층계에 나 기어올라와
　이전에 서 있던 곳을 보며 전율하노라.
그대 청춘의 영광 언제 다시 오리오?
　　　다시는 ─ 오, 다시는 오지 않으리!

2

낮과 밤으로부터
기쁨은 달아나버렸고
　생기 찬 봄도, 여름도, 그리고 서리 낀 겨울도
내 가냘픈 가슴을 슬프게는 하나 기쁘게는
　　　다시 못 하리 ─ 오, 다시는 못 하리!

−에게 : "한 단어가 너무도 자주 남용되어서"

1

한 단어가 너무도 자주 남용되어서
　나는 그것을 더 남용할 수 없습니다.
한 감정이 너무도 잘못 모욕되어서
　당신은 그것을 더 모욕할 수 없습니다.
한 희망이 너무도 절망과 같아서
　분별로 더 이상 억제할 수 없습니다.
그리고 당신에게서 받는 연민은
　다른 이에게서 받은 것보다 더 소중합니다.

2

나는 사람들이 사랑이라 하는 것을 드릴 수 없습니다.
　그러나 당신께서는 받아들이시지 않으시려는지요?
마음이 높이 떠받들고
　하늘도 거절하지 않는 경모의 정을,
별에 대한 나방의 그리움과
　아침을 찾는 밤의 욕망을,
우리들의 슬픔의 영역에서 멀리 떨어진
　어떤 것에 대한 헌신을.

─에게 : "정열의 황홀감이 흘러간 후"

정열의 황홀감이 흘러간 후
상냥함과 진실함이 계속되거나
살아남을 수 있다면 ─ 모든 격렬한 감정들이
어둡고도 깊은 인간의 어떤 잠을 막아주는 동안에 ─
나는 울지 않으리, 나는 울지 않으리!

상냥하게 응시하는 그대의 부드러운 눈길을
느끼고, 보는 것만으로 충분하리 ─
그 나머지는 꿈속으로 돌리리다 ─ 그리고
보이지 않는 불길의 내밀스런 음식을 태우고 또 음식이 되리라.
만일 그대가 과거의 그대가 되어주기만 한다면!

세월이라는 잠을 자고 난 후
삼림지대 오랑캐꽃 다시 피어나고
만물이 들판이나 숲속에서 다시 살아나리.
그리고 하늘과 바다도. 그러나 다른 모든 것
움직이고 형성하는 둘 ─ 삶과 사랑 ─ 은 제외되리.

내일

사랑스런 내일이여, 그대 어디 있는가?
　젊을 때나 늙을 때나, 강할 때나 약할 때나,
부유하거나 가난할 때나, 기쁠 때나 슬플 때나,
　우리는 항상 그대의 아름다운 미소를 추구하노라 ―
아아! 슬프도다! ― 그대의 자리에서
우리는 우리가 도망쳐온 것을 발견하누나 ― 오늘을.

에피사이키디언

그대⁴의 예지는 내 안에서 말한다, 그리고 나에게 명한다,

고상한 마음들이 난파해 있는 바위에 감히 등불을 비추라고.

나는 저 위대한 종파에 한 번도 끌린 적 없었다.

그의 교리는 누구나 대중 속에서

애인이건 친구건 하나를 골라내야 하고

아름답고 현명하다 해도 나머지 사람은 모두

냉정하게 잊으라는 것이다. 비록 그 교리가

현대 도덕의 규범에 속하고, 가련한 추종자들이

피곤한 발걸음 밟아 가는 상도라 하더라도,

그들은 이 세상 넓은 길옆에 있는 죽은 자들 사이에 위치한

---

4   에밀리아 비비아니를 가리킨다. 1820년 11월 하순, 셸리의 아내 메리 셸리와 그녀의 의붓자매 클레어 클레어먼트는 피사 지방장관의 딸인 19세의 아름다운 테레사 비비아니(Theresa Viviani)를 소개받았다. 비비아니는 당시 그곳의 감옥과 같이 엄격한 성 안나 수녀원 학교를 다니고 있었다. 셸리는 엄격한(압제적인) 아버지에 의해 속박되어 있는 소녀들의 모습을 보면 언제나 연민의 정에 빠졌기에 자유를 바라는 비비아니에게 흥미를 가졌다. 셸리는 그녀가 1821년 9월 8일 중매 결혼할 때까지 그녀를 방문하기도 하고 서신 왕래를 하기도 했다. 셸리는 친구에게 보낸 편지에서 이 시를 '내 생애와 감정의 이상화된 역사'라고 말했다. 이 시의 제목은 그리스어에서 만든 조어로 '영혼이라는 주제에 대하여' 또는 '나의 영혼에서 나온 영혼에 관한 작품'이라는 정도의 뜻이다. 이 시는 1821년 피사에서 테레사를 에밀리아로 바꾸어 익명으로 발표되었다.

그의 집을 향해 여행을 하고 있고 아마도
질투하는 적일지 모르는 굴레에 묶인 한 친구와 함께
가장 황량하고도 기나긴 여행[5]을 하고 있다.

진정한 사랑은 황금과 진흙과는 다르다,
나누는 것이 감소되는 것은 아니라는 점에서.
사랑은 많은 진리를 응시하며 밝게
자라나는 이해와 같은 것. 그것은 그대의 빛,
상상력과 같은 것! 그것은 대지와 하늘에서
천 개의 프리즘과 거울에서와 같이
인간의 깊은 환상에서부터
나온 영광의 빛으로 온 우주를 가득 채우고
버려지 실수를 반사하는 번갯불의 수많은
태양 같은 화살로 죽인다.[6] — 제한하라,
사랑하는 마음을, 사색하는 머리를,
소모시키는 삶을, 창조하는 정신을,
하나의 대상물을, 그리고 하나의 형태만을. 그리고
그 하나를 영원화하는 무덤을[7] 짓는 그 형태를.

---

5   결혼. E. M. 포스터는 1907년에 발표한 소설의 제목으로 이 표현('기나긴 여행')을
    사용하고 있다
6   아폴로가 뱀 모양의 괴물인 파이톤을 살해한 것을 암시한 구절이다.
7   결혼을 의미한다.

마음은 다음과 같이 그 대상물과 다르다,
악이 선과 다르고 비참함이 행복과 다르듯이,
천한 자가 고상한 자와 다르고, 불순하고 약한 것이
분명하고 견뎌낼 수 있는 것과 다르듯이.
당신이 고통과 불순물을 나누고자 하면 아마도
당신은 그것이 소진되어 없어질 때까지 감소되리라.
당신이 즐거움, 사랑, 사색을 나누고자 하면
부분이 전체를 능가하리라. 그리고 우리는 알지 못한다,
아직 어떤 것이 나뉘지 않은 채 있다 해도, 얼마만큼의
기쁨이 얻어질 것이고, 얼마만큼의 슬픔이 덜어질지를.
이 진리는 저 깊은 우물, 그곳에서 현자들
부러워하지 않는 희망의 빛을 길어 올린다, 이 영원한 법칙으로
인생살이가 하나의 황폐화된[8] 정원인 이들은 살아가고,
천당과 같은 이 지상의 황무지를
후일의 탄생에 대한 약속을 믿고서
경작하고자 분투하는 이들은.

(부분)

---

8 '(결혼이란 제도에 의해) 황폐화된'의 뜻이다.

아도나이스
존 키츠의 죽음에 대한 비가

"그대는 살아 있는 이들에게 샛별이었네.
그대의 밝은 빛이 사라지기 전에는.
이제 그대 죽어 밤별처럼
죽은 이들에게 새로운 광채를 주고 있네."

— 플라톤[9]

1

나는 아도나이스를 위해 눈물 흘리네 ─ 그가 죽었다오!

오, 아도나이스를 위해 우시오! 비록 우리의 눈물이

그렇게도 사랑스러운 머리를 결박하고 있는 서리를 녹이지 못한다 해도!

그리고 모든 세월 중에서 선택된 그대, 슬픈 시간이여,[10]

---

9 이 제사(題詞)는 셸리가 플라톤의 것이라 여겼던(그러나 실제와는 다르다) 제사를 직접 영어로 번역한 것이다. 루시페르는 새벽에 나타나는 샛별이고 헤스페로스는 밤별이다. 셸리는 이런 현상을 죽음에 대한 아도나이스의 승리의 중심적인 상징으로 만들고 있다.
10 셸리는 고전에 나오는 예에 따라 계절의 변화를 나타내는 시간을 의인화하여 아도나이스의 죽음에 대한 책임을 묻고 있다.

우리의 상실을 애도하기 위해 그대의 숨은 동료들[11]을 깨우시오.
그리고 그들에게 그대의 슬픔을 가르치시오. "나와 함께
아도나이스는 죽었다오. 미래가 감히 과거를
잊을 때까지, 그의 운명과 명성은 영겁에
하나의 메아리가 되고 하나의 빛[12]이 되리라!" 라고 말하시오.

2

전능하신 어머니[13]여, 그대는 어디 있었소? 그가 누워 있을 때
그대의 아들이 어둠 속을 날아가는 화살에 찔려[14]
누워 있을 때에? 아도나이스가 죽었을 때
고독한 우라니아는 어디 있었소? 눈을 베일로 가리우고서
귀 기울이는 숲의 요정들 속에서 그녀의 천국 속에
그녀는 앉아 있었다오. 그동안 한 요정[15]은 부드럽고 사랑스런 숨결로

---

11 시간의 다른 모든 순간들.
12 청각과 시각의 구별은 이 시의 상징 체계로서 중요한 역할을 하고 있다.
13 사랑의 여신 아프로디테(비너스)는 육체적 사랑의 판데모스와 정신적 사랑의 우라니아의 양면성을 지닌다. 여기서 셸리는 정신적 사랑의 의미를 강조하여 우라니아를 아도나이스의 연인이 아닌 어머니의 이미지로 전용하고 있다. 또한 우라니아는 밀턴이 『실락원』에서 그랬던 것처럼 천문학과 시가의 여신 뮤즈로 소개되고 있다.
14 셸리는 키츠의 요절의 원인이 되었다고 잘못 믿었던, 『계간평론』 19호(1818년 4월)에 실린 키츠의 시 「엔디미온」을 혹평한 익명의 평론을 이렇게 표현하고 있다.
15 시적 정신을 나타내는 '숲의 요정' 중의 하나인 에코(Echoes)를 가리킨다. 더 구체적으로는 키츠 시 속에서 키츠의 목소리의 메아리(시적 정신)를 가리킨다.

스러져가는 모든 곡조들을 다시 불러일으켰고

그 곡조들로, 밑에 있는 시체를 조롱하는 꽃들과도 같이,

그는 다가오는 죽음의 덩어리를 장식했고 감추었다오.

3

오, 아도나이스를 위해 우시오 — 그는 죽었다오!

우울한 어머니여, 깨어나시오. 깨어나 슬퍼하시오!

그러나 무엇 때문에? 그대의, 불같은 눈물을

그 불타오르는 자리 속에서 억제하시오. 그리고 그대의 소리 큰 가슴이

아도나이스의 가슴과도 같이 조용하고 불평하지 않는 잠에 매달리도

록 하시오.

이제 그는 갔소이다, 현명하고 아름다운 모든 것들이

내려가는 곳으로 — 오, 꿈꾸지 마시오, 사랑의 심연[16]이

그를 생명의 공기로 회생시키리라고는.

죽음은 그의 침묵하는 목소리를 먹고 살며, 우리의 절망에 조소하네.

4

가장 음악성이 있는 조문객들이여, 다시 우시오!

---

16 '사랑의 심연'이란 죽은 사람들의 열렬한 사랑의 지하 세계를 말한다. 그리스 신
화에 의하면 아도나이스가 죽었을 때 지하 세계의 여왕인 페르세포네가 그를 사
랑하여 그를 보내주기를 주저했다고 한다.

우라니아여! 새롭게 비통해하시오 ─ 그는[17] 죽었다오.

눈멀고, 늙고, 외로우며, 영원불멸의 노래의

아버지였던 그가. 그의 조국의 자랑,

사제, 노예, 그리고 자유를 짓밟는 자들이

탐욕과 피의[18] 혐오스러운 많은 제식과 더불어

짓밟고 모욕했을 때, 그는 두려워하지 않고

죽음의 심연 속으로 들어갔다오. 그러나 그의 명석한 정령이

영원히 지상을 지배하리라, 빛의 아들 중에서 세 번째 아들로.[19]

…

14

형상, 색조, 향내, 그리고 감미로운 소리로부터

그가 사상으로 짜 만든 모든 것들, 그리고 그가 사랑했던 모든 것들,

아도나이스를 애도했다오. 새벽은

동녘의 감시탑으로 가서 머리를 풀어헤치고

땅을 장식해야 할 눈물로 흠뻑 젖은 채

---

17 존 밀턴은 셸리에 의해(키츠를 포함해서) 진정한 시인들의 비조로 추앙받았다. 밀턴은 열렬한 신교도 공화주의자였으나 말년에는 구교인 스튜어트 왕가가 들어섬에 따라(1660년, 찰스 2세 왕정복고) 그의 모든 정치적 종교적 희망이 파괴되었다.

18 31~35행은 왕정복고 기간 중의 밀턴의 생활을 그리고 있다.

19 셸리는 『시의 옹호』에서 밀턴을 호메로스와 단테 다음으로 위대한 서사시인으로 평가하고 있다.

하루를 밝힐 하늘의 눈을 흐려지게 했다오.[20]
저 멀리서는 우울해진 천둥이 신음 소리 내었고
창백한 태양은 불안한 선잠에 취해 있고
들판의 바람은 주위를 맴돌다 어쩔 줄 몰라 눈물지었다오.

15

상심한 메아리 님[21]은 소리 없는 산중에 앉아
그녀의 슬픔을 그에 대한 추억의 노래로 장식한다오.
그리고는 더 이상 대답하지 않네, 바람이나 샘물에게도,
어린 초록색 가지에 걸터앉은 사랑스러운 새들에게도,
목동의 뿔피리 소리에도, 하루를 끝내는 종소리에도.
이제 그녀는 그의 입술을 흉내낼 수 없기에. 모든 소리의[22]
그림자 속으로 애타게도 경멸의 소리를 흘려 보낸
그 모든 이들보다도 더 사랑스런 그의 입술을 — 황량한
속삭임만이, 그들 노래 사이에서 숲속 나무꾼이 듣는 소리라네.

---

20 구름 낀 새벽이 슬퍼하는 처녀로 의인화되어 있다. 그녀의 풀어헤친 머리는 눈물
    에 젖어 그녀의 눈(태양)이 분명하게 보는 것을 방해하고 있다.
21 여기서 '메아리 님'은 자신에 대한 사랑에 빠져 있는 나르시스를 짝사랑하는 에코
    라는 요정이다.
22 나르시스에게 사랑을 거절당한 에코는 상심하여 자기가 듣는 소리를 반향만 하는
    메아리가 되었고, 에코의 사랑을 뿌리친 나르시스는 뒤에 수선화가 되었다. 그런데
    15연에 나타난 메아리는 그녀가 나르시스를 사랑했었을 때보다 더 아도나이스를 사
    랑하고 있고, 상심 때문에 말을 못하게 된 것으로 표현되어 있다.

16

슬픔은 어린 봄을 난폭하게 만들어 그녀는 던져버렸네,
자라나는 새싹들을. 마치 그녀가 가을이기라도 한 양.
마치 새싹이 죽은 잎새인 양. 그녀의 즐거움이 흘러갔으니
누구를 위해 그녀가 음침한 나날들을 깨워야만 할까?
히아신스[23]도 피버스에게, 나르시스도 그 자신에게
그렇게 사랑스럽지 못했다오, 그대 아도나이스가
그 둘 모두에게 사랑스러웠던 만큼. 그들은 침울하고 시든 채
그들의 젊고 연약한 동료들 한가운데에 서 있네,[24]
이슬을 모두 눈물로 바꾸고는, 향내는 한숨의 연민으로 바꾸고는.

...

39

안심하라, 평안하라! 그는 죽지 않았다오, 잠자지 않는다오 —
그는 삶의 꿈으로부터 깨어났다오.
격정의 비전에 빠져 길을 잃고 유령들[25]과

---

23 히아신스는 아폴로(피버스)가 사랑한 미청년으로 질투에 빠진 제피로스(서풍)에게
    죽임을 당했다. 그러자 이폴로는 이를 애도하여 히아신스가 흘린 피로 꽃을 만들
    어주었다.
24 히아신스와 나르시스는 죽어서 자신들의 이름을 지닌 꽃들로 변했다. 이 꽃들은
    아도나이스를 애도하며 창백하고 시든 채로 서 있다.
25 '유령들'은 비현실적인 것들을 가리킨다. 이 연에서 셸리는 삶과 죽음에 대한 통
    상적인 견해를 전복시키고 있다.

부질없는 투쟁을 하는 것은 우리라오.

미친 법열 속에서 우리의 혼의 비수로

상처받지 않는 무(無)²⁶를 찌르고 있다오 ─ 우리는 썩어 가오,

납골당의 시체들과도 같이. 두려움과 슬픔이

날마다 우리를 경련케 하고 소진시킨다오.

차가운 의망들이 우리의 살아 있는 진흙덩이 속에서 벌레처럼 우글

거린다오.

40

그는 우리의 밤의 그림자 위로 솟아올랐다오.²⁷

질투, 중상, 증오, 고통, 그리고

인간들이 기쁨이라 잘못 부르는 그 불안함도

그를 다시 만질 수 없고 괴롭힐 수 없으리.

이 세상의 점진적인 오점의 전염으로부터

그는 안전하며 더 이상 슬퍼할 수 없으리,

차가워진 가슴과 소용없이 회색이 된 머리를.²⁸

---

26 셰익스피어의 「맥베스」(2막 1장 33~34행)에 나오는 상황과 같다.

27 태양에서 멀리 떨어진 지구에 의해 생겨난 그림자(이 그림자는 달은 가릴 수 있으나 다른 별들은 가릴 수 없다).

28 여기서 셸리는 로버트 사우디(R. Southey)를 염두에 두고 있는 듯하다. 젊은 시절 자유주의자였던 사우디는 1811년 셸리가 케스윅에서 그를 만났을 때는 보수주의자로 바뀌어 있었다.

영혼의 자아가 불길을 멈추었을 때

불꽃 없는 재로 탄식 받지 못하는 항아리를 채우지 못하리.[29]

41

그는 살아 있네, 그는 깨어났네 ─ 죽은 것은 죽음이지 그가 아니네.

아도나이스를 애도하지 마시오 ─ 그대 젊은 여명이여,

그대의 모든 이슬을 광채로 바꾸시오, 그대가 애통해하는

영혼은 그대에게서 떠나지 않았기에.

그대 동굴들, 숲들이여, 애도를 멈추시오!

그대 연약한 꽃들이여, 샘들이여, 멈추시오!

그리고 스카프를 아침의 베일처럼 버려진 대지 위에

던져버린 그대 대기여, 이제 절망 위에

미소 짓는 명랑한 별들에게도 그 스카프를 치워버리시오![30]

42

그는 자연과 하나가 되었다오. 자연의 모든 음악에서

---

29 '불꽃 없는 재'는 독창성이 없는 재미없고 평범한 작품을 뜻한다. '탄식 받지 못하
는 항아리'는 W. 워즈워스와 S. T. 콜리지의 운명을 가리킨다

30 여기에 나타난 셸리의 과학 지식은 정확하다. 태양광선을 분산시키고 반사시킴으
로써 밤이나 낮이나 별들을 보이지 않게 가리는 것은 지구 주위를 싸고 있는 축축
한 대기층이다.

그의 목소리 들린다오, 천둥의 신음 소리에서부터
밤에 우는 달콤한 새[31]의 노랫소리에 이르기까지.
그는 어둠과 빛 속에서 풀과 돌에서
전능한 힘[32]이 움직이는 그 어디에서나
그의 존재를 빨아들인 그 모든 것에서 자라나고 있음을
느끼게 하고 알게 하는 한 존재가 되어 있다오.
이제 그는 결코 지치지 않는 사랑으로 이 세상을 휘두르고,
아래에서 받쳐주고 위에서 불 밝혀준다오.

...

52

하나는 남고 여럿은 변하고 지나간다오
하늘의 빛은 영원히 빛나고 지상의 그림자들은 사라지네;
다양하게 채택된 유리로 만든 둥근 천장처럼
삶은 영원의 하얀 광휘를 더럽히네
죽음이 삶을 짓밟아 산산조각 낼 때까지! ― 죽어라,
만일 그대가 추구하는 것과 함께 있고 싶다면!
모든 것에 사라진 곳을 따르라! ― 로마의 푸른 하늘,
꽃들, 폐허들, 조상들, 음악, 말들은 약하네

---

31 나이팅게일. 키츠의 「나이팅게일 송가」 참조.
32 여기서 '힘'은 비인격적인 신에 대한 18세기의 철학적 용어였다.

이것들은 말하기에 적합한 원리로 영광을 전달하네

53

왜 머뭇거리나 왜 돌아오나 왜 움츠리나 나의 가슴이여?
희망들은 이전에 사라졌네 ; 여기에 있는 모든 것들로부터
그 희망들은 떠나갔네 : 그대 지금 떠나야 하네!
빛 바뀌는 시간[해]으로부터 지나가네,
그리고 남자와 여자도 지나가네 ; 그리고 아직도 소중한 것은
끌고 와 부숴버리고 밀쳐내어 그대를 시들게 하네
부드러운 하늘이 미소 짓네, — 낮은 바람이 가까이서 속삭이네
그것은 아도나이스 부른다! 오 서둘러 저쪽으로 가시오
삶이 죽음과 함께할 수 있는 것을 더 이상 나눌 수 없도록

54

미소 짓는 그 빛이 우주를 불붙이네
모든 것이 작동하고 움직이는 그 아름다움이
탄생의 저주가 누를 수 없는 그 축복,
인간과 짐승과 대지와 쐐기와 바다에 의해
맹목적으로 직조된 존재의 거미를 통해
빛나거나 희미하게 타는 지속적인 그 사랑은
각각 모든 것이 갈구하는 불의 거울들이네 ; 이제 그들은

차거운 죽음의 마지막 구름들을 사로잡으며 나를 향해 웃네

55

노래로 내가 환기했던 힘의 숨결은
이제 나에 내려오네 ; 나의 영혼의 껍질은
해변가에 멀리, 떨고 있는 군중들로부터 쓸려가네
그 껍질의 닻은 결코 폭풍에 맡겨지진 않네
엄청난 대지와 둥근 하늘은 갈라졌네!
나는 어둠 속에서 두려움 속에서 저 멀리 흘러가네:
하늘의 가장 안쪽의 장막을 통해 타오르며
아도나이스의 영혼은 하나의 별과같이
영원이 존재하는 거주지에서 유도하네

(부분)

헬라스 : 합창곡

삶은 변화하나 사라지지 않네

[소합창곡 1]

삶은 변화하나 사라지지 않네.

희망은 사라지나 죽지 않네.

진리는 베일에 가려지나 여전히 타오르네.

사랑은 물리쳐지나 ─ 그러나 다시 돌아오리!

[소합창곡 2]

허나 삶은 납골당 ─ 그곳에

희망이 절망과 함께 관 속에 누워 있네.

허나 진리는 성스러운 거짓말.

사랑은 갈망 ─

[소합창곡 1]

　　　　만일 자유가

삶에 그 빛의 영혼을 주지 않으면

희망에 그 기쁨의 무지개를 주지 않으면

진리에 그 예언자의 의상을 입히지 않으면

사랑에 베풀고 인내하는 힘을 주지 않으면.

세상 위의 사람들

197~238행

세상 위로 세상이 굴러간다.
　창조에서 종말로,
강 위의 거품들과도 같이
　반짝이다 파열하여 멀리 실려가 버린다.
　그러나 그들[33]은 언제까지나 영원하다.
　출생이라는 빛이 오는[34] 입구를 통하고
죽음의 어두운 협곡 사이로 이리저리 서두르면서
　그들이 지나는 동안 그들의 마차 주위에 모여든
　짧은 먼지와 섬광 속에서
그들의 끊임없는 여행을 장식한다.
　새로운 형상들을 그들은 언제나 엮어낼 수 있고
　새로운 신들을, 새로운 율법들을 받아들일 수 있고
마치 그들이 지난번 죽음의 앙상한 갈비뼈에
　입혔던 옷가지들과도 같이 그들은 밝거나 희미하다.

33 "행성들에 거주하고 질료로 자신들을 덮고 있는 영원불멸한 존재들"(셸리 自註)
34 동방 또는 동쪽의 의미이다.

알 수 없는 신으로부터 하나의 힘이,

　프로메테우스[35] 같은 한 정복자가 왔다.

승리의 길인 양 그는 밟았다,

　죽음과 수치의 가시밭길을.

　그에게 육체는

　동방의 행성[36]이 빛으로 생명을 불어넣어주는

희미한 증기와도 같다.

　지옥, 죄, 그리고 노예제도가 왔다.

　그들의 주님이 승천하시기까지 굶주린 채,

유순하고 길들여진 블러드하운드들처럼.

　마호메트의 달[37]이

　솟아났으나 언젠가 지리라.

하늘의 영원불멸한 정오에 문장처럼 나타났었듯이

　십자가는 수세대를 이끌고 또 이끈다.[38]

잠의 빛나는 형상들이

　천국을 꿈꾸는 사람들로부터

35　예수 그리스도. 셸리는 예수를 인류에게 불과 문명의 여러 기술들을 가져다 준 프
　　로메테우스에 비유하고 있다.

36　새벽별인 금성.

37　초승달. 예수가 죽은 뒤 6세기 후에 시작된 마호메트교의 주요 표상(表象)이 초승
　　달이다.

38　로마 황제 콘스탄티누스는 정오의 태양 위에 빛나는 십자가가 걸려 있는 것을 보
　　고 기독교로 개종하였다고 한다.

재빨리 달아난다. 사랑에 빠진 불쌍한 이는 깨어나 울고

　대낮이 멍한 눈동자로 응시할 때,

　그렇게 덧없고, 그렇게 약하고, 그렇게 아름다운

　지상과 하늘의 여러 신들은

베들레헴에 나타난 저녁별[39]로부터 도망쳤다.

　아폴로, 판, 그리고 사랑의 신 에로스,

　그리고 올림피아의 제우스 신도

힘이 약해졌다. 전지전능한 진리가 그들 위에 타올랐기에[40]

　우리의 언덕, 바다, 그리고 시냇물들은

　그들의 꿈이 모두 사라졌고

그들의 바다는 피로 변하고, 그들의 이슬은 눈물로 변하여

　황금시대를 기리며 울었다.

세계의 위대한 시대

1060~1101행

[합창]

세계의 위대한 시대가 새로이 시작된다.

39　이 저녁별은 목동들이 양떼를 우리로 몰고 돌아갈 때쯤 나타난다.

40　베들레헴의 별 앞에서 지상과 올림포스의 이교신들이 도망가는 모습을 묘사하고 있다. 셸리는 비슷한 내용을 다룬 밀턴의 「예수가 탄생하신 아침에」란 시를 암시하는 듯하다.

황금시대[41]가 되돌아온다.

뱀이 겨울옷을 헤어뜨리고 껍질을 갈 듯이

　　지구는 새롭게 시작한다.

녹아나는 꿈의 파편들과도 같이

하늘은 미소 짓고, 믿음과 제국들이 빛을 발한다.

더 밝아진 헬라스는 그 산들을 세운다.

　　저 멀리 더 고요해진 바다로부터.

새로운 페네이오스강이 그의 샘들로 밀려온다.

　　아침의 별을 배경으로 하여.

더 아름다워진 템페 계곡[42]이 꽃피는 곳에서

어린 키클라데스섬[43]이 햇빛으로 따뜻해진 계곡에서 잠을 잔다.

더 높아진 아르고선[44]이 바다를 가르며 항해한다.

　　늦게 얻은 노획물을 가득히 싣고서.

또 다른 오르페우스[45]는 다시 노래 부르고

41　그리스 신화에 의하면 농경신이 지배하던 인류 역사의 첫 시기가 황금시대였다.

42　아름다운 템페 계곡은 페네이오스강이 흐르는 펠리온산 근처의 테살리아에 있다. 페네이오스 강신의 딸인 다프네는 아폴로의 구애를 물리치고 도망쳐 성스러운 월계수로 변하였다.

43　아티카의 동남쪽, 에게해에 있는 약 50여개의 군도.

44　이아손(Jason)과 원정대원들이 황금의 양피를 찾으려고 타고 갔던 배 이름.

45　아폴로 신과 뮤즈 중의 하나인 칼리오페 사이에 난 아들인 오르페우스는 절묘한 수금 연주로 사람은 물론 모든 자연물까지도 감동시켰다고 전해진다. 오르페우스

사랑하고, 울고, 죽는다.
새로운 율리시즈가 다시 한번
칼립소를 떠나 그의 고향 해안을 향한다.[46]

오, 트로이의 이야기는 더 이상 쓰지 마시오.
　만일 지구가 죽음의 두루마리가 되어야 한다면!
자유인에게 펼쳐지기 시작하는 즐거움에
　라이오스[47]의 분노를 섞지 마시오.
더 교활한 스핑크스가 테베가 결코 풀지 못했던
죽음의 수수께끼를 다시 만들어낸다 해도 말이오.

또 다른 아테네가 일어나리라.
　그리고 후세에 남기리라.
저녁놀이 하늘에

는 아내 에우리디케가 죽자 그녀를 구하려고 지옥까지 내려갔으나 구하지 못하고 슬픔에 빠져 지내는 동안 디오니소스의 추종자인 미친 트라키아의 여인들에 의해 사지가 갈기갈기 찢긴다.

46 호메로스의 『오디세이아』에서 오디세우스는 그를 사랑하여 7년 동안 고도에 붙잡아둔 님프 칼립소와 헤어지고 자신의 왕국인 이타카로 돌아와 아내인 페넬로페를 만날 수 있게 된다.

47 테베의 왕 라이오스는 아들에 의해 죽임을 당할 것이라는 신탁이 나오자 신하에게 그의 아들 오이디푸스를 죽이라고 명령했다. 그러나 오이디푸스는 살아남아 성장하여 길에서 우연히 맞부딪친 아버지를 알아보지 못하고 죽이고 만다. 그 후 오이디푸스는 스핑크스의 수수께끼를 풀어 어머니인 이오카스타와 결혼하게 되는데, 스핑크스가 낸 수수께끼는 인간의 죽음에 관계되는 것이었다.

그 최상의 광휘를 남기듯이.
그리고 밝은 것이 하나도 살아남지 못해도
지구가 취할 수 있는, 아니면 하늘이 줄 수 있는 모든 것을 남기리라.

농업의 신과 사랑의 신이 좀 더 밝고 좋은
　　그들의 오랜 평안을 피워내리라.
사라진 모든 신들보다도, 일어선 한 분보다도
　　그리고 아직도 사라지지 않은 많은 이들보다도.[48]
그 두 신의 제단은 황금도 피도 주지 않으리.
단지 봉헌의 눈물과 상징의 꽃만 부여하리.

오, 그만두시오! 증오와 죽음이 돌아와야만 되나요?
　　멈추시오! 인간들은 죽이고 죽어야만 하나요?
중지하시오! 쓰디쓴 예언의 단지에서
　　찌꺼기까지 다 꺼내지 마시오.
이 세계는 과거로 지쳐 있다오.
오, 과거가 죽어버리든지 아니면 종내는 정지되었으면!

(부분)

---

48 "농경의 신과 사랑의 신은 순진과 행복의 실제적, 또는 상상적인 상태를 나타내는
　　신들이었다. 그리스, 아시아와 이집트의 모든 신들은 넘어졌다. 일어선 오직 한
　　사람은 예수 그리스도이다. 사라지지 않은 많은 것들은 중국, 인도와 남극 섬들과
　　아메리카 원주민 부족들의 우상 숭배의 괴상한 대상들이다."(셸리 自註)

시행들 : "등이 산산이 부서지면"

1

등이 산산이 부서지면
먼지 속의 빛은 스러지고
구름이 흩어지면
무지개의 영광은 사라지네.
비파가 부서지면
감미로운 음조는 기억되지 않고
입술이 벌어져 말이 나오면
사랑의 말은 곧 잊혀지네.

2

음악과 찬란함이
등과 비파보다 오래 살아남지 못하듯이
정신이 말없이 침묵을 지키면
마음의 메아리 노래를 만들지 않네.
폐허가 된 감방을 지나는 바람과도 같이
또는 죽은 수부를 위해 조종을 울리는
슬픔 가득한 커다란 파도와도 같이

노래가 아닌 슬픈 만가만을 부른다네.

3

　두 마음이 한 번 합쳐지면
사랑이 제일 먼저 잘 지어진 보금자리를 떠난다네.[1]
　마음 약한 이 홀로 되어
한때 지녔던 사랑의 고통을 견디어내네.
　오, 사랑이여! 이 지상의 모든 것이
덧없음을 슬퍼하는 그대여,
　그대는 어찌하여 가장 덧없는 것[2]을
그대의 요람, 그대의 가정, 그대의 무덤으로 택하는가?

4

　사랑의 정열은 그대를 뒤흔들리라,
폭풍우가 높은 하늘에서 갈가마귀를 흔들듯이.
　빛나는 이성이 그대에게 조소를 보내리라,
겨울 하늘의 태양과도 같이.
　그대 보금자리의 모든 서까래는

1　사랑은 둘 중 더 강건한 마음에게서 먼저 떠난다.
2　인간의 마음

썩고, 그대의 고대광실 같은 집은
　낙엽이 떨어지고 찬바람이 일게 되면
그대를 발가벗겨 웃음거리로 만들리라.

제인에게 : 초대

이 아름다운 태양보다 더욱더 아름다운
가장 착하고 가장 빛나는 그대여, 멀리 떠나요!
그 태양은 덤불숲의 요람에서
방금 깨어난 고생하는 세월에게 다가와,
슬픔에 싸인 사람들에게 그대가 하듯,
달콤한 아침 인사를 한다오.
태어나지 않은 봄의 가장 밝은 시간이
겨울 내내 방황하다가
흰 서리 낀 2월에 태어난
평온한 아침을 찾은 듯하다오.
그 시간은 하늘의 명랑한 기분으로
하늘에서 허리 구부려 대지의 이마에 입맞춤하고,
조용한 바다를 향해 미소 짓고,
얼어붙은 시냇물을 녹여주고,
모든 샘들이 음악에 맞추어 잠에서 깨어나게 하고,
얼어붙은 산들에 산들바람 불어주고,
그대가 미소를 보내는 사람과도 같이
겨울의 세계를 사랑스럽고 귀한 존재로 만들며,
5월의 예언의 여신과도 같이

풀 한 포기 없는 길 위에 꽃을 흩뿌려준다오.

멀리멀리 떠나요, 인간들로부터, 도시로부터.
야생의 숲과 언덕들이 있는 곳으로 —
조용한 황무지로.
그곳에선 영혼이 다른 이의 마음속에서
메아리를 찾을 수 없을까 두려워
음악을 억누르지 않아도 된다오.
한편 자연의 솜씨 있는 손길은
마음과 마음을 조화시켜준다오.
나는 내 문에 이 쪽지를 남겨두리다,
나를 자주 찾는 방문객을 위해 —
"이 달콤한 시간이 자아내는 것을
차지하기 위해 들판으로 나간다오.
명상이여, 그대는 내일 다시 와
슬픔과 함께 난롯가에 앉지 않으시려오 —
아직 지불하지 않은 고지서와 함께한 그대 절망이여 —
싫증나는 시 암송자인 그대 근심이여 —
무덤 속에서나 다 그대들에게 지불하리라 —
죽음이 그대들의 시구에 귀 기울일 것이오.
기대 역시, 가버리시오!
오늘은 그 자체로 충분하오.
희망이여, 동정 때문에 그대 미소 띠며

고뇌를 비웃지 마시오. 내가 가는 곳에 따라오지도 마시오.
그대의 달콤한 음식 먹고 오래 살다가
오랜 고통 뒤에 드디어 한순간의 행복을
찾았다오 ─ 그대 나 사랑한다 해도
그대 나에게 이 말 해준 적 없다오."
태양의 빛나는 누이여,
눈을 뜨시오! 일어나시오! 그리고 떠나시오!
야생의 숲으로, 평원으로,
그리고 연못으로. 그곳에선 겨울비가
지붕처럼 덮인 나뭇잎새들을 생생하게 비추어준다오.
그곳에선 소나무가 수액 없는 어린 잎사귀와
회갈색의 담쟁이 덩굴로 화환을 엮어
태양과 입맞춤 한 번 못 한 줄기에 두른다오.
그곳엔 잔디밭, 목초지가 있고
바닷가의 모래언덕이 있다오 ─
그곳에선 녹아내리는 흰 서리가
결코 지지 않는 별 모양의 데이지 꽃을 적신다오.
그리고 아직 향내음과 빛깔이 합쳐지지 않은
바람꽃과 제비꽃은
약하고도 새로 나온 창백한 해(年)를 장식해준다오.
지금 회갈색의 보이지 않는 어둑한 동녘에
밤은 아직도 뒤에 처져 남아 있다오.
그리고 푸른 대낮이 우리 위에 있고,

대지와 대양이 만나며
만유의 태양빛 속에서
삼라만상이 하나인 것처럼 보이는
우리의 밭 아래에서
수많은 크디큰 파도들이 술렁이고 있다오.

제인에게 : 회상

1822년 2월 2일

1

그대처럼 너무도 아름답고 빛나는
　　많은 나날들 중 가장 사랑스러운
　　마지막 날이 이제 가버렸다오.
회상이여, 일어나 그 마지막 날의 찬미가를 쓰시오!
　　일어나 — 그대 익숙한 일로 돌아가시오! 어서 와서
　　도망가버린 영광의 묘비명을 뒤쫓으시오 —
이제 대지는 그 얼굴 모습을 바꾸고
　　찌푸린 표정이 하늘의 이마에 나타나 있단 말이오.

2

대양의 거품을 싸고 도는
　　소나무 숲을 따라 우리는 막연히 거닐었다오.
미풍도 자기 보금자리에서 휴식하고
　　폭풍도 제 집에 있었다오.
속삭이는 파도는 반쯤 잠들었고
　　구름도 놀러 나가고
바다의 가슴 위에는

하늘이 미소를 머금고 있었다오.
마치 그 시간은 저 높이 태양으로부터
  하늘 높은 곳으로부터
천당의 빛을
  흩뿌리는 때처럼 느껴졌다오.

3

황야의 거인들처럼 서 있는
  소나무 숲 사이에 우리는 멈춰 섰다오.
폭풍우에 시달린 소나무들은
  서로 엉겨 붙은 뱀들처럼 조야한 모습을 이루었고
하늘 아래서 불어오는
  하늘의 기분 좋은 숨결에 위로받고
그 숨결과도 같이 부드러운
  화음과 색조와 어우러졌다오.
이제 모든 소나무 꼭대기들은
고요한 바닷속의
숲만큼이나 조용하게
  바다 위에서 노니는 녹색 파도와도 같이 잠들었다오.

4

얼마나 평온했던가! — 그곳의 고요함은
　분주한 딱따구리조차도
그녀의 소리로 인해
　그 범할 수 없는 조용함을 더 고요하게 하는
쇠사슬로 묶여 있었다오.
　우리가 마시는 평화의 숨결은
그 부드러운 움직임으로 우리의 주위에서
　더해가는 평온함에 해를 미치지 않았다오.
황량하게 흰눈 덮인 산의
　가장 외진 곳에서부터
우리 발 밑에 핀 부드러운 꽃에 이르기까지
　마법의 원이 그려지고
주위에 정령이 스며들어와
　감동적인 고요한 삶을 이룬 듯했다오.
마법의 원은 인간의 천성적인 불화를
　순간의 평화에 묶어놓았다오.
그리고 나는 아직도 느낀다오.
　그 마법의 원의 중심부에는
그 활기 없는 곳을 사랑으로 가득 채운
　한 아름다운 형체가 있었음을.

5

숲가지 밑에 누워 있는
　　연못들 옆에 우리는 멈춰 섰다오.
그 연못들은 모두 저 아래 세계에
　　작은 하늘이 잠겨 있는 듯이 보였다오.
그것은 대지가 어둠 속에서
　　대낮보다 더 순수하고
밤의 심연보다 더 무한하게
　　누워 있는 자줏빛 발하는 하늘이어라 ─
그 속에는 저 높은 하늘에서처럼
　　그곳에서 가지를 뻗고 있는 그 어느 것보다
형상과 색조에서 더 완벽한
　　사랑스러운 숲들이 자라고 있었다오.
그곳에는 빈터와 근처의 잔디밭이 뻗어 있었고
　　울창한 검은 숲을 통해
빛 받아 반짝이는 구름 속에서 빠져 나온
　　새하얀 태양이 새벽처럼 반짝거리고 있었다오.
저 높은 세계에 있어 우리에게 잘 보이지 않는
　　감미로운 풍경들이,
그 아름다운 녹색 숲을 사랑하는
　　연못 속에 다 비추고 있었다오.
바람 한 점 없는 대기 속에서

저 연못 밑에서 삼라만상이

엘리시온[3]의 행복감과 어우러져

　지상의 더 부드러운 낮으로 무르익었다오.

사랑에 빠진 이와도 같이 그 풍경은

　어두운 연못의 젖가슴에

숲의 잎사귀와 윤곽을

　사실보다도 더 잘 나타내 주었다오.

그러다 종내 고요를 샘내는[4] 바람이 스며들었다오.

　마치 마음의 너무도 충실한[5] 눈으로부터

사랑스러운 한 영상을 지워 버리는

　달갑지 않은 생각과도 같이.

그대는 언제나 아름답고 친절하며

　숲은 항상 푸르나

나 셸리의 마음속 평화는

　연못 속 적막보다 보기 드물다오.

3　그리스 신화에 나오는, 죽은 뒤 축복 받은 사람들이 산다는 극락 정토.
4　셸리의 아내 메리도 같이 소요에 나섰으나 제인에 대한 셸리의 감정을 못마땅하
　게 여긴 것 같다.
5　물처럼 마음도 고양된 의식을 가질 수 있다. 셸리는 아내가 자신을 더 이상 사랑
　하지 않는데 아내에게 지나칠 정도로 충실했다고 느꼈는지도 모른다.

기타와 함께, 제인에게

에어리얼이 미란다에게[6] 말했다오.

그대의 농예인 자를 위해

이 음악의 노예[7]를 받으시고

그대가, 오로지 그대만이

환희의 정신을 타오르게 할 수 있는

모든 음악을 그 노예에게 가르치세요.

즐거움이 자신을 다시 거부하고

너무 강렬해진 나머지 고통으로 변할 때까지.

그대의 페르디난드 공[8]의

허락과 명령을 받고,

가련한 에어리얼은

말로 표현해낼 수 없는 것을 보여주는

이 무언의 징표를 보내옵니다.

---

6 셰익스피어의 극 「폭풍」에 나오는 인물. 에어리얼은 쾌활한 공기의 요정으로 마
   녀에 의해 갇혔다가 마법사 프로스페로에 의해 구출받고 그를 모신다. 미란다는
   프로스페로의 외동딸이다. 여기서 에어리얼은 셸리 자신이고 미란다는 제인 윌리
   엄스이다(1935년 앙드레 모로아는 『에어리얼』이라는 셸리의 전기를 출간하였다).
7 기타 속에 있는 음악의 요정.
8 제인의 남편 에드워드 윌리엄스.

그대의 수호신인 에어리얼은

생과 생을 넘어서 언제나

그대의 행복을 추구해야 합니다.

그래야만 에어리얼도 그의 행복 찾으니까요.

위대한 시행들[9]이 말해주듯이

프로스페로의 마술 걸린 감옥으로부터

나폴리의 옥좌에 이르기까지

에어리얼은 그대가 탄 뱃머리에서

살아 있는 유성과도 같이 경쾌하게 날며

길없는 바다 위를 불 밝혀 그대 인도했습니다.

그대 숨거둔 후, 조용한 달님이

사라졌다 새로이 태어나는 동안[10]

그녀의 처소에서 슬픔에 싸였다 해도,

홀로 남은 에어리얼보다 더 슬프지는 않으리다.

그대가 이 지상에서 다시 살게 되자

보이지 않는 탄생의 별[11]과도 같이

에어리얼은 그대가 태어난 순간부터

인생의 바다 위로 그대를 인도하리다.

---

9 셰익스피어의 극 「폭풍」의 5막 1장 314~318행의 시행들이다. 프로스페로는 나폴리로 가는 뱃길을 인도할 것을 에어리얼에게 명한다.
10 달이 졌다가 다시 초승달이 뜨는 사이의 기간.
11 점성학에 의하면 각 개인은 그 기질과 운명을 형성하는 탄생의 별의 영향 밑에서 살아간다고 한다.

페르디난드 공과 그대가 사랑의 역정을 시작한 후

많은 변화가 이어졌건만, 에어리얼은 항상

그대 발걸음 쫓으며 그대의 뜻을 받듭니다.

이제 더 겸허하고도 행복한 운명 속에서

이 모든 것은 기억되지 않았습니다.

그리고 이제 아아! 이 가련한 정령[12]은

무슨 잘못으로 무덤과 같은

한 육체 속에 갇히게 되었습니다.

그의 봉사와 슬픔을 위해

그는 감히 당신에게 바란답니다.

오늘은 미소를, 내일은 노래를 말입니다.

조화 이루는 모든 생각을 메아리치게 하기 위해

이 우상[13]을 만들어낸 예술가는

나무 한 그루를 잘랐답니다. 그때 비탈에서는 나무숲이

바람이 휩쓰는 아펜니노산맥 위에서

거룩한 휴식 속에서 흔들리며

겨울잠에 빠져 있었답니다.

어떤 나무는 지나간 가을을,

어떤 나무는 빠르게 다가오는 봄을,

어떤 나무는 4월의 새싹들과 소나기를,

12 「폭풍」에서 에어리얼은 불과 공기의 요소로 된 육체에서 분리된 영혼(정령)이다.
13 셸리가 제인에게 선물로 준 기타.

어떤 나무는 7월의 정자에서 부르는 노래를,

그리고 모두들 사랑을 꿈꾸었다오. 그리고 이 나무는 —

오, 우리의 죽음도 그렇게만 된다면! —

잠 속에서 죽음을 맞아, 아무런 고통도 느끼지 못했다오.

그리고 더 행복한 형태로 다시 태어났다오.

하늘의 가장 아름다운 운성[14] 밑에서 그 나무로부터

예술가는 이 사랑스러운 기타를 만들어

그대 목소리와 같은 부드러운 언어로

능숙하게 묻는 모든 이들에게

바르게 대답하는 법을 가르쳤다오.

사랑스러운 음조로 숲과 골짜기와

숲속의 정자들을 지나는 여름 바람의

달콤한 신탁들을 속삭이게 했다오.

왜냐하면 그 기타는

평원과 하늘과 숲과 산,

그리고 수많은 목소리를 가진 샘들의

모든 음악을 습득했다오.

언덕에서 나오는 가장 맑은 메아리를,

떨어져 흐르는 냇물의 가장 부드러운 음조를,

새와 벌이 내는 음악 소리를

여름 바다의 술렁이는 소리를,

---

14 사랑의 저녁, 또는 새벽별인 금성.

후두두 떨어지는 빗방울 소리를, 그리고 숨쉬는 이슬 소리를,
저녁의 노래를 습득했다오. 그리고 또한
지구가 매일 계속되는 회전을 하려고 할 때
하늘의 끝도 없는 빛 속에 떠 있으면서
가는 길을 재촉할 때 타오르는
그 듣기 어려운 신비스러운 소리[15]도 알았다오.
이 모든 것 알고 있는 기타는 말하지 않으리,
질문을 잘하지 못하는 이들에게는,
그 안에 살고 있는 정령의 이야기를.
그는 벗이 되는 이들의 재능에 맞추어
얘기할 뿐, 그를 유혹해내어
지난날의 이 비밀들을 밝혀내려 하는 이들에게도
그들이 전에 느낀 이상을 밝히진 않으리.
그러나 완벽한 재주를 가진 손들을 위해서
그 대답이 달콤한 즐거움을 주겠지마는
그 기타는 우리의 사랑스런 제인만을 위해
최상의 거룩한 음조를 보존하리다.

---

15 우주의 항성들이 운행될 때 난다고 하는 천체의 음악.

제인에게 : "총명한 별들이 반짝거리네"

1

총명한 별들은 반짝거리고
아름다운 달님은 그들 사이로 얼굴을 내미네.
사랑스러운 제인!
기타의 현은 딸랑딸랑 울리고 있으나
그 곡조 그대 다시 부르지 않기에
달콤하지 않다네.

2

달님의 부드러운 광휘가
하늘의 희미하고 차가운 별빛 위에
흩뿌려지듯이
가장 감미로운 그대 목소리
영혼이 담기지 않은 기타의 현에[16]
영혼을 부여해주네.

---

16 기타가 내는 음조는 그 자체의 삶이 없음을 의미한다.

3

별들은 다시 깨어나네,
달님이 오늘밤
한 시간을 더 잠들어 있다 해도.
어떤 잎사귀도 흔들리지 않네,
그대 노래의 이슬이 흩뿌리는 동안에는
기쁨을

4

소리를 감당하기 어려워도
다시 노래해주오. 그대의 사랑스런 목소리로 보여주시오,
음악과 달빛과 감정이
하나가 되는 우리와는 아주 동떨어진 어떤 세계의
한 음조를.

애가

노래하기에는 너무나도 슬픈 슬픔을
   큰 소리로 신음 소리를 내는 거친 바람이여,
황량한 구름이 밤새도록
   조종을 울려주는데, 사나운 바람이여,
그 눈물이 허사가 되고 있는 슬픈 폭풍우여,
가지들이 모두 말라비틀어진 앙상한 나무들이여,
깊은 동굴과 황량한 대양이여 —
   슬피 울지어다! 이 세계가 잘못되고 있음을!

레리치만[17]에서 쓴 시행

빛나는 방랑자[18]여, 하늘의 아름다운 유혹자여,

그대에게만 주어졌노라.

변화하면서도 언제나 여신으로 존경받는 권한이 ―

이 어스름한 세상을 부러워 말라. 그것은 오직

한 번만 이 세상의 그림자 안에서

그대만큼 아름답고 그대보다 훨씬 진실했던 이 있었으니까.

그녀는 조용한 시간에 나를 떠났다네.

달님은 하늘 언덕의 푸른빛 둥근 천장으로

오르기를 멈추고

서녘의 침실 속에서

태양의 잠자리를 구하기 전에,

잠이 든 알바트로스[19]와도 같이

빛의 날개 위에서 균형을 잡고서,

자줏빛 밤을 서성이고 있었다네.

그녀는 나를 떠났고 나는 홀로 지냈다네.

---

17 이탈리아 북서 해안에 위치한 만. 셸리는 한 달 후에 이 근처에서 익사하였다.

18 달.

19 미끄러지듯 날기 때문에 장거리를 날 수 있는 거대한 바다새. 공중에 뜬 채 잠자는 것으로 유명하다.

태어나며 죽는 그러나 아직도

언덕의 메아리에 자주 들리는 곡조와도 같이

귀에는 들리지 않지만

사랑에 빠진 마음만이 들을 수 있는

갖가지 음조를 생각하면서

그리고 그녀 손길의 부드러운 쓰다듬음을[20]

항상 느끼며 — 아, 너무나도 벅차구나! —

마치 그녀의 부드러운 손길이 지금까지도

나의 이마 위에서 가볍게 떨리는 듯하네.

그래서 그녀는 여기 없었지만,

환상조차 감히 주장하는 그녀의 모든 것을

기억이 나에게 가져다 주었다네.

그녀의 존재는 약하게 만들고 길들였다네,

모든 정열들을. 그래서 나는 홀로 살았다네.

우리 자신의 것인 시간 속에서

과거와 미래는 잊혀졌다네,

지금까지 늘 그랬고 앞으로는 그렇지 않을지라도.

그러나 머지 않아 수호천사 가버리고

걱정과 욕망의 혼령[21]이 다시 왕좌를 차지하였네,

나의 가냘픈 가슴속에. 나는 감히 말 못 하네,

---

20 제인이 셸리의 이마를 쓰다듬자 셸리는 고통이 경감됨을 느꼈다.

21 열정들, 또는 「알라스터, 또는 고독의 정령」에서 시인을 지배했던 정령일 것이다.

나의 생각들을. 그러나 평정을 잃고 연약해져
나는 자리에 앉아, 밝고 넓은 대양을 타고
선박들이 미끄러져 가는 것을 보았다네.
마치 기이하고도 멀리 있는 직무를 위해
아주 고요한 영역 위로 보내어진
요정의 날개를 단 마차들과 같이 미끄러져 가는 모습을.
그들은 마치 천당의 별을 향하여
나의 고통과 같은 달콤하고도 쓰디쓴 고통을 치유하고자
마약을 마시러 항해하는 듯했네.
그리고 그들의 항해에 날개가 되어주는 바람이
대지로부터 신선하고 가볍게 불어왔네.
그리고 날개 단 꽃들의 향기와
이슬의 시간이 주는 차가움과
낮에 남겨진 달콤한 따스함이
반짝이는 만 위로 흩뿌려졌네.
그리고 램프와 창을 든 어부가
물기로 끈적이는 낮은 바위 주위를
기어가다가, 눈을 속이는 불길을
흠모하고자 뛰어오른 물고기를 낚아 올렸네.
너무나 행복하구나! 쾌락은 추구하나
평온은 빼앗기지 않고, 삶만을 망치면서도
쾌락이 남겨놓은 모든 후회감과 후회되는 생각을
소멸시키는 이들은!

제 2 부

시
론

시의 옹호[1]

들어가며 : 이성과 상상력의 비교

이성과 상상력이라는 인간의 정신 활동에 대한 두 가지 분류 방식에 따르면 이성은 어떤 식으로든지 간에 여러 생각 사이에서 형성된 관계를 사유하는 정신 활동이며 상상력은 고유의 방식으로 생각들에 색을 덧입히기 위해 정신 활동이 생각에 영향을 끼치고 마치 원재료들이 화합하듯이 한 생각들을 다른 생각들과 구성하는 정신 활동이다. 여기서 다른 생각들이란 각각 그 자체로 완전성의 원리를 가진다. 상상력이란 '만드는 것' 즉 종합의 원리로 대상들에 대하여 보편성과 존재 그 자체에 일정한 형식을 부여하는 것이다. 반면에 이성이란 '계산하는 것' 즉

[1] P. B. 셸리의 『시의 옹호』를 읽고 이해하기란 결코 쉬운 일이 아니다. 문장 구조도 길고 문단 구성도 복잡하다. 무엇보다도 그리스어와 라틴어 원문을 읽을 수 있었던 셸리는 서양 고전과 문학사에 대해 해박한 지식을 가지고 있었기에 내용이 깊고 풍성하지만 쉽게 씹고 즐길 수 있는 음식은 아니다. 특히 그리스 로마의 서양 고전문학에 대한 해박한 지식을 활용하고 그가 살던 19세기 초 당대 사회 상황에 대한 예리한 비판적 시각과 영국의 문학과 역사에 대한 견해 등이 자주 인용되기 때문에 그의 글의 넓은 맥락을 이해하기란 결코 만만한 일이 아니다. 따라서 역자는 한국 독자들이 큰 맥락에서 문해(文解)를 돕기 위해 여기에 최소한의 각주를 달았음을 밝힌다. 또한 원문에는 소제목이 없으나 독자들의 편의를 위해 역자가 소제목을 달았음을 밝힌다.

'분석의 원리'로 이성의 활동은 생각들을 독자적인 단일체가 아닌 어떤 총체적 결과를 끌어내는 대수학적 표기로 생각되며 사물 간의 관계를 단순하게 파악하는 것을 말한다. 이성은 이미 알고 있는 사물들을 열거하는 능력이고 상상력은 그 사물의 가치를 개별적 혹은 총체적으로 인식하는 능력이다. 이성은 사물 간의 차이점에 주목하지만 상상력은 유사점에 주안점을 둔다. 이성과 상상력과의 관계는 도구와 행위자, 육체와 영혼, 그림자와 실체와의 관계와 같다.

시는 상상력의 표현이다

시는 일반적으로 "상상력의 표현"이라고 정의할 수 있다. 또한 시는 인류의 시작과 더불어 생겨났다. 일련의 외적, 내적 인상이 인간의 정신을 스쳐 지나가는 것은 마치 변덕스러운 바람이 아이올로스의 수금[2] 위를 다양하게 오가기를 거듭하면서 선율을 연주하는 하나의 악기로 비유될 수 있다. 그러나 인간을 포함하여 아마도 감각이 있는 모든 존재들에게는 수금과는 다른 하나의 원리가 존재한다. 그것은 단지 선율을 연주하는 것이 아니라 자극받은 인상들을 환기시키기 위해 음율이나 동작의 내적 조율을 통해 조화까지 창출해낸다. 이것은 수금이 자신을 매혹시킨 선율의 진행과 더불어 완벽하게 균형 잡힌 음조 속에서 화음을 만들어내는 것과 같고 또 성악가가 그 목소리를 수금 가락에 조화

2　아이올로스는 고대 그리스 신화에 나오는 바람의 신. 아이올로스의 하프(Aeolian harp)는 바람이 부는 곳에 놔두면 저절로 소리가 난다고 한다. 사람은 그런 악기처럼 외부로부터 인상을 받아 "소리"를 내는 동시에 자신의 내부로부터 응답의 "소리"를 합쳐 화음을 낸다. 셸리는 여기서 인상과 받음의 심리적 기재를 낭만적으로 설명하고 있다.

시키는 것과도 같다. 홀로 놀고 있는 어린이는 목소리와 동작으로 자신의 기쁨을 표현한다. 그리고 모든 음조의 억양과 모든 몸짓은 자신을 깨우는 즐거운 인상들 속에서 조응하는 대상과 정확한 관계를 맺는다. 그리고 수금이 바람이 멈춘 뒤에도 떨며 소리 내듯이 어린이는 그 목소리와 동작 속에서 효과의 지속을 연장시킴으로써 기쁨의 원인에 대한 의식을 연장시키기를 추구한다. 어린이를 즐겁게 하는 대상들과의 관계 속에서 이러한 표현들은 시가 좀 더 고차원의 대상들과 맺는 관계와 같다. 원시인(원시인은 시대로 판정하고 어린이는 나이로 판정한다)은 이와 유사한 방식으로 자신 안에 주위의 대상들에 의해 생성된 감정들을 표현한다. 언어와 동작은 조각예술이나 회화예술과 더불어 이러한 대상들의 복합적인 효과와 그 대상에 대한 원시인의 이해가 결합된 이미지가 된다. 모든 열정과 즐거움을 가진 사회 속의 인간은 다음에는 인간의 열정과 즐거움의 대상이 된다. 또한 부가된 감정들은 훨씬 풍부한 표현들을 이끌어낸다. 그리고 언어, 몸짓과 모방예술은 표현이 되고 동시에 매체가 된다. 즉 연필이 그림이 되고 끌이 조각이 되고 현이 음악이 된다. 사회적 공감들 즉 그 구성요소인 것처럼 사회가 가져오는 법칙들은 두 인간이 공존하는 순간으로 자신들을 발전시키기 시작한다. 실물이 씨앗 속에 있듯이 미래는 현재 속에 있다. 그리고 인간이 사회적인 한 평등, 다양성, 통일, 대조, 상호의존은 사회적 존재의 의지가 행동을 열심히 하게 하는 동기를 부여하는 원리가 된다.

나아가 그것들은 각각 감각의 즐거움, 감정의 미덕, 예술의 아름다움, 이성의 진리, 상호 교제의 사랑을 구성한다. 따라서 한 사회의 시작 단계에서조차 인간은 언어와 행동 안에서 사물과 언어, 행동에 의해 표현된 인상의 질서와는 구별되는 어떠한 질서를 준수한다. 그러나 여기서 우리는 사회 자체의 원리를 다루는 논의에 대해서는 논외로 던져버리고 상상력이 사회의 형태에 표현되는 방식에 제한을 주는 좀 더 일반적인 논의로 국한시키기로 하자.

시는 모방예술이다

문명의 초기에 인간은 다른 모든 것에서와 같이 자연과 사물의 행동에서 어떤 리듬과 질서를 지키면서 춤추고 노래하고 모방한다. 그러나 모든 인간들은 비록 비슷한 질서를 지키고 있기는 하지만 춤의 동작에서, 노래의 가락에서, 언어의 조합 속에서, 자연의 사물들에 대한 그들의 일련의 모방 안에서 똑같은 질서를 지키지는 않는다. 왜냐하면 문명을 재현하는 이러한 다양한 감각 속에는 어떤 질서와 리듬이 있기 때문이고, 그 재현으로부터 듣는 사람과 보는 사람은 다른 어떤 것에서 보다 더 강렬하고 더 순수한 즐거움을 받아들이기 때문이다. 이러한 질서에 근접하는 감각을 현대 작가들은 취향이라 불렀다. 예술의 초창기에 모든 사람들은 이러한 최고의 즐거움이 나오는 것과 다소간 밀접한 질서를 유지한다. 그러나 그 다양성은 마치 아름다움에 다가가는 이러한 능력이 최고조로 발휘되는 경우(우리가 최고의 즐거움과 그 원인 사이의 관계를 명명할 수 있는 범주 내에서)를 제외하고는 당연히 인식 되어야 하는 수준만큼 충분히 인식되지 못한다. 그러한 아름다움에 다가가는 인식 능력이 풍부한 사람들이 광범위한 의미에서의 시인이다. 그리고 시인이 자신의 내면에 끼치는 사회나 자연의 영향을 표현하는 방식으로부터 나오는 즐거움은 그 자체로 다른 사람들과 소통하고 공동체 의식을 통해 일종의 반복을 축적한다.

시인은 언어 예술가이다

시인의 언어는 본질적으로 비유적이다. 다시 말해 시적 언어는 이전에는 이해되지 않았던 사물의 관계를 표시한다. 또한 시적 언어는 사물의 관계를 표현하는 언어가 시간이 흐르면서 통합된 사고의 전체 그림 대신에 사고의 몇몇 부분이나 몇몇 부류를 나타내는 기호가 될 때까지 사물의 관계에 대한 이해를 영속시킨다. 그리고 만일 새로운 시인들이 나타나 그렇게 해체되어온 연상들을 새롭게 창조하지 못한다면 언어는 인간 소통의 고귀한 목적에 쓸모없는 죽은 것이 되고 만다. 이러한 유사성이나 관계는 "세계의 다양한 주제에 각인된 자연의 동일한 발자취"라고 베이컨 경[3]에 의해 멋지게 표현되었다. 그리고 베이컨 경은 다양한 주제들을 인식하는 능력을 모든 지식에 공통된 원리의 창고로 생각한다. 인류 사회가 처음 시작되었을 때 모든 작가들은 필연적으로 시인이다. 왜냐하면 언어 자체가 시이기 때문이다. 그리고 시인이 되는 것은 진실한 것과 아름다운 것, 한마디로 선, 일차적으로 존재와 지각 사이, 이차적으로 지각과 표현 사이에 존재하는 선을 이해하는 것이다. 그 기원에 가까운 모든 최초의 언어는 그 자체로 하나의 집단을 이루는 시가[4]의 혼돈의 상태이다. 풍성한 어휘 편찬과 문법상의 구분은 후대의 작업으로 단지 시 창작물의 목록이나 형태에 불과하다.

---

3   "영국의 르네상스 시대 철학자, 정치가, 에세이스트인 프랜시스 베이컨(1561~1626)의 저서 『학문의 진보』 제1부 제3장에서 인용된 것이다."[셸리 自註]
4   이러한 일련의 설화나 전설 시편은 똑같은 주제를 다룬 일군의 시편들이다.

시인은 문명의 건설자이다

그러나 파괴할 수 없는 질서를 상상하고 표현하는 사람인 시인은 언어와 음악과 춤과 건축과 조각과 회화의 창작자일 뿐 아니라 법의 제정자들이고 문명사회의 창건자들이고 삶이라는 예술의 발명자들이고 종교[5]라고 불리는 보이지 않는 세계의 힘들을 부분적으로 이해하여 아름다움과 진실한 것으로 근접시킨 교사이다. 이렇게 해서 모든 원시종교는 우화적이거나 우화적 속성을 가지며 야누스[6]와 같이 거짓과 진실이라는 두 개의 얼굴을 가진다. 시인은 그가 등장하는 시대나 국가의 상황에 따라 초기에는 입법자 또는 예언자[7]로 불렸다. 왜냐하면 시인은 본질적으로 이 두 가지 속성을 포괄하고 결합하기 때문이다. 시인은 현재를 있는 그대로 강렬하게 바라보고 현재의 사물들이 명령하는 법칙들을 발견하는 동시에 현재 속에서 미래를 바라보기도 한다. 시인의 사상은 이후 세계에 피는 꽃이며 열매의 싹이다.[8] 필자가 시인을 거친 의미로 예언자라고 주장하거나 시인이 사건의 정신을 미리 알듯이 확실하게 형태를 예언할 수 있다고 주장하는 것은 아니다. 그러한 주장은 예언이 시의 속성이기보다 시를 예언의 속성으로 만드는 하나의 미신이기 때문이다. 시인은 영원하고, 무한하고, 거대한 하나의 원리[9]에 참

5 셸리는 여기에서 "종교"를 모든 창작의 통찰력이나 상상적인 돌파구를 포함하는 넓은 의미로 확장하여 사용하고 있다.
6 고대 로마 신화의 문의 신. 머리 앞뒤에 양쪽을 동시에 볼 수 있는 두 얼굴을 가지고 문이나 입구를 지킨다.
7 고대 로마인들은 시인을 신적 능력을 가진 예언자(vates)로 보았다. 시드니 경, 칼라일, 에머슨, 휘트먼 같은 시인들도 모두 시인을 예언자로 보았다.
8 셸리의 시 「종달새에게」 8연과 11연 참조.
9 셸리의 먼저 죽은 후배 시인 존 키츠(1795~1822)를 애도하는 시 『아도나이스』에

여한다. 그의 관념에서는 시간, 장소, 숫자는 존재하지 않는다. 시간의 형태들, 사람들의 차이 그리고 장소의 구별을 표현하는 문법적인 형식들은 최고의 시에서는 바꿀 수 있고 바꾼다 해도 시의 가치는 손상되지 않는다. 지면의 제약으로 직접인용은 못 하지만 인용이 가능하다면 아이스킬로스[10] 극의 합창들, 구약의 「욥기」[11], 단테의 「천국편」[12]은 다른 어떤 작품들보다 이러한 사실에 관한 좋은 예가 되겠다. 조각, 회화 그리고 음악 작품들은 좀 더 결정적인 예가 된다.

시의 힘과 언어

언어, 색채, 형태와 종교적이고 사회적인 행위의 습관들은 시의 모든 도구와 제재가 된다.[13] 그것들은 결과를 원인과 동의어로 간주하는 바로 그 비유적 표현에 의해 시라고 불릴 수 있다. 그러나 좀 더 제한된 의미에서 시는 인간의 보이지 않는 본성 안에 가려져 있는 왕관인 상상력에 의해 창조된 언어의 배열, 특히 운율적 언어의 배열을 표현한다. 그리고 이것은 언어의 본성 자체에서 온다. 언어는 색채, 형태, 몸짓보

나오는 하나의 원리(The One) : "하나의 원리가 남는다, 많은 것은 변하고 사라진다."

10 아이스킬로스(BC 525~456)는 고대 그리스의 3대 비극시인 중 한 사람으로 아티카 비극을 완성했다. 『속박된 프로메테우스』 등이 대표작이다.

11 구약성경 중에 하나의 뛰어난 문학작품으로 유대인 욥을 등장시켜 죄짓지 않은 사람이 끊임없이 고난을 당하는 역설적인 삶의 근본문제를 다루고 있다.

12 이탈리아의 세계적 시인 단테(1265~1321)가 쓴 중세 최대의 서사시 『신곡』의 「지옥편」, 「연옥편」, 「천국편」 중에 하나이다.

13 플라톤주의자인 셸리는 "시(Poetry)"란 말의 의미를 '창조적 활동', 또는 '예술 일반'의 넓은 의미로 사용하고 있다. 여기에서 "언어"는 시이고 "색채"는 회화, "형태"는 조각에 해당된다.

다 우리의 내적 존재의 행동과 열정의 직접적 재현이며 더 다양하고 섬세한 결합에 민감하고 그 능력의 통제에 좀 더 유연하고 순종적이다. 왜냐하면 언어는 상상력에 의해 자의적으로 생산되고 사유와만 관계를 가지기 때문이다. 그러나 예술의 다른 모든 재료와 도구라는 조건은 서로 간의 개념과 표현 사이를 제약하고 사이에 끼어들면서 서로 관계를 맺는다. 개념은 소통의 매체인 빛을 반사하는 거울과 같고 표현은 그 빛을 약화시키는 구름과 같다. 이러한 이유로 위대한 예술의 대가들의 내재적 역량이 언어를 사상적 상징으로 채택한 사람들(시인)의 역량에 결코 뒤지지 않는다고 할지라도 제한적 의미에서 볼 때 조각가, 화가, 음악가의 명성은 시인의 명성에 결코 맞상대가 되지 못했다. 마치 비슷한 기량을 가진 두 공연자들이 기타와 하프 연주에서 동일하지 않은 결과를 내는 것처럼 말이다. 입법자와 종교 창시자들의 명성은 그들의 제도권이 지속되는 동안만은 제한된 의미에서 시인의 명성을 뛰어넘는 듯 보인다. 그러나 만일 우리가 시인들의 고상한 품격에 속했던 명성과 더불어 대중의 조악한 의견에 비위를 맞춤으로서 얻는 명성을 분리한다면 더 이상의 명성이 유지될 수 있는가는 문제가 될 수 없다.

이렇게 우리는 "시"라는 단어의 의미를 그 능력 자체로 가장 친근하고 가장 완벽한 표현인 언어 예술의 범주 안에 제한해왔다. 그러나 그 범위를 더욱 좁혀 운율을 맞춘 언어와 맞추지 않은 언어의 구별을 결정하는 것은 필요하다. 왜냐하면 산문과 운문을 다른 것으로 나누는 것은 정밀한 철학 안에서는 허용될 수 없기 때문이다.

시의 본질은 음악성이다(번역의 무용성)

시에서 사상뿐 아니라 소리는 서로 관계를 가지며 또한 재현하는 것들과 모두 관계를 가진다. 그리고 그 관계의 질서에 대한 인식은 언제나 사상의 관계의 질서에 대한 인식과 연관되어 있음이 밝혀졌다. 그래서 시인의 언어는 일찍이 소리의 어떠한 형태를 가지며 조화로운 반복을 사용하였다. 소리의 반복(운율) 없이는 시는 있을 수 없고, 소리의 반복은 그 특이한 질서를 고려하지 않더라도 언어 못지않게 필수불가결한 것이다. 그러므로 번역은 무익한 것이다.[14] 시인의 창작품을 하나의 언어에서 다른 언어로 옮기려고 하는 것은 제비꽃의 빛깔과 향기의 본질적 원리를 발견하기 위해 그 꽃을 도가니 속으로 던져 넣는 것과 같은 어리석은 짓이다. 제비꽃은 다시 그 씨에서 싹을 내지 않으면 안 된다. 그렇지 않으면 꽃을 피우지 못할 것이다. ― 이것은 우리에게 지워진 바벨의 저주[15]인 것이다.

철학자는 시인이고 시인은 철학자다(시와 산문의 구별은 없다)

시적 마음을 가진 사람들의 언어 속에서 화음의 반복이라는 규칙적인 양식을 음악성과 관련하여 살펴보면 조화와 언어의 전통적 형식의 어떤 체계인 운율이 드러난다. 그러나 만일 운율의 핵심인 조화가 준수된다면 시인이 언어를 이러한 전통적 형식에 맞추어야 하는 것은 결코 필수적인 것은 아니다. 이러한 운율의 사용은 진실로 편리하고 널리 사

---

14 셸리는 여기에서 자신이 그리스어 고전들 특히 플라톤의 일부 작품을 영어로 번역했으나 기본적으로 번역은 불가능한 작업이라고 선언하였다.

15 바벨탑의 저주는 구약성경 「창세기」 11장에 나오는 이야기이다. 원래 지구상에는 언어와 말이 하나였으나 바빌로니아 평야에 인간들이 성읍을 건설하고 탑을 높게 쌓아 하늘까지 닿게 하려 하자 하나님이 여러 언어들로 혼잡하게 하여 서로 의사소통이 되지 않게 만들었다. 이로 인해 서로 언어가 달라져 뜻을 전하지 못하며 새로 배우거나 번역에 의존할 수밖에 없는 저주에 빠지게 되었다.

용된다. 동작이 많은 행위를 가진 작품에서는 특히 자주 사용된다. 그러나 모든 위대한 시인은 특이한 작시법의 정확한 구조 안에서 선배 시인들의 규칙을 넘어서 필연적으로 쇄신해야만 한다. 시인들과 산문작가들 사이의 구별은 통속적인 오류이다. 철학자와 시인의 구별은 오래전부터 있었다. 플라톤은 본질적으로 시인이었다.[16] — 그의 진실성과 장대함 그리고 그의 언어의 음악성은 매우 강렬하다. 그는 서사적, 극적, 서정적 형식의 운율을 거부했다. 왜냐하면 그는 모방과 행위가 배제된 사상 속에서 조화의 불꽃을 태우려 노력했기 때문에 확정된 형태 안에서 그의 문체의 다양한 박자들을 포함하는 리듬의 어떤 규칙적인 계획[운율]을 만들어내는 것도 거부했다. 키케로[17]는 글(종합문)[18]의 리듬을 따르기를 추구했으나 별다른 성공을 거두지 못했다. 베이컨 경은 시인이었다. 베이컨 경의 언어는 그의 철학이 초인간적인 지혜로 사람들의 지성을 만족시키는 것 못지않게 달콤하고도 장엄한 리듬으로 사람들의 감각을 만족시킨다.[19] 그의 언어는 독자의 마음을 확장시키고 그 마음의 변경을 넘어서서 그 마음이 영속적인 공감을 주는 보편적인 요소 속으로 함께 몰입시킨다. 사상계의 혁명가들[20]은 필연적으로 시인

---

16 셸리는 플라톤의 『향연』에 대한 자신의 번역판의 미완성 「서문」에서 철학자 플라톤을 불멸의 영혼을 가진 시적 영감의 시인으로 불렀다.

17 키케로(BC 106~43)는 로마의 웅변가, 정치가이며 대표적 산문가이다. 셸리는 키케로를 플라톤의 실패한 모방자라고 평가하였다.

18 종합문(綜合文, periodic sentences)은 여러 절로 되어 있고 가장 중요한 부분이 끝에 놓인 문장을 가리킨다.

19 베이컨의 「죽음에 관한 에세이」 참조.

20 예를 들면 셸리가 존경했던 계몽사상가 장 자크 루소(1712~1778) 같은 사람들이다.

이다. 그들의 말이 진실의 삶에 참여하는 심상에 의해 사물의 영원한 비유를 드러내서가 아니라 그들은 창안자이며 나아가 그들의 글이 조화롭고 리듬이 있으며 그 자체로 영원한 음악의 메아리인 운문의 음악을 가지고 있기 때문이다. 주제의 형식과 행위에 전통적인 리듬의 형식을 사용해온 최고의 시인들이 운율 형식을 거부한 시인들보다 사물의 진리를 인식하고 가르치는 능력이 떨어지는 것은 아니다. 셰익스피어, 단테, 그리고 밀턴[21]은(현대 작가들에 국한한다 하더라도) 최고의 고상한 능력을 가진 철학자[지혜를 사랑하는 자]들이다.

시와 역사의 차이

시는 영원한 진실 속에 표현된 삶의 바로 그 심상이다. 역사와 시는 차이가 있다. [좁고 한정된 의미의] 역사(이야기)는 시간, 장소, 주위 환경, 원인과 결과 외에는 다른 연계성을 가지지 않는 분리된 사실의 목록이다. 반면에 시는 그 자체가 모든 다른 마음의 심상인 창조주의 마음 속에 존재하는 인간 본성의 불멸의 형태를 따르는 사건을 창조한다. 역사는 부분적이고 시간의 한정된 시기와 결코 다시 일어날 수 없는 사건들의 어떤 결합에만 적용된다. 시는 보편적이고 그 자체 안에 각종 동기나 행동이 인간 본성의 다양한 가능성과 관계를 맺는 근원이다. 역사에서 시간은 시가 다루는 특별한 사실을 기록하는 아름다움이 배제되어 있다. 그러나 시간은 시의 아름다움을 배가시키고 시가 가지고 있

---

21 여기에서 셸리는 셰익스피어, 단테, 밀턴 같은 대시인들을 철학자(지혜를 가진 사람)로 보고 있다. 앞서 셸리는 플라톤이나 베이컨 경 같은 대철학자들을 시인이라 부른 바 있다. 셸리는 시인과 철학자를 굳이 나누지 않고 동일한 탁월한 능력과 상상력을 가진 사람들로 보고 있다.

는 영원한 진실의 새롭고도 놀라운 적용을 발전시킨다. 이렇게 해서 역사의 진술[요약]은 '정의로운 역사의 좀벌레'[22]라 불려왔다. 그러한 역사의 이야기는 정의로운 역사의 시를 먹어치우기 때문이다. 어떤 특수한 사실에 관한 역사 이야기는 아름다워야 할 것들은 희미하게 만들고 왜곡시키는 거울과 같다. 반면 시는 왜곡된 것을 아름답게 만드는 거울이다.

위대한 역사가들은 시인이었다

어떤 저작들은 전체적으로 하나의 시로 만드는 작업 없이도 시적일 수 있다.[23] 하나의 단일한 문장이 일련의 동화되지 않은 부분들 가운데서 전체로 간주될 수 있다. 하나의 단어도 소멸할 수 없는 사상의 불꽃이 될 수 있다. 그리하여 헤로도토스,[24] 플루타르코스,[25] 리비우스[26] 같은 위대한 역사가들은 모두 시인이었다.[27] 이 역사가들의 구상이, 특히 리비우스의 경우, 최고의 시적 능력을 발휘하는 것을 억제했다 하더라도 그들은 자신들의 역사적 기술 사이사이를 살아 있는 문학적 심상으로

---

22 이 구절은 셸리가 베이컨 경의 『학문의 진보』 2부 2장 4절에서 차용한 표현이다.

23 이러한 사상은 S. T. 콜리지의 『문학평전』 14장에 잘 나타나있다.

24 헤로도토스(BC 484~428)는 서양에서 역사의 아버지라 불리는 그리스의 역사가로, 페르시아 전쟁을 다룬 『역사』를 저술했다.

25 그리스 전기작가로 유명한 플루타르코스(46~120)는 『플루타르코스 영웅전』을 썼다.

26 로마 역사가인 리비우스(BC 59~17)는 142권짜리 『로마 건국사』를 남겼으나 현재는 35권만 남아 있다.

27 셸리는 이들 대역사가들도 탁월한 시적 상상력을 가진 시인으로 간주하고 있다. 이렇게 되면 셸리는 대시인, 대철학자, 대역사가를 구분하지 않고 모두 시인이라 부른 셈이 된다.

채움으로써, 그들의 기술 기획을 위해 희생된 부분들을 풍성하고 충분하게 보상하였다고 할 수 있다.

지금까지 시는 무엇이며 시인은 어떤 사람들인지를 논의했으므로 앞으로는 시의 사회적 영향에 대해 평가해보기로 하자.

시의 사회적 효용 : 시는 즐거움과 지혜를 준다

시는 언제나 즐거움을 수반한다.[28] 모든 사람들은 시를 접하면 즐거움과 뒤섞여 있는 지혜를 자유롭게 받아들이게 된다. 인류 초창기에는 시인과 그 시를 읊는 것을 듣는 사람들 모두가 시의 우수성을 충분히 인식하지 못한다. 왜냐하면 시는 우리의 의식을 넘어서 신비하고 이해할 수 없는 방식으로 작동하기 때문이다. 그리하여 강력한 인과관계를 숙고하고 따지는 것은 그들 모두의 힘과 영광이 결합하게 되는 미래 세대의 과업으로 유보된다. 심지어 현대에도 생전에 자신의 완전한 명성에 이르렀던 시인은 거의 없었다. 모든 시대에 속하는 한 시인을 평가하는 배심원은 시인과 대등한 자격 있는 사람들로 구성되어야 한다. 배심원은 또한 수많은 세대의 지혜로운 사람들 가운데 엄선된 사람들 중에서 오랜 시간에 걸쳐 구성되어야 한다. 시인은 어둠 속에 앉아 감미로운 소리로 자신의 고독을 달래기 위해 노래하는 나이팅게일이다. 그

---

28 영문학사에서 시를 즐거움(쾌락)과 연계시킨 경우는 르네상스 시대의 필립 시드니 경(1554~1586)의 『시의 옹호』(1595), 18세기 신고전주의 시대의 새뮤얼 존슨(1709~1784)의 『셰익스피어 전집 서문』(1765), 19세기 낭만주의 시대의 윌리엄 워즈워즈(1770~1850)의 『서정시집 서문』(1800)에 각각 나타나고 있다. 셸리는 이러한 전통을 그대로 따르고 있다.

노래를 듣는 이들은 보이지 않는 음악가[29]의 가락으로 황홀감에 빠진 사람들과도 같이 자신들이 감동을 받아 마음이 부드러워지는 것을 느끼지만 무슨 까닭으로 왜 그렇게 된 건지 알지 못한다.

우리는 왜 호메로스를 읽는가

고대 그리스의 서사시인 호메로스[30]와 그의 동시대인들의 시편은 고대 그리스 초기 시대의 즐거움이었다. 그 시편들은 후대 그리스 문명이 의지했던 큰 기둥으로 그 사회제도의 핵심요소들이었다. 호메로스는 서사시의 등장인물을 통해 그 시대의 이상적인 인간성을 완벽하게 구체화시켰다. 호메로스의 시를 읽은 사람들이 등장인물인 아킬레우스, 헥토르, 오디세우스[31]와 같이 되고자 하는 야망을 자각하였으리라는 것은 의심할 여지가 없다. 우정, 애국심은 물론 한 대상에 대한 인내심 있는 헌신의 진실함과 아름다움이 이런 불후의 대작[32]에서 속속들이 드러났기 때문이다. 그들의 시를 듣는 사람들의 감정은 그토록 위대하고 사랑스러운 등장인물과의 공감을 통해 세련되었고 나아가 그들의 시야 역시 넓어졌다. 종국에는 독자들은 존경심을 가지고 그들을 모방하고 존경의 대상과 자신을 동일시하였다. 이 등장인물들이 도덕적 완결성과 거리가 있고 그들이 결코 모든 사람이 모방하는 교훈적인 귀감으로

---

29 키츠의 시 「나이팅게일 송가」에 나오는 "어둠 속에 앉아 있는 나이팅게일"을 암시한다.
30 서양문학의 아버지인 호메로스(BC 800 전후)는 그리스 최고 최대의 서사시인이며 불멸의 대서사시 『일리아드』와 『오디세이아』를 남겼다.
31 아킬레우스, 헥토르, 오디세우스는 그리스에서 가장 오래된 서사시 『일리아드』와 『오디세이아』에 등장하는 영웅들이며 전사들이다
32 『일리아드』와 『오디세이아』를 가리킨다.

간주되지 않을 수도 있다는 이의가 있으면 곤란하다. 어느 시대라도 다소 그럴듯한 이름으로 그 시대의 특이한 잘못들을 신격화했다. 예를 들어 복수는 반(伴)야만시대가 숭배하는 노골적 우상이고, 자기기만은 미지의 악덕을 베일로 가린 이미지로 그 앞에 사치와 포만감이 웅크리고 누워 있다. 그렇지만 시인은 동시대인들의 악덕을 일시적인 드레스로 간주한다. 그 드레스는 그의 등장인물들을 단장시키고 그들의 영원한 아름다운 부분을 가리고는 있지만 숨길 수는 없다. 물론 고대의 갑옷이나 현대의 제복보다 더 우아한 드레스를 생각해내는 것이 쉬운 일이기는 하지만, 서사시 또는 극의 인물은 고대에는 갑옷, 현대에는 제복으로 몸을 감싸듯이 악덕이 영혼을 감싸고 있다고 생각된다. 내면의 아름다움은 어쩌다 입은 의복으로 숨겨질 수 없다. 그 옷의 형식이 주는 정신은 바로 그 가장하는 속임수에 그대로 전해지고, 옷을 입는 방식에서부터 숨겨진 진짜 모습을 드러낸다. 장엄한 모습과 우아한 몸동작은 가장 야만적이고 멋없는 의상을 통해서도 스스로를 잘 드러낼 것이다. 최고시인들 중 적나라한 진실과 화려함으로 시상의 아름다움을 드러내고자 한 사람은 거의 없었다. 그리고 의상이나 관습 등의 조합이 인간의 귀를 위해 최고의 음악을 조율하는데 필요하다는 것은 의문의 여지가 있다.

도덕적 선의 위대한 도구는 상상력이다 : 시가 부도덕하다는 것에 대한 오해

그러나 시의 부도덕성을 전적으로 반대하는 것은 시가 인간의 도덕적 함양을 성취하기 위해 작동하는 방식에 대한 오해에서 비롯된다. 도덕철학은 시가 창출해낸 기본교리들을 배열하고 계획들을 제시하고 시민생활과 가정생활의 전범들을 제안한다. 인간이 증오하고 경멸하고 비난하고 속이고 서로를 정복하는 것은 훌륭한 교리들이 부족해서가 아니다. 하지만 시는 또 다른 그리고 좀 더 성스러운 방식으로 그 역할을 수행한다. 시는 이해되지 않는 수천 가지 사상들을 조합하기 위한 그릇이 되어 인간의 마음 자체를 각성시키고 확장시킨다. 시는 세상의 숨겨진 아름다움의 베일을 벗기고[33] 친근한 사물들을 마치 낯선 것처럼 만든다.[34] 시는 재현하는 모든 것들을 재창조하며 천상의 빛 속에 감싸인 인물들은 이후 그들을 다시 생각해본 사람들의 마음속에 공존하는 모든 생각과 행동 위에 널리 퍼진 부드럽고 고양된 만족감의 기념비로서 우뚝 서게 된다. 도덕의 위대한 비밀은 사랑이다. 다시 말해 우리의 본성으로부터 벗어나는 것이며 우리 자신의 것이 아닌 사상과 행동과 인물에 속해 있는 아름다운 것과 우리 자신을 동일시하는 것이다. 인간이 최고로 선량해지기 위해서는 강렬하고 포괄적으로 상상해야 한다. 그 자신이 다른 사람 그리고 또 다른 많은 사람들의 입장에 서봐야 한다. 인류의 고통과 즐거움이 그 자신의 것이 되어야 한다. 도덕적 선의 위대한 도구는 상상력이다. 그리고 시는 상상력을 작동시켜 도덕을 함양시킨다. 시는 상상력에 언제나 새로운 기쁨의 사상들을 흘러넘치게 하여 상상력의 지경을 넓힌다. 이 새로운 기쁨의 사상들은 자신의 본성을 모든 다른 사상들에서 끌어와 동화시키는 힘을 가지고 영원히 새로

---

33 영국의 시인 D. G. 로제티(1828~1882)의 "시는 듣는 사람에게는 이전에는 결코 듣지 못했으나 언제나 그의 생각에 있었던 것처럼 보여야 한다"는 말을 강조했다.
34 W. 워즈워스의 "낯익은 일상적인 사물들이 독자의 마음에 비일상적인 방식으로 제시되어야 한다"라는 말을 참조하자. 20세기 초 러시아 형식주의자들이 시의 본질로 파악한 '낯설게 하기'가 이미 나타나고 있다.

운 영적 음식으로 채울 수 있는 새로운 빈 공간들을 만들어낸다. 시는 운동이 신체를 건강하게 만드는 것과 같은 방식으로 인간의 도덕적 본성의 도구로서 상상력을 강화시킨다.[35] 간혹 시인은 옳고 그른 것에 대한 자신의 개념들을 구체화시키는 데 있어 최선을 다하지 않을 때도 있다. 그 이유는 통상 시 창작품이 시인 자신의 장소와 시간과 일치되지 않기 때문이다. 시인이 결과인 선을 해석하는 불리한 역할을 수행한다고 가정한다면 아마도 시인은 결국에는 불완전하게밖에 그 역할을 수행하지 못할 것이며 상상력이라는 원인에 참여한 영광도 잃게 될 것이다. 그러나 호메로스나 영원성을 지닌 시인들은 자신의 역할을 오해해서 시라는 광대한 지배권의 왕좌를 양도해야 하는 염려는 별로 없었다. 시적 능력은 뛰어났지만 강렬하지는 않았던 에우리피데스, 루카누스, 타소, 스펜서[36] 같은 시인들은 자주 도덕적 목표를 채택했다. 그러나 그

---

35 "도덕의 위대한 비밀은 사랑이다. … 상상력을 강화시킨다" 부분은 셸리의 『시의 옹호』 전체에서 시와 도덕을 연결시킨 가장 핵심적 시의 사상을 보여주는 요체이다. 그는 '상상력'을 통해 타자에 대한 공감과 배려를 북돋아 '역지사지(易地思之)'의 경지로 이끌어가는 '타자적 상상력'을 통한 '사랑'을 역설하고 있다. 사랑(Love)에 대한 개념은 일찍이 셸리가 플라톤의 『향연』(BC 382경)의 일부를 영어로 번역하면서 얻은 핵심 개념이다 : 그러므로 사랑은 어떤 것을 갈망하고 없거나 자신의 능력 범위를 넘어서 버린 것을 욕구하고 가지지 않은 것, 그 자체가 아닌 것 그것이 결여된 모든 것이다. 또한 역자의 생각으로는 셸리의 사랑은 기독교에 나오는 신의 사랑이기도 하다. "하나님은 사랑이다."(「요한 1서」 4장 8절). 셸리의 시 「사랑의 철학」을 인용. 셸리는 「타소를 위한 노래」라는 시에서 "삶은 사랑이다"라고 노래하고 있다.

36 에우리피데스(BC 480~406). 그리스 3대 비극시인 중 막내로 아이스킬로스, 소포클레스보다 자유로운 사상으로 신화와 전설에 인간 중심의 대담한 새로운 해석을 가한 작품들인 『메데이아』와 『트로이의 여자』 등이 있다. 루카누스(36~65)는 로마의 시인으로 카이사르와 폼페이우스 사이의 갈등을 그린 서사시 『파르살리아』를 남겼다. 타소(544~595)는 이탈리아의 시인으로 대서사시 『예루살렘의 해방』을

들이 이 도덕적 목적[37]에 주의를 기울이라고 독자와 관객에게 강요하면 할수록 시의 영향력은 오히려 감소되었다.

시는 인간을 행복과 완전성으로 이끈다

호메로스와 트로이전쟁을 읊은 시인들 이후에도 일정한 간격을 두고 아테네의 극시인들과 서정시인들이 등장했다. 그들은 시적 능력의 유사한 표현인 건축, 회화, 음악, 무용, 조각, 철학, 더 나아가 시민 생활의 여러 양식에서 가장 완전한 모든 것과 더불어 융성, 발전했다. 그 이유는 아테네의 사회에서 많은 불완전한 것들[38]이 새롭게 변화되었기 때문이다. 이것은 마치 중세 기사도와 기독교 시대의 시 정신이 많은 것을 개선한 것과 유사하다. 다른 어떤 시대에도 그렇게 많은 활력, 아름다움, 미덕이 융성한 경우는 없었다. 소크라테스가 죽기 이전 세기[39]에서와 같이 미와 선의 명령에 따라 훈련되고 인간의 의지를 따르는 열정적 힘과 견고한 형태를 가진 적도 없었다. 인간의 역사에서 어떤 시대

썼다. 에드먼드 스펜서(1552~1599)은 영국 르네상스 시기의 시인으로 엘리자베스 1세 여왕을 그린 『선녀 여왕』(1590~1596)이라는 우화적인 대서사시를 남겼다.

37 셸리는 자신의 시극 『해방된 프로메테우스』의 서문에서 "나는 도덕적 시가는 싫어한다"고 적고 있듯이 시에서 드러내놓고 교훈이나 도덕을 주장하는 것은 시인의 상상력에 제약을 가하게 되어 작품의 도덕적 영향력을 오히려 축소시킨다고 생각했다.

38 "불완전한 것들"은 19세기 초 셸리 시대의 노예제도(노예무역 포함)와 여성들의 지위가 2류 계급이었던 상황을 가리킨다.

39 서양철학의 아버지 소크라테스(BC 496~399)는 그리스의 대철학자로 자신은 저서를 한 권도 남기지 않았으나 그의 사상은 제자인 플라톤과의 대화를 통해 잘 전해졌다. 소크라테스가 죽은 BC 399년 이전 세기인 BC 5세기는 아테네 정치와 예술의 황금시대였다.

에서도 우리는 인간 속의 신성한 이미지로 이렇게 놀라운 기록과 작품들을 가진 적이 없다. 그러나 형식, 행위, 언어에서 이 시대를 다룬 모든 것들이 축적된 모범적 사례들을 넘어서 영원히 기억하게 만드는 것은 시뿐이다. 문자예술인 시는 당시에 다른 자매 예술들과 더불어 공존하였기 때문에 어느 예술이 빛을 주었고 어느 예술이 빛을 받았는지를 묻는 것은 부질없는 일이다. 모든 예술은 공통의 한 초점에서와 같이 뒤에 오는 가장 암흑의 시대 위에도 빛을 발산해왔는데, 이것은 우리가 사건이 항상 서로 연결된다는 것 말고는 사건의 인과관계를 알 수 없기 때문이다. 시는 일찍이 다른 예술이 인간의 행복을 증진시키고 완전성을 성취하는 데 기여했던 것과 같은 역할을 해왔다. 나는 원인과 결과를 구별하기 위해 이미 확립되고 정립된 것들에 의지하고자 한다.

그리스 극과 현대극의 비교 : 『리어 왕』의 완벽성

극문학이 생성된 것은 내가 여기에서 언급하고 있는 그리스 시대였다. 그리스 이후의 극작가는 우리에게 남겨진 아테네의 몇 안 되는 훌륭한 작가들과 견줄 만하거나 오히려 더 뛰어날 수도 있다. 그러나 극예술이 아테네에서처럼 극의 진정한 원리에 따라 이해되거나 공연되지 못했다는 것은 결코 의심의 여지가 없다. 왜냐하면 아테네 사람들은 열정과 힘을 가지고 최고의 이상주의를 재현하는 공동 목표를 이루어내기 위해 언어, 행위, 음악, 회화, 무용과 종교적 수단을 동원했기 때문이다. 예술의 각 분과는 최고의 기술을 가진 예술가들에 의해 그 분야에서 완벽한 경지에 이르게 되고 훈련을 통해 아름다운 균형과 통일성이 어느 경지에 이르게 되었다. 우리 시대의 현대극 무대에서 시인은 사상의 이미지를 표현할 수 있는 요소들의 극히 일부분만을 사용하고 있다. 현대의 비극에는 음악과 무용이 없거나 비극은 있어도 적합한 최고의 연출이 없는 음악과 무용이 있을 뿐이다. 그 음악과 무용에는 모두 경건성과 장엄함도 결여되어 있다. 종교적 요소는 실제로 대부분 무대에서 사라져버렸다. 배우의 극적 성격을 만들기 위해서는 적합한 많은 표현들이 필요하다. 그러나 현재 우리의 방식은 영원히 변치 않는 표현을 만들 수 있는 가면을 배우의 얼굴에서 벗겨버리기 때문에 부분적이고 조화롭지 못한 결과를 가져올 뿐이다. 현대극의 방식은 모든 관심이 이상적인 흉내 내기의 보상만을 바라는 독백을 제외하고는 다른 극적 장치들과 어울리지 않는다. 희극과 비극을 혼합하는 현대의 방식은 실행의 관점에서 크게 남용될 수 있는 위험에도 불구하고 극의 범위를 확대하는 것은 의심의 여지가 없다. 그러나 희극은 『리어 왕』[40]에서와 같이 보편적이고 이상적이고 숭고하여야 한다. 『오이디푸스 왕』[41]이나 『아가멤논』[42]과 또는 그 두 편과 연결된 비극 3부작을 포함시킬 수 있지만, 『리어 왕』을 더 높게 평가하는 것은 아마도 이러한 희비극 혼합의 원리가 사용되었기 때문일 것이다. 그러나 합창시의 강렬한 힘은 특히 『아가멤논』에서는 균형을 회복시켜주는 것으로

40 『리어 왕』은 셰익스피어의 4대 비극의 하나로 서양 극문학사에서 셸리가 최고의 대작으로 꼽는 작품이다.

41 『오이디푸스 왕』은 그리스의 비극 시인 소포클레스(BC 497~406)의 최고 비극으로 아무것도 모르는 상태에서 아버지를 살해하고 어머니와 결혼한, 피할 수 없는 운명의 비극을 그리고 있다. 소포클레스의 그 외 작품으로는 『안티고네』, 『크로노스의 오이디푸스』 등이 있다.

42 『아가멤논』은 그리스 비극 시인 아이스킬로스(BC 525~456)가 쓴, 트로이 원정의 그리스군 총사령관인 아가멤논이 귀국 후 불륜을 저지른 아내 클리템네스트라에 의해 암살당하는 주제의 비극이다.

인정해야 한다. 그럼에도 『리어 왕』이, 만일 비교가 허락된다면 현재 문학 세계에 존재하는 극예술의 가장 완벽한 예시로 평가 될 수 있다. 셰익스피어가 현대 유럽에서 유행했던 이러한 극작법을 알 수 없었기 때문에 처한 불리한 상황에도 불구하고 말이다. 17세기 스페인의 극작가 칼데론[43]은 자신의 종교극 『아토스』에서 셰익스피어에 의해 무시된 극적 재현의 최고의 조건들 중 일부분인, 다시 말해 극과 종교의 관계를 수립하고 또 그 음악과 무용과 관계를 수립하고자 노력했다. 그러나 칼데론은 더 중요한 조건들을 준수하지 않았다. 다시 말해 그는 인간 열정의 진리를 가진 살아 있는 인물들 대신에 왜곡된 미신에 관해 엄격하게 정의되고 항상 반복되는 이상주의로 바꾸어놓음으로써 얻은 것보다 잃은 것이 더 많았다.

극의 도덕적 기능을 논의하는 본론으로 돌아가자

그러나 이야기는 잠시 주제에서 빗나간다. 『시의 네 시대』의 작가[44]는 연극이 인간의 삶과 풍습에 영향을 미친다는 논쟁을 조심스럽게 피해왔다. 내가 방패로 무장한 기사를 알고 있다면 팔라딘의 용사 중 가장 약한 용사의 손에 있는 견디기 힘든 빛의 거울만으로도 네크로맨과 이교도의 전 군대를 눈이 멀게 하고 흩어지게 할 수 있는 것처럼 필로텍테스나 아가멤논, 오셀로의 이름을 나에게 새기는 것만으로도 그를

---

43 칼데론(1600~1681)은 스페인 문학 황금기의 대극작가로 백수십 편의 극을 발표했고 대표작은 『인생의 꿈』(1640)이다.

44 영국의 소설가이자 시인, 평론가인 토머스 피콕(Thomas Love Peacock, 1785~1866)을 말한다. 처음에는 시인으로 출발하였으나 셸리를 알고부터는 소설로 전향하였으며, 『시의 네 시대(*The Four Ages of Poetry*)』는 1820년에 발표한 그의 시론이다.

꼬여내는 거대한 궤변을 날려버릴 수 있는 것과 같은 이유이다. 무대예술[극][45]을 인간의 관습의 개선이나 타락과 연결시키는 것은 널리 인정되고 있다. 다시 말해 그 자체의 가장 완벽하고 보편적 형식을 가진 시의 존재 유무는 행위나 습관에 있어서 선과 악의 문제와 연계되어왔다고 알려지고 있다. 극이 보여주는 타락은 극의 구조 안에서 복무하는 시가 끝났을 때 그 결과로서 비로소 시작된다. 나는 아래에서 타락이 늘어나고 시가 쇠퇴하는 시기들이 도덕적 인과관계와 정확하게 일치하는가 하지 않았는가의 문제를 논의하기 위해 한 사회의 풍습의 역사를 참고할 것이다.

극문학과 한 시대의 도덕적, 지적 풍습과의 상관관계

아테네나 다른 어느 곳이나 극이 완벽한 경지에 다다른 곳에서는 극이 그 시대의 도덕적 지적 위대함과 공존해 있었다. 아테네 시인들의 비극은 거울과 같다. 극을 보는 관객은 환경이라는 얄팍한 위장 아래 있지만 모든 사람이 사랑하고 존경하고 닮고 싶어 하는 모든 것의 내적 유형이라고 느끼는 이상적 완벽과 활력을 제외하고는 모든 것이 벗겨진 자신을 보게 된다. 상상력은 마음에 품게 되면 품고 있는 마음의 포용력을 팽창시킬 만큼 강력한 고통과 열정과 교감함으로써 성장한다. 이 바람직한 감정은 동정, 분노, 공포와 슬픔에 의해 강화된다.[46]

---

45 셸리는 종합예술로서의 시극(특히 고전풍의 연극)을 시의 최고봉으로 보았다. 그래서 그는 『첸치가의 비극』(1819)과 『해방된 프로메테우스』(1820) 등의 시극 작품을 남겼다. 20세기에 들어와서 T. S. 엘리엇(1888~1965) 같은 시인도 후반에 산문극보다 시극의 중요성을 인식해 『대성당의 살인』(1935) 등의 시극을 남겼다.
46 이 구절에 나오는 "동정, 분노, 공포와 슬픔"은 아리스토텔레스가 비극 이론인

그리고 고양된 평정심[47]은 일상생활의 소요 속으로 침잠하는 과정에서 최고의 상태로 연장된다. 마침내는 범죄조차도 자연의 알 수 없는 요인들의 어쩔 수 없는 운명적인 결과로서 표현되기 때문에 우리는 우리 안에 생겨난 공포에서 상당 부분 벗어날 수 있다. 잘못도 이렇게 고의적이 아닌 것이 된다. 인간은 잘못이 자신들의 자발적인 선택에서 이루어진 것이라는 생각을 더 이상 가질 수 없게 된다. 최고의 극에서는 비난이나 증오는 가능하지 않다. 극은 오히려 우리에게 자신감과 자존감을 가르친다. 눈과 마음은 만일 그것과 닮은 것이 비추어지지 않는다면 그 자체의 모습을 볼 수 없다. 극은 시 정신을 계속 표현하는 한, 프리즘 같은 다면체 거울[48]이 된다. 그 다면경은 인간 본성이 가진 찬란한 빛을 모으고 다시 나누어서 본질적인 형태들로부터 그 빛을 재생산해 낸다. 나아가 거울은 장엄함과 아름다움으로 그 빛을 만나서 거울이 비춰주는 모든 것을 배가시키고 그 빛이 비추는 어느 곳에 떨어지든지 비슷한 모습을 확산시키는 힘을 부여해준다.

영국 왕정복고기 희극의 음란성 : 상상력의 결핍

그러나 사회생활이 쇠락하는 시대에 극은 그 쇠락과 운명을 함께한다. 이 경우 비극은 고대 위대한 걸작의 형식을 무턱대고 모방하고 같

『시학』에서 말한 "연민과 공포"와 같은 것이다.

47 "고양된 평정심"은 아리스토텔레스가 비극의 효과라고 한 '카타르시스(정화, 배설)'과 같은 개념이다.

48 이 표현은 셰익스피어의 비극 『햄릿』 3막 2장의 "연극의 목적은 처음이나 지금이나 비유컨대 자연에 거울을 갖다대는 일이다"(22~25행, 이상섭 역)와 관련이 있다.

은 자매 예술들과 조화롭게 동행하지 못한다. 그리고 흔히 그 모방한 형식은 오해받거나 극작가가 도덕적 진실로 간주하는 어떤 교리들을 가르치는 미약한 지도가 된다. 그 교리들은 극작가가 독자들과 공유하는 어떤 조잡한 악덕이나 약점으로 가득한 그럴듯한 아첨에 불과한 것이다. 이렇게 해서 영국의 고전극[49]과 가정극[50]이 출현했다. 18세기 영국 극작가 조지프 애디슨의 비극 『케이토』[51]는 고전극의 좋은 예이고 가정극들은 언급하기조차 싫다. 시 정신을 가정극에서처럼 어떤 목적을 위해 단순한 도구로 사용할 수는 없다. 시 정신은 번개의 칼이다. 언제나 사용 가능하도록 준비된 칼은 그 칼집에 넣으려고 하면 칼집 자체를 태워버린다. 이렇게 해서 우리는 이런 종류의 모든 극작품들이 유난히 상상력이 부족하다는 것을 알 수 있다. 이 극작품들은 감정과 열정을 꾸며내지만 상상력이 없는 변덕과 정욕을 불러올 뿐이다. 영국 문학사에서 극문학이 가장 천박하게 타락한 시대는 찰스 2세[52]의 치세 기간이다. 이 시대는 시가 표현되는 모든 형식이 자유와 미덕을 좌지우지하

---

49 고전극 : 영국 왕정복고기(1660~1700)와 어거스탄 시대(1690~1745)의 비극.

50 가정극 : 영국 왕정복고기의 희극.

51 조지프 애디슨(1672~1719)은 영국 신고전주의 시대의 수필가, 시인, 정치가로 『스펙테이터』 등을 창간하여 영국 근대 수필문학을 수립했다. 그의 비극 『케이토』(1713)는 로마 시대 공화주의자인 마르쿠스 카토(BC 95~46)의 최후를 고전극 법칙에 의해 쓴 비극이다. 1713년에 초연된 비극은 한때는 흥행에 커다란 성공을 거두었으나 3일치 법칙에 맞추어 쓴 지루한 신고전주의 비극의 전형이 되었다.

52 찰스 2세(1630~1885). 크롬웰이 시작한 청교도 혁명의 반동으로 1660년대에 왕정복고가 이루어져 프랑스에 망명 중이던 1660년에 찰스 2세가 영국 왕이 되어 1685년까지 통치했다. 그의 시대는 도덕과 정치가 경박, 음락과 부패로 얼룩졌다. 그의 시대를 영문학사에서 왕정복고시대(1660~1700)라 불렀다.

는 왕의 권력의 승리만을 위한 찬양가가 되어버렸다. 존 밀턴[53]만이 가치 없는 이 시대에 빛을 밝게 비추며 홀로 서 있었다. 그러한 시대에는 계산의 원리가 극작품의 모든 형식에 침투되어 있기 때문에 시 정신은 그 자체 형식으로는 표현할 수 없게 된다. 희극은 이상적인 보편성을 상실하고 위트[기지]는 유머[기질]로 이어진다. 우리는 자기 만족감과 승리감에 빠져 즐거움 없이 웃어넘긴다. 악의, 빈정대기, 그리고 경멸은 공유되지만 가볍게 즐기는 것으로 이어질 뿐이다. 우리는 즐겁게 웃지 않고 그저 미소를 지을 뿐이다.[54] 음란성은 언제나 삶의 성스러운 아름다움을 훼손시키는 신성모독이다. 그 음란성은 쓰고 있는 바로 그 베일로 인해 혐오감이 더하면서 더 노골적이 된다. 음란성은 사회를 타락시키는 괴물이며 언제나 새로운 먹이를 요구하고 그 음식을 남몰래 집어삼킨다.

극의 사회 갱신의 힘

극은 다른 어떤 장르보다 시 정신의 다양한 표현양식들을 결합시킬 수 있는 형식이다. 따라서 시와 사회적 선의 결합은 다른 어떤 형식들보다 극에서 더 두드러진다. 그리고 인간사회의 최고의 완벽성은 일찍

---

53 셸리는 자신의 극시 『이슬람의 반역』(1818)에서도 "밀턴만이 그가 비추었던 시대에 홀로 서 있었다"고 높이 평가했다. 밀턴(1608~1674)은 만년의 대작들인 『실락원』, 『복락원』, 『싸우는 삼손』을 모두 왕정복고 시대에 써냈다. 밀턴은 한때 올리버 크롬웰의 라틴어 비서였고 청교도 혁명의 지지자였으며 찰스 1세(1625~1649 통치)의 처형을 옹호했다.

54 셸리와 거의 동시대를 살았던 낭만주의 시대 수필가 찰스 램(1775~1934)은 그의 평설 『지난 시대의 인위적인 희극』(1822/1823)에서 왕정복고 시대의 희극을 긍정적으로 평가했다.

이 최고의 극적 탁월성과 함께 공존해왔다는 것은 확실하다. 한때 극이 홍성했던 국가에서 극이 타락하고 소멸한다는 것은 관습이 타락하고 그 사회생활의 영혼을 지탱하는 힘이 소멸한다는 것을 의미한다. 그러나 마키아벨리[55]가 정치제도에 관해 말한 바와 같이 만일 인간이 극문학의 원리들을[56] 회복시키는 능력을 발휘할 수 있다면 그 삶은 유지되고 갱신될 수 있다. 그리고 가장 넓은 의미에서도 시에 관한 한 이것은 진실이다. 모든 언어, 제도, 그리고 형식은 창조에 대한 요구가 있어야 하고 유지되어야 한다. 한 시인의 임무와 특성은 창작에 못지않게 창조와 섭리 문제에서 신의 뜻을 드러내야 한다.

그리스 시는 언제나 생명의 빛이며 사회 쇄신의 원동력이다

그리스 내란, 아시아 약탈, 그리고 처음에는 마케도니아의 지배[57]와 그다음은 로마의 치명적인 무력의 지배는 그리스의 창조 능력이 소멸하고 정체되는 현상에 대한 상징들이다. 시칠리아와 이집트의 교양 있는 군주 밑에서 후원을 받은 전원시인[58]들은 그리스 최상의 영광스런

---

55 니콜로 마키아벨리(1469~1527)는 이탈리아의 역사가이며 정치철학가로 『군주론』(1513)과 『담론』(1518)에서 정치제도에 대해 논의하였다. 군주 통치를 효과적으로 수행하기 위해 반도덕 행위도 용인될 수 있다는 사상을 피력했다.

56 낭만주의 시대 시인들은 모두 극에 큰 관심을 가지고 셰익스피어가 살았던, 극의 절정의 시대였던 엘리자베스 시대를 꿈꾸었다. 그러나 당시 극시는 대중의 인기를 얻거나 문학적으로 성공하지 못했다. 셸리의 탁월한 시극 『첸치가의 비극』과 『해방된 프로메테우스』는 성공적이었다.

57 "마케도니아의 지배"란 알렉산드로스 대왕(BC 356~323)의 전쟁을 통한 정복이 이집트와 인도까지 확장된 것을 의미한다.

58 그리스 전원시인들은 양떼와 농민들에 관해 썼다. 첫 전원작가로는 테오크리토스(BC 300~260)가 있고 모스코스(BC 300?~260?)와 비온(BC 100년경에 활동)이 있

창조력을 가진 마지막 대표자였다. 전원시인들의 시는 음악성이 강하다. 월하향(月下香)의 향기처럼 그들의 시는 과도한 감미로움으로 정신을 압도하기도 하고 병들게도 만든다. 이전 시대의 시는 들판의 모든 꽃들의 향기를 혼합하여 그 정신에 감성을 소생시키고 최상의 기쁨을 유지하는 힘을 부여하고 조화로운 정신을 가져오는 6월의 산들바람이었다. 시가 가진 전원적이며 관능적인 미묘함은 조각, 음악, 자매 예술, 그리고 심지어 내가 지금 언급하는 시대의 특징이었던 관습과 제도들의 유연함과 밀접한 관계를 맺고 있다. 조화의 미묘한 결여는 시적 능력 자체의 탓도 아니고 또는 조화시키지 못하는 그 어떤 오용의 탓도 아니다. 감각과 애정이 민감하게 미치는 영향을 호메로스와 소포클레스의 작품에서 찾을 수 있다. 호메로스는 특히 관능적이고 감성적인 이미지들을 통해 저항할 수 없는 매력을 발산한다. 후대 작가들과 비교해 볼 때 호메로스와 소포클레스의 탁월성은 외부와 연계된 사상의 결핍에서 오는 것이 아니라 인간 본성의 내면적 능력에 속하는 사상에서 온다. 두 시인의 타의 추종을 불허하는 완벽성은 이 모든 것을 결합하는 능력에 있다. 연애시인들의 불완전성은 그들이 가진 것에서가 아니라 가지지 못한 것에서 나온다. 연애시인이 자신의 시대와 타락과 연계되는 것은 그들이 시인이었기 때문이 아니라 그들이 시인이 아니었기 때문이다. 만일 그 시대의 타락이 연애시인들의 불완전성의 원인이 된 쾌락, 열정과 자연의 풍경에 대한 감수성을 그 시인들의 내면에서 소멸시킬 정도가 되었다면 악이 최후의 승리를 거두었으리라. 왜냐하면 사회적 부패의 결과는 쾌락에 대한 모든 감수성을 파괴하는 것이며 그래서

었다.

그것은 타락인 것이다. 타락은 그 중심에 상상력과 지성에서 시작하여 애정이 욕정으로 변질되어 모든 것을 마비시키는 독으로 퍼져나가 결국에는 모든 것을 어떤 감각도 살아남을 수 없는 마비된 고깃덩어리로 만들어버린다. 그러한 시대가 다가올 때 시는 최후까지 살아남는 능력에 계속해서 호소하지만 시의 목소리는 세상을 버리고 떠나는 아스트라이아[59]의 발자국 소리처럼 사라진다. 시는 언제나 인간이 받아들일 수 있는 모든 즐거움을 전달한다. 그리고 시는 언제나 생명의 빛이며 아름답고 관용적이고 진실한 것들의 원천으로 비루한 시대에도 확고한 자리를 차지할 수 있다. 테오크리토스[60]의 시에서 즐거움을 느꼈던 시라쿠사[61]와 알렉산드리아[62]의 일부 사치스러운 시민들은 다른 시민들보다 덜 냉정하고, 덜 잔인하고, 덜 관능적이었다는 것을 쉽게 알 수 있다. 그러나 타락은 시가 멈추기 전에 인간사회의 기본조직을 완전히 파괴해버리는 것이 확실하다. 인간사회를 결속시키는 시라는 쇠고리와 같은 성스러운 연결고리가 완전히 끊어진 적은 결코 없었다. 많은 사람들의 정신은 위대한 정신을 가진 인물들과 연결되어 있다. 이것은 마치 자석에서처럼 보이지 않는 힘이 방사되어 모든 삶을 연결시키고, 살아

59 그리스 신화의 정의의 여신. 황금시대에는 지상에 살았으나 인간들의 사악한 행위로 철의 시대가 되자 하늘로 올라갔다. 오비디우스의 서사시 『변형』(AD 10경) 1권 149~150행, 유베날리스의 『풍자시』(AD 116경) 6권 19~20행 참조.
60 시칠리아섬 출신인 테오크리토스는 고대 그리스의 알렉산드리아 시대의 대표적인 전원시인이다. 대표작은 『목가』이며 서정성이 풍부해 후에 로마의 시인 베르길리우스, 영국 시인 밀턴과 셸리 등에게 큰 영향을 주었다.
61 BC 734년에 코린트 식민주의자들이 세운 도시.
62 마케도니아의 알렉산드로스 대왕이 BC 332년 이집트 정복 후 세운 도시. 당시 무역의 중심지였고 그리스 문화의 중심지였다.

있게 하고 동시에 지탱시키는 것과 같다. 시는 그 자체 내에 씨앗을 가지고 있고 동시에 사회 쇄신을 할 수 있는 씨앗도 품고 있다. 그리고 쇄신 능력을 보여주는 사람들의 감수성에 한계가 있다고 해서 전원시와 연애시의 역할을 제한하지 말자. 그들은 그러한 불멸의 작품의 아름다움을 단지 단편이나 동떨어진 부분으로 인식하고 있었는지 모른다. 좀 더 섬세한 품성을 가진 사람이거나 좀 더 행복한 시대에 태어난 사람들이라면 이런 시 작품들을 위대한 정신에서 나온, 상호 협력하는 사상처럼 문명 이래 쌓아온 위대한 에피소드처럼 인정할지도 모른다.

그리스 문학과 로마 문학의 비교

좀 더 좁은 범위에서지만 같은 변혁이 고대 로마에서도 일어났다. 그러나 로마의 사회생활 활동과 형태는 시적 요소와 완전하게 동화되지 않은 듯하다. 로마인들은 그리스인들이 가장 엄선된 형태의 풍속과 자연의 보고를 가진 것으로 보았다. 로마인들은 언어, 조각, 음악과 건축에 있어서 세계의 보편적 구성과 일반적인 관계는 가지더라도 자신의 상태와 특별한 관계가 있는 어떤 것에 대해 창조하는 것은 삼간 듯하다. 그러나 우리는 부분적 증거만을 가지고 판단하거나 아마도 불공평하게 판단하고 있는지도 모른다. 엔니우스,[63] 바로,[64] 파쿠비우스,[65]

---

63 엔니우스(BC 239~169)는 로마의 시인으로 로마 시 발전의 토대를 마련했고 비극, 희극, 산문 그리고 대표 서사시 『연대기』를 썼으나 극히 일부만 남아 있다.
64 바로(BC 116~127)는 로마 시대 가장 위대한 학자였고 수백 권의 책을 쓰거나 편집했으나 로마 언어와 농업 경영에 관한 글의 단편만이 남아 있다.
65 파쿠비우스(BC 220~130)는 비극과 풍자시를 쓴 로마의 시인으로 에우리피데스를 모방한 비극 『안티오페』가 남아 있다.

그리고 아키우스[66]와 같은 로마의 위대한 시인들의 작품들은 전해지지 않는다. 루크레티우스[67]는 최고라는 의미에서, 베르길리우스[68]는 매우 높은 의미에서 창조자였다.

베르길리우스가 선택한 섬세한 표현들은 그의 자연관이 갖는 강렬하고도 탁월한 진리를 우리로부터 감추는 안개 속의 빛과도 같다. 리비우스는 시적 본성을 타고났다. 그러나 호라티우스,[69] 카툴루스,[70] 오비디우스[71]와 그리고 일반적으로 베르길리우스 시대의 다른 위대한 작가들은 그리스의 거울로 인간과 자연을 비추어보았다. 로마의 제도와 종교는 마치 그림자가 실물보다 덜 생생한 것처럼 그리스의 제도나 종교보다 시적(詩的)이 아니었다. 그래서 로마의 시는 정치 생활과 가정 생활의 완벽성과 동행하기보다는 그 뒤를 따라가는 것처럼 보인다. 로마의 진정한 시 정신은 그 제도 속에 꽃을 피웠다. 로마인이 지녔던 어떤 아름다움, 진실한 것과 장엄한 것은 무엇이든지 간에 제도가 구성되는 질서를 창조하는 능력에서만 생겨날 수 있었다. 카밀루스[72]의 삶, 레굴루

---

66 아키우스(BC 170~90)는 로마 최대의 비극시인으로 문학사에 관한 시편들이 남아 있다.

67 루크레티우스(BC 94~55)는 로마의 시인이며 철학자로 철학 교훈시인 『만물의 본질에 관하여』(BC 60)는 불후의 명작이다.

68 베르길리우스(BC 70~19)는 로마 최대의 시인으로 로마의 건국신화를 소재로 한 서사시 『아이네이드』가 그의 대표작이다. 이 밖에 『농경시』를 썼다.

69 호라티우스(BC 65~8)는 베르길리우스와 함께 로마 최고의 시인으로 『풍자시』, 『서정시집』 등의 작품을 썼고 『서한시집』에 들어 있는 「시론」은 후에 고전주의 시론의 토대가 되었다.

70 카툴루스(BC 84~54). 로마의 시인으로 서정 연애시와 애가를 썼다

71 오비디우스(BC 43~18). 로마의 시인으로 연애시와 서사시를 썼고 대표작은 『변형』이다.

72 카밀루스(?~BC 365경)는 로마의 정치가, 장군으로 BC 387년경의 갈리아 침공 후

스[73]의 죽음, 골족이 쳐들어왔을 때 자신들을 마치 신에게 바치듯 희생 제물로 바치려던 원로원들, 칸나이 전투[74] 후 로마 공화국이 카르타고의 한니발 장군과의 화해를 거부한 것 등은 이러한 불멸의 작품의 작가이자 배우이기도 한 이들에게 있어서는 인생의 극에 있는 그러한 리듬과 질서에서 비롯될 수 있는 개인적 이익에 대한 정교한 계산의 결과는 아니었다.

이러한 질서의 아름다움이 지닌 상상력은 그 자체의 이념에 따라 질서를 창조하였다. 그 결과가 제국이었고 그 보상은 영원히 살아 있는 명성이었다. 이런 것들은 "천재적인 시인"들이 없었기 때문이지 그렇다고 시 정신이 없었기 때문은 아니다. 이런 것들은 인간의 기억 위에서 시간에 의해 쓰인 호메로스 이래 서사시인들이 쓴 이야기들이다. 과거는 영감을 받은 그리스 서사시 음유시인같이 영원히 이어지는 세대의 청중이 가득 찬 극장을 그들의 질서정연한 이야기들로 채우고 있다.

중세의 기독교와 기사제도의 의미

마침내 고대의 종교와 풍습의 제도는 그 변혁의 순환을 끝냈다. 그리고 기독교적인 풍습과 제도의 창시자들 가운데 시인이 없었다면 중세 세상은 완전한 무질서와 암흑에 빠졌을 것이다. 이 시인들은 이전에는

에 도시국가 로마를 군사적, 정치적으로 회복시킨 로마 제2의 건국자이다.

73 레굴루스(?~BC 249경). 로마의 장군으로 카르타고의 한니발 장군에게 패하여 포로가 되었으나 항복을 거부하고 로마 군인들의 석방 교환을 목적으로 사절로 로마로 파송, 실패하자 약속을 지키기 위해 카르타고로 돌아가 고문을 받고 죽었다.

74 칸나이는 아풀리아 지방의 마을 이름으로, 로마는 이곳 평야에서 카르타고의 장군 한니발(BC 247~183)에게 대패했다. 그러나 결국 로마는 한니발군을 격파하고 승리했고 한니발 장군은 자결했다.

생각해본 적도 없었던 사상과 행동의 형식을 창조했고 사람들의 상상 속에 그대로 그려진 그 형식은 당황한 군대와도 같이 된 사람들의 생각을 통솔하는 장군처럼 되었다. 이 제도에 의해 만들어진 폐해에 대해 논의하는 것은 시 옹호론의 취지에 맞지 않는다. 다만 여기서는 이미 수립된 원리들의 기초 위에서 볼 때 그 패악의 어떤 부분도 제도가 가지고 있는 시 정신의 탓은 아니라는 주장을 하고 싶을 뿐이다.

예수 교리의 시 정신

구약시대의 모세,[75] 욥,[76] 다윗,[77] 솔로몬[78]과 이사야[79]의 시 정신은 신약시대의 예수와 그의 행적을 기록한 제자들의 마음에 큰 영향을 끼쳤다. 이 놀라운 사람[80]의 전기작가들[81]이 우리에게 남긴 '흩어져 있는' 기록의 단편들은 가장 생생한 시와 더불어 모두 천성에서 나온 걸작들이다. 그러나 그 후 예수의 교리들은 빠르게 왜곡되었다. 예수가 선포한 원리

---

75 모세(BC 1517~1451)는 유대민족의 예언자이며 이집트에서 노예 생활을 하던 유대족을 인도하며 홍해를 건너 약속의 땅 가나안으로 인도한 지도자이다. 모세 5경(성경의 첫 다섯 권)을 지었다고 한다.

76 욥은 유대의 한 족장으로 온갖 고난에도 흔들리지 않고 신에 대한 믿음을 지킨 것으로 유명하며 「욥기」의 저자로 알려져 있다.

77 다윗은 소년 시절 거인 골리앗을 물맷돌로 죽인 유명한 이야기의 주인공으로 유대왕국 제2대 왕이 되어 수도를 예루살렘으로 옮기고 40년간 통치했다. 그는 「시편」의 대부분을 지은 것으로 알려져 있다.

78 솔로몬은 다윗의 아들로 왕위를 이어받고 성전을 지었고 소위 솔로몬의 영화를 누렸다. 그는 「전도서」, 「잠언」, 「아가」를 쓴 것으로 보인다.

79 이사야는 BC 720년경의 유대의 선지자로 당시 부패한 왕국을 신랄하게 비판했고 대예언서의 하나인 「이사야서」를 썼다.

80 예수.

81 예수의 사도와 제자들

들 위에 토대를 둔 교리 체계들이 크게 융성한 이후 시대에는 플라톤이 마음의 능력에 나누어준 세 가지 정신 영역[82]은 신격화되었고 문명 세계의 숭배의 대상이 되었다. 여기에 "빛이 어두워지는 듯하다"는 고백이 있었다.

> 까마귀는 숲속 까마귀 골로 날아가고 있소
> 낮에 활동하는 착한 자들은 허탈하여 졸기 시작하고
> 밤의 시커먼 앞잡이들이 먹이를 찾아서 일어나기 시작해요.[83]

그러나 하나의 질서가 이 격렬한 무질서의 먼지와 피에서 솟아났다는 것은 얼마나 아름다운가? 부활에서처럼 한 세계가 지식과 희망의 황금 날개 뒤에서 균형을 이루면서 세계가 시간의 천국으로 아직 지치지 않은 비상을 다시 시작했는가를 보라! 들리지 않지만 끊임없이 불어오는 바람처럼 힘차고 빠르게 그 영원한 길을 열어주는, 인간의 귀로 들리지 않는 그 음악을 들어라!

인간의 타락과 감수성의 쇠퇴
예수 그리스도 교리 속의 시 정신과 로마 제국의 켈트 정복자[84]들의 신화와 제도는 그들의 성장과 승리와 연계된 암흑과 격동기를 지나 살

---

82 플라톤은 『공화국』에서 인간 영혼을 3개의 영역 즉 욕망, 이성, 그리고 영성으로 나누었다.
83 셰익스피어의 비극 『맥베스』(1606)의 3막 2장 51~54행. 그러나 셸리 인용에는 약간의 오류가 있다(셰익스피어, 『맥베스』, 김재남 역, 3막 2장 50~52행, 일부 수정)
84 북부 유럽의 게르만 민족들.

아남았고 관습과 사상의 새로운 구조 속에서 혼합되어 지금에까지 이르렀다. 암흑시대의 무지를 기독교 교리나 켈트족의 우세한 세력 탓으로 돌리는 것은 잘못이다. 그들의 기관에 어떤 악의가 있었든지 간에 그것은 전제주의와 미신의 진보와 함께 시적 원리가 소멸되었기 때문에 파생된 것이다. 인간들은 이 자리에서 논의하기에는 너무 복잡한 원인들에 의해 감수성을 잃고 이기주의적이 되어버렸다.

그들 자신의 의지는 약화되었고 결국은 자기의지의 노예가 되었고 나아가 다른 사람의 의지의 노예들로 전락하였다. 욕정, 두려움, 탐욕, 사기 등을 특징으로 하는 민족 중에서는 형식, 언어, 제도에서 창조하는 능력을 가진 사람을 찾아볼 수 없게 되었다. 그러한 사회 상황에서 도덕적 무감각이 그것과 직접적으로 관련된 어떤 종류의 사건에 책임이 있다고 하는 것은 옳지 않다. 또한 그런 사회상황을 가장 신속하게 해결할 수 있는 사건들이 우리에게 최고의 찬양을 받을 만하다. 이러한 많은 도덕적 무감각들이 널리 퍼져 있는 우리의 종교와 한 무리가 되어 왔다는 것은 언어와 사상을 구별할 수 없는 사람들에게는 불행한 일이다.

기독교에 끼친 플라톤의 영향

기독교 제도와 기사도 제도가 시에 끼친 효과는 11세기가 되어서야 분명하게 나타나기 시작했다. 인류 공통의 기술과 노력에 의해 생산되는 쾌락과 권력의 소재를 사람들에게 분배되는 방식의 이론적 법칙으로 하는 평등 원리가 플라톤 『공화국』[85]에서 발견, 적용되고 있다. 플라

---

85 플라톤은 그의 저서 『공화국』에서 철인정치를 표방하는 이상국가의 3계급을 구분

톤은 이 법칙의 적용 범위는 오직 각자의 감수성에 의해서만 결정되거나 모든 사람에게 결과물이 되는 효용성에 의해서만 결정되어야 한다고 주장했다. 또한 플라톤은 티마이오스[86]와 피타고라스[87]의 원리에 따라 인간의 과거와 현재 상태뿐만 아니라 미래의 상태를 동시에 이해하는 도덕적이고 지적인 교리체계를 가르쳤다.

예수 그리스도는 이런 견해에 들어 있는 거룩하고 영원한 진리들을 인간에게 보여주었고, 기독교는 그 추상적인 순수성으로 고대 시와 지혜의 심원한 교리들을 누구나 알 수 있게 신비와 비유로 표현하였다. 켈트족과 유럽 남부의 퇴폐한 민족들이 하나로 통합된 것은 켈트족의 신화와 제도 속에 들어 있는 시 정신의 모습을 남부 유럽 민족의 마음속에 각인시켰기 때문이다. 그 결과는 그 안에 포함되어 있는 모든 원인의 작용과 반작용의 총합이었다. 그것은 어떤 국가나 종교도 다른 국가나 종교를 대체하려고 할 때에는 그 국가나 종교의 일부분을 통합시키지 않으면 안 된다는 것을 하나의 공리로 가정할 수 있기 때문이다. 개인과 가정 내에서의 노예제 폐지와 고대의 품위를 손상시키는 구속으로부터의 여성 해방은 이러한 사건들이 낳은 결과 중 하나였다.

했다. 쾌락을 바라는 생산계급인 서민, 명예를 바라는 방위계급인 전사, 지혜를 사랑하고 교화시키는 지배계급인 통치자가 그것이다.

86 티마이오스(BC 400경). 그리스의 피타고라스 학파 철학자이자 수학자로 플라톤의 『티마이오스』에 등장하는 주요 인물이다.

87 피타고라스(BC 580~500)는 고대 그리스의 수학자이자 철학자로 귀족들이 장악한 질서에 반대하였다. 그는 '피타고라스 정리'를 발견했고, 만물의 토대를 수(數)로 보았으며, 우주 질서의 조화를 강조하였다.

남유럽 연애시의 시작과 발전 : 페트라르카와 단테

개인 노예제도의 폐지는 인간의 마음이 품을 수 있는 가장 높은 정치적 희망의 토대이다. 여성 해방은 연애시를 탄생시켰다. 사랑은 하나의 종교가 되었고 숭배하는 우상은 계속해서 존재하였다. 마치 아폴로[88]와 뮤즈[89]의 조각물이 생명과 동작을 부여받아 그들의 숭배자들 사이로 걸어 나왔기 때문에 지구에는 좀 더 신성한 세계의 주민들이 거주하게 된 것 같았다. 삶의 친근한 모습과 상황은 경이롭고 천상적이 되었고 에덴이 파괴된 잔해로부터 나온 듯한 천국이 창조되었다. 그리고 이런 창조 자체가 시가였듯이 그 창조자들은 시인이었고 언어는 그들의 예술 도구였다. "그 책을 쓴 사람은 갈레오토[90]란 사람이었다." 시가의 창안자인 남부 프랑스 지방의 음유시인[91]들은 페트라르카[92]의 선구자들이었으나, 그들의 시는 사랑의 고통 속에 있는 즐거움의 가장 내밀한 마법에 걸린 샘물을 보여주는 주문(呪文)과 같다. 우리가 관조하는 그 아름다움의 일부분이 되지 않으면 우리는 그 주문을 느낄 수 없다. 이런 성스러운 감정들과 연계된 마음의 부드러움과 고귀함이 어떻게 인간을 더 사랑스럽고 더 관용적이고 지혜롭게 만들고 사람들을 작

---

88 아폴로는 그리스 로마 신화의 올림포스 12신 중 하나로 시의 신이다
89 뮤즈는 기억의 여신의 아홉 딸로 예술과 지성을 주도하며 문학, 예술, 과학을 관장하는 여신들.
90 갈레오토는 단테의 『신곡』 「지옥」편에 언급되는, 프란체스카와 파올로의 불의의 사랑에 관해 썼다는 사람이다.
91 프로방스 지방에서 11세기부터 13세기 말까지 활동한 시인들로 기사도 사랑과 궁정연애시로 유명하다.
92 페트라르카(1304~1374). 이탈리아의 시인과 학자로 단테와 보카치오와 더불어 중세 3대 시인의 하나이다. 그의 대표작은 프랑스에서 만난 미인 라우라에 대한 사랑을 그린 『칸초니에레』이다.

은 자아 세계의 따분하고 허황된 공상에서 나오도록 고양시킬 수 있는지는 너무나 명백했다.

단테는 페트라르카보다 사랑의 비밀스런 것들을 훨씬 더 잘 이해하였다. 단테의 『신생』[93]은 마르지 않는 감정과 언어의 순수한 샘이다. 그 작품은 그 시대의 이상화된 역사이고 사랑에 전념한 그의 삶의 간극이기 때문이다. 단테가 「천국」편에서 베아트리체를 신격화하고 자신의 사랑과 그녀의 사랑스러움의 계단을 상승시켜 하나님의 보좌로까지 올라간다고 상상하는 것은 근대시에서 가장 영광스러운 상상력의 산물이다. 가장 신랄한 비평가들이 「지옥」, 「연옥」, 「천국」[94]에 부여된 찬사의 정도에서 세속적 평가를 뒤집고 『신곡』의 위대한 막의 순서를 뒤바꾼 것은 정당한 것이었다. 「천국」편은 영원한 사랑의 영원한 찬가이다. 모든 고대인들 중 플라톤만이 유일하게 사랑을 노래할 가치가 있는 시인이었지만 쇄신된 세상(르네상스) 이후 그 사랑은 위대한 작가들의 합창에 의해 칭송받아왔다. 그리고 그 음악은 사회의 어두운 동굴로 침투해 들어갔고 그 메아리는 지금까지도 무기와 미신의 불협화음을 삼키고 있다.

그 후 계속되는 시대를 거쳐 아리오스토,[95] 타소, 셰익스피어, 스펜서, 칼데론, 루소[96] 그리고 우리 시대의 위대한 작가들은 인간의 마음속

---

93 1923년에 발표된 시와 산문집. 베아트리체에 대한 단테의 이야기이다.
94 단테의 『신곡』 3부작의 제목이다.
95 아리오스토(1474~4533). 이탈리아의 서사시인으로 대표작은 『광란의 오를란도』 (1516)이며 희극, 풍자시도 썼다.
96 루소(1712~1778). 스위스 출신 프랑스 철학자이며 정치이론가. 18세기 프랑스 계몽주의 시대의 대표적인 작가로 『사회계약론』, 『에밀』, 『고백』 등의 저서가 있다. 18세기 말과 19세기 유럽의 낭만주의 운동을 출발시켰다.

에 욕정과 폭력을 넘어서는 가장 숭고한 승리의 기념비를 세우면서 사랑의 영토를 찬양해왔다. 남성과 여성이라는, 인간이 속한 성이 서로 맺는 진정한 관계는 이전보다 덜 오해 받게 되었다. 그리고 남녀의 힘의 차이를 양성의 다양성으로 혼동하는 오류가 근대 유럽의 사상과 제도에서 조금이라도 인식되었다면 이것은 기사도를 법으로 여기고 시인을 예언자로 한 사랑의 숭배 덕분일 것이다.

단테의 『신곡』과 밀턴의 『실락원』에서 일반 교리와 다른 시적 해석

단테 시는 현대와 고대 세계를 연결시켜주는 시간의 흐름 위에 놓인 다리로 간주될 수 있다. 단테와 그 경쟁자 밀턴이 이상화했던 보이지 않는 것들[97]에 대한 왜곡된 생각들은 단지 이 위대한 시인들이 영원 속을 걸을 때에 위장하고 감추기 위한 가면과 외투에 불과하다. 이 두 시인이 그들의 마음속에서 자신들의 신조와 사람들의 신조 간의 차이를 분명히 인식했음에 틀림없지만 그 차이를 어느 정도 의식하고 있었는지 결정하는 것은 어려운 문제다. 단테는 적어도 로마 시인 베르길리우스가 "트로이인들 중에서 유일하게 최고로 정의롭다"고 칭찬한 리페우스[98]를 천국에 데려가 보상과 징벌을 분배하는 매우 이단적인 모습을 보임으로써 그 차이를 확실히 보여주고 싶어 했다. 그리고 밀턴의 시[99]에는 기독교 교리 체계를 철학적으로 논박하는 내용이 들어 있다. 그러나 기이하고 자연스러운 반명제로 인해 밀턴의 시는 대중의 높은 지지

---

97 천국과 지옥, 천사들과 악마들
98 리페우스는 단테가 『신곡』 「천국편」 20장 67~69행에 남겨둔 유일한 트로인 출신 전사이다. 베르길리우스도 『아이네이드』 2권 426~27행에서 그를 노래하였다.
99 『실락원』(1667)을 가리킨다

를 받았다. 『실락원』에 표현된 사탄이라는 인물의 정력과 장대함을 능가하는 것은 결코 없다.[100]

밀턴이 사탄을 의도적으로 통속적인 악의 화신으로 만들었다고 추정하는 것은 잘못이다. 참을 수 없는 증오, 끈질긴 교활성, 적에게 극도의 고통을 주려고 밤잠 안 자고 꾸미는 계략, 이런 것들은 악이다. 그리고 이런 악들이 비록 노예에게는 용서될 수 있지만 독재자에게서는 용서될 수 없다. 또한 이런 악들은 패배자에게는 그의 패배를 고상하게 하는 것들로 보상을 받지만, 승리자에게는 그의 정복을 불명예스럽게 만드는 모든 것이 두드러지게 드러난다. 도덕적 존재로서 밀턴의 사탄은 밀턴의 하나님보다 우월하다. 마치 역경과 고난에도 불구하고 탁월하다고 생각하는 어떤 목적을 계속 추구하는 사람은, 의심할 바 없는 승리에 대한 확실한 믿음을 가지고 적에게 가장 끔찍한 복수를 가하는 사람보다 우월한 것과 같다. 왜냐하면 그 끔찍한 복수 행위가 끈질긴 적대감을 후회하도록 유도하는 잘못된 생각에서 나온 것이 아니라 적을 격노케 하여 새로운 고통을 받을 만하다고 의도적으로 공언하며 이루어진 것이기 때문이다.

밀턴은 그의 악마보다 그의 신이 도덕적 덕목에서 우월한 존재라고 주장하지 않았다는 점에서 대중의 교리를 위반(만약 이 교리가 위반이라고 판단된다면)했다. 그리고 직접적인 도덕적 목적에 대한 이런 대담

---

100 셸리는 여기서 밀턴이 『실락원』에서 자신은 그렇게 믿지는 않았지만 사탄을 긍정적으로 묘사했다는 사실을 암시하고 있다. 초기 낭만주의 시인인 윌리엄 블레이크(1757~1827)는 『천국과 지옥의 결혼』이라는 장시의 주에서 유사한 견해를 표한 바 있다. 셸리는 영웅적 반항자의 표본으로 프로메테우스를 "더 시적"이라고 생각했다.

한 무시는 밀턴의 탁월한 천재성을 보여주는 최고의 결정적 증거다. 말하자면 밀턴은 하나의 팔레트 위에 여러 색깔들을 섞듯이 인간 본성의 여러 요소를 혼합하였고 서사적 진리의 법칙에 따라 그 위대한 그림의 구도 속에서 그 색깔들을 배열하였다. 다시 말해 그 원리의 법칙에 따라 외부의 우주와 지적이고 윤리적인 존재의 일련의 행위들은 후속세대의 공감을 자극하도록 계획되었다. 『신곡』과 『실락원』은 근대 신화에 체계적 형식을 부여했다. 시대 변화가 지구상에서 나타났다 사라진 수많은 미신들 위에 한 가지를 더 추가할 때가 온다면 주석자들은 고대 유럽의 종교를 신학적으로 해명하는 데 분주할 것이다. 왜냐하면 그 종교가 천재의 영원성으로 각인되어 완전히 망각되지 않을 것이기 때문이다.

서구 문학에서 진정한 서사시인은 호메로스, 단테, 밀턴뿐이다

호메로스는 첫 번째 서사시인이고 단테는 두 번째 서사시인이다. 다시 말해 단테는 일련의 창작품에서 자신이 살던 시대와 그 다음 시대의 지식과 감정과 종교를 그들 시대의 발전에 부합되게 발전되도록 정의하고 이해할 수 있는 관계를 구축하였다. 반면에 루크레티우스는 쓰레기 같은 감각 세계에서 그의 민첩한 정신의 날개가 끈끈이에 걸려 비상하지 못했다. 베르길리우스는 자신의 천재성을 망쳐버린 겸손으로 인하여 모방했던 모든 것을 새롭게 창조했을 때조차도 모방자라는 명성을 달게 받고 있었다. 아폴리니우스,[101] 칼라브리아의 퀸투스 스미르나

---

101 아폴로니우스(BC 295~215)는 이집트 알렉산드리아 출신의 그리스 서사시인으로 호메로스의 문체를 모방하여 장편서사시 『아르고나우티카』를 썼다

우스,[102] 논누스,[103] 루카누스,[104] 스타티우스[105] 또는 클라우디아누스[106] 등 가짜 새떼[107]의 울음소리[시가]는 감미로웠지만, 그 어느 누구도 서사적 진리의 한 가지 조건이라도 충족시키려고 노력하지 않았다.

밀턴은 세 번째 서사시인이었다. 만약 최상의 의미에서 서사시의 지위가 베르길리우스의 서사시 『아이네이드』[108]에게 거부된다면, 로도비코 아리오스토의 『광란의 오를란도』,[109] 타소의 『해방된 예루살렘』,[110] 루이스 드 카몽이스의 『루지아디스』,[111] 스펜서의 『선녀 여왕』에게는 더더욱 서사시의 자격이 부여될 수 없을 것이기 때문이다.

---

102 퀸투스 스미르나우스(4세기경)는 그리스 시인으로 호메로스의 『일리아드』 후속편을 썼다.

103 논누스(5세기경)는 그리스의 시인으로 48권짜리 『디오니소스 이야기』를 썼다.

104 루카누스는 『내란』의 저자이다.

105 스타티우스(45~96)은 로마 시인으로 서사시 『테베 원정 이야기』 등을 썼다.

106 클라우디아누스(?~404)는 그리스어를 사용하는 알렉산드리아 출신의 로마 시인으로 미완성 서사시 『프로세르피나의 겁탈』을 썼고 라틴 시의 고전 전통을 가진 마지막 시인이었다.

107 모방만 하는 시인들.

108 『아이네이드』는 베르길리우스의 대서사시로서 로마를 건국한 아이네이아스의 신화를 노래한 국민적 서사시이다.

109 『광란의 오를란도』는 아리오스토(1474~1533)의 인기 있는 대서사시로 샤를마뉴 대제가 이끄는 십자군과 아그라망테가 지휘하는 이슬람군과의 전투를 배경으로 한 다양한 이야기들로 구성되어 있다. 1516년에 처음 출판되었고 1532년에 개정 증보판이 나왔다.

110 『해방된 예루살렘』은 타소가 1581년에 쓴 서사시로 『광란의 오를란도』에 못지않은 인기가 있었다. 고드프레이가 지휘하는 제1차 십자군이 이슬람 교도로부터 예루살렘을 해방시키는 이야기이다.

111 『루지아디스』(1572)는 포르투갈의 시인 루이스 드 카몽이스(1525~1580)가 포르투갈인들의 위대한 활동들과 특히 탐험가 바스코 다 가마의 인도 항로 발견에 관한 애국적 서사시로 국민적 인기를 누렸다.

단테와 밀턴의 위대성

　단테와 밀턴 모두 문명화된 세계의 고대 종교에 깊이 침잠되어 있었다. 그리고 고대 종교의 형식들이 근대 유럽의 개혁되지 않은 숭배 의식에 남아 있던 것과 같은 정도로 그 정신은 단테와 밀턴의 시에 남아 있다. 거의 비슷한 간격으로 단테는 종교개혁에 앞섰고, 밀턴은 그에 뒤져 있었다. 단테는 첫 번째 종교개혁자였고 루터[112]는 교황의 권위를 찬탈하려는 대담성보다는 그 저속함과 신랄함에서 단테를 능가했다. 단테는 종교의 마법에 걸린 유럽을 처음으로 깨운 사람이었다. 그는 조화롭지 못한 거칠고 상스러운 표현들로부터 본질적으로 음악이자 설득의 언어를 창조해냈다.[113] 학문의 부활[르네상스]을 주도했던 위대한 사람들을 불러 모은 단테는 별처럼 찬란히 빛나는 시인 무리[114] 중 새벽별로, 13세기에 마치 하늘로부터 온 것처럼 중세 암흑시대에 공화주의 국가 이탈리아로부터 빛을 발하였다. 그의 어휘는 영성으로 가득 차 있었다. 각각의 어휘는 하나의 불꽃처럼 지울 수 없는 사상의 타오르는 원자이고, 많은 어휘들이 아직도 탄생의 재속에 덮여 있고 아직까지 전도체를 찾아내지 못한 번갯불을 잉태하고 있다. 모든 고상한 시는 가능성이 무한하다. 그것은 최초의 도토리와 같아 모든 떡갈나무들로 크게 자랄 가능성을 지니고 있다. 베일을 차례차례 벗겨내어도 가장 내밀한

---

112 마르틴 루터(1483~1546)는 독일 신학자이며 개혁가로 종교개혁을 시작한 사람이다. 그의 독일어 번역 성경은 독일 산문의 최고걸작이다.
113 단테는 「모국어론」이란 글에서 중세 당시 유럽의 공통어였던 라틴어에 대항하여 지방어인 이탈리아어를 시 창작에 과감하게 사용함으로써 문학 언어로 확립했으며 『신곡』도 이탈리아어로 쓰는 혁명을 이끌었다.
114 별처럼 빛나는 시인들의 무리로는 다렌조, 카발칸티, 피스토이아 등의 시인들이 여기에 속한다.

속살 같은 아름다움은 결코 드러나지 않는다. 위대한 시는 지혜와 기쁨의 물이 항상 흘러넘치는 샘이다. 어느 한 사람과 어느 한 시대가 시의 모든 신성한 빛을 방출하여 소진한 다음에는 특별한 관계들이 그들에게 부여되어 또 다른 사람들과 시대가 이어지면서 새로운 관계들이 계속 발전되고 예기치 못한 무의식적인 기쁨의 원천이 된다.

영시의 아버지 제프리 초서는 이탈리아 르네상스에서 배웠다

단테, 페트라르카, 보카치오[115] 시대를 바로 뒤이은 시대는 회화, 조각, 건축의 부흥이라는 특징을 지녔다. 당시 이탈리아를 직접 방문한 영국의 중세 시인 제프리 초서[116]는 문예부흥의 성스러운 영감을 붙잡았으며, 영문학의 상부구조는 이탈리아 시인들이 발명한 재료에 기초를 두고 있다.

시의 옹호의 본론으로 돌아가자

그러나 이제는 시의 옹호론에서 벗어나 시의 비평사와 시의 사회적 영향의 문제로 말려들지 말자. 크고 진실된 시의 의미에서 시인들의 영향이 그들의 시대와 그 이후의 시대에 끼치는 효과를 지적하는 것으로 만족하자.

---

115 보카치오(1313?~1375)는 페르라르카의 친구이며 인본주의자였고 대표작은 『데카메론』(1348~1353)이다.
116 초서(1340~1400)는 '영시의 아버지'라 불린다. 르네상스가 절정일 때 이탈리아를 다녀왔다. 단테와 보카치오의 영향을 받아 영국 중세시의 최고봉인 『캔터베리 이야기』를 집필했다.

시의 유용성 문제 제기

그러나 시인들은 또 다른 이유로 실제 사회의 최고 지위를 철학자와 과학자들에게 양도하라는 도전을 받았다.[117] 상상력의 실천이 매우 즐거운 일이라고 인정하면서도 이성의 실행이 더 유용하다는 주장이 있다. 여기서 이 구별의 토대가 되는 유용성의 의미를 검토해보자.[118] 일반적으로 즐거움이나 선한 것은 감수성 있고 지적인 존재의 의식이 추구하는 것인데, 일단 발견되면 당연한 것으로 인정해버린다. 즐거움에는 두 가지가 있어서 하나는 견고하고 보편적이고 영속적이며, 다른 하나는 일시적이며 특수하다. 유용성은 첫 번째나 두 번째 즐거움을 만들어내는 수단을 표현한다. 첫 번째 의미에서 애정을 강화하고 정화하고 상상력을 확대하며 감각에 영혼을 불어넣는 것은 무엇이나 유용하다.

그러나 「시의 네 시대」의 저자는 유용성이라는 단어의 의미를 좀 더 좁은 의미에서 사용한 것 같다. 즉 유용성은 단지 우리의 동물적 본성의 끈덕진 욕구를 제거하는 것, 인간들이 삶의 안전성을 추구하는 일, 극도로 천박한 미신의 망상들을 없애고, 사람들 사이에서 개인적 이익의 동기와 일치할 정도의 상호 인내와 관용을 조정한다는 의미에 국한

---

117 셸리는 친구이자 비평가인 토머스 피콕이 『시의 네 시대』(1820)에서 시를 비판한 것에 자극을 받아 『시의 옹호』를 썼다. 피콕은 그의 글 결론 부분에서 시는 결코 철학자나 정치가 그리고 유용하고 합리적인 인간을 만들어낼 수 없다고 비난한다. 시는 우리가 지금까지 목격한 진보를 위한 우리의 삶에 안락이나 유용성을 결코 더해줄 수 없다고까지 말하였다. 피콕은 19세기 초 같은 과학자 실용주의 시대에 쓸모없고 비현실적인 시인들보다는 우리 일상생활에 실질적으로 도움을 주는 사람들을 훨씬 높이 평가했다.

118 셸리는 여기에서 인간의 모든 행위와 입법의 목표는 "최대 다수의 최대 행복"을 추구해야 한다는 주장과 즐거움의 대수학을 수립한 당시 영국 사회개혁가이며 공리주의의 창시자인 제러미 벤섬(1748~1832)에 대한 반론을 제시하고 있다.

시키고 있다.

도구적 이성이 가진 유용성의 문제점

의심할 여지 없이 이런 제한된 의미에서 유용성을 주장하는 사람들에게는 사회에서 지시 받은 임무가 있다. 그들은 시인의 발자취를 따르며 그 창작품의 개요를 복사하여 일상생활의 교본을 만든다. 그들은 공간을 만들고 시간을 준다. 그들이 인간 본성의 열등한 능력에 관한 것을 처리할 때 우월한 능력의 한계 내에서 있는 한 그들 노력의 최고 가치를 갖는다. 그러나 회의론자들이 지나친 미신을 파괴하는 것은 그렇다 하더라도 셰익스피어를 비난한 일부 프랑스 작가[119]들이 그랬듯이 인간의 상상력에 새겨진 영원한 진실들은 훼손하지 못하게 하자.

기계론자가 노동을 줄이고 정치경제학자가 노동을 통합시키기는 하지만, 그들의 사유가 상상력에 속하는 첫 번째 원리와 일치를 이루지 못해 현대 영국에서처럼 극단적인 사치와 궁핍의 차이를 강화시키는 경향이 없도록 그들에게 주의를 기울이자. 과학자와 정치경제학자는 성경의 다음 말씀을 역설적으로 증명해주었다. "가진 자에게 더 주라 그리고 가지지 않은 자에게서 그가 가진 것까지 뺏어라."[120] 부자는 더 부유해졌고 빈자는 더 가난해졌다. 그리고 국가라는 선박은 무정부와 독재라는 양극단 사이에서 진퇴양난 상태에 놓여 있다. 이것은 언제나

---

119 18세기 프랑스의 계몽주의자 볼테르는 신고전주의 극이론을 엄격히 적용하여 셰익스피어 극이 삼일치 법칙을 지키지 않았다고 맹비난하였다.

120 성경의 「마가복음」 4장 25절 「마태복음」 25장 29절, 「누가복음」 8장 18절 참조. 셸리는 자신의 기억에만 의존해 인용하였으므로 성경 원문과 조금씩 다른 경우들이 있다.

타산적 능력[도구적 이성]의 양보 없는 실행에서 나오는 결과이다.

시적 즐거움에 대한 정의 내리기의 어려움

여러 가지 명백한 역설이 포함되어 있기 때문에 최상의 의미에서 쾌락은 정의 내리기가 어렵다.[121] 인간 본성의 구조에는 설명할 수 없는 조화의 결함으로, 열등한 부분의 고통이 우리 존재의 우수한 부분의 즐거움과 빈번히 연계되어 있기 때문이다. 슬픔, 공포, 고뇌, 절망 자체는 종종 최고의 선에 근접한 것을 나타내는 선택적 표현들이다. 비극적 허구에 대한 우리의 공감은 이런 원리에 의존한다. 비극은 고통 속에 존재하지만 즐거움의 그림자를 제공함으로서 기뻐한다.

이것은 또한 가장 감미로운 멜로디로부터 분리될 수 없는 멜랑콜리의 원천이기도 하다. 슬픔 속에 존재하는 즐거움이 즐거움 자체의 즐거움보다 더 달콤하다. 그리고 성경은 말하기를, "즐거움의 집으로 가기보다는 애도의 집으로 가는 것이 좋다"[122]고 하고 있다. 그렇다고 해서 최고의 즐거움이 반드시 고통과 연결되어 있는 것은 아니다. 사랑과 우정의 즐거움, 자연을 찬탄하는 황홀경, 지각과 더 나아가 시 창작의 기쁨은 종종 전적으로 순수한 것이다.

즐거움이 진정한 유용성이다

최상의 의미에서 즐거움을 만들어내고 또 그것에 대한 확신이 진정한 유용성이다. 이런 기쁨을 만들어내고 보존하는 사람은 시인 또는 시

---

121 셸리의 시 「종달새에게」와 키츠의 시 「나이팅게일 송가」 참조.
122 구약성경 「전도서」 7장 2절 참조.

적인 철학자다.

분석적 이성의 한계와 시의 중요성/가능성

존 로크,[123] 데이비드 흄,[124] 에드워드 기번,[125] 볼테르,[126] 루소,[127] 그리고 그들 제자들이 억압받고 환멸을 느낀 인간들의 편에 서기 위해 했던 노력은 인류의 감사를 받을 자격이 있다. 그러나 만일 그들이 결코 세상에 나오지 않았다면 이 세계가 얼마나 도덕적, 지적 진보를 보여주었을지를 계산하는 일은 어렵지 않다. 그들이 없었다면 좀 더 말도 안 되는 말들이 한두 세기 동안 회자되었을지 모른다. 그리고 아마도 좀 더 많은 남자들, 여자들, 어린이들이 이단으로 몰려 화형당했을지 모른다. 이 순간도 우리는 스페인의 이단심문소[128]가 폐쇄된 데 대해 서로 축하

---

[123] 존 로크(1632~1704)는 영국의 철학자로서 홉스, 버클리, 흄 등과 더불어 영국의 경험주의 철학을 수립했다. 의회주의자였으며 종교적 관용주의자로 프랑스의 볼테르, 루소 등의 18세기 자유사상 전환에 큰 역할을 했다.

[124] 흄(1711~1776)도 철학자, 역사가, 경제학자로 영국 경험주의론을 완성했고 루소와 칸트에 큰 영향을 끼쳤다.

[125] 기번(1737~1794)은 영국의 역사가로 6권짜리 방대한 『로마제국 흥망사』가 대표작이다.

[126] 볼테르(1694~1778)은 프랑스 작가이며 철학자였다. 대표작으로는 철학소설 『캉디드』, 『철학사전』 등이 있다.

[127] "나는 『시의 네 시대』 저자의 분류를 따랐다. 그러나 루소는 본질적으로 시인이었다. 다른 사람들은 단지 합리주의자들에 불과했다."[셸리 自註]
이런 인물들은 서로 조금씩 다르지만 기독교에 반대한 이신론(理神論)이라는 점에서 공통점이 있다.

[128] 이단심문소는 13세기에 가톨릭 교회가 이단의 교리 탄압과 이단자 처벌을 위해 설치한 종교재판소이다. 1478년에 설립된 스페인의 이단심문소가 특히 엄격하기로 악명이 높았다. 1820년 개혁주의 군 장교들에 의해 혁명으로 잠시 폐쇄되었다. 스페인 이단심문소가 영구히 폐쇄된 것은 1834년이다.

하지 않고 있을지도 모른다. 만약 단테, 페트라르카, 보카치오, 초서, 셰익스피어, 칼데론, 베이컨 경, 밀턴이 존재하지 않았더라면, 만약 라파엘[129]과 미켈란젤로[130]가 태어나지 않았더라면 어땠을까? 만약 유대 시[131]가 번역되지 않았더라면 어떻게 되었을까? 만약 고대 그리스 문학 연구의 부흥[132]이 일어나지 않았더라면? 만약 고대의 조각상들이 우리에게 전해지지 않았더라면? 그리고 만일 고대 세계의 종교시가 그 신앙과 더불어 사라져버렸다면 어떻게 되었을까? 만약 그랬다면 세계의 도덕적 상태가 어떠했으리라는 것은 우리의 상상을 뛰어넘는다.

인간 정신은 이런 감동이 개입하지 않았더라면 좀 더 조악한 과학 발명에도 결코 이르지 못했을지 모르고 그 분석적 이성을 오늘날의 사회 문제에 적용시킬 수 없었을지도 모른다. 그러나 그 분석적 이성은 오늘날 발명하고 창조하는 우리의 능력 자체의 직접적 표현들보다도 더 높은 지위를 차지하고자 시도하고 있다.

타산적 능력이 시적 능력을 위축시킨다

우리에게는 실천에 옮길 수 있는 것보다 더 많은 도덕적, 정치적, 역사적 지혜가 있다. 또한 우리는 과학적 경제적 지식도 증식하는 생산물을 정당하게 배분할 수 있는 것보다 더 많이 가지고 있다. 이런 사상 체계들 속에서 시는 사실의 축적과 계산적인 과정으로 인해 존재를 드러

---

129 라파엘(1483~1520)은 이탈리아 르네상스의 대표적 화가. 〈마돈나〉가 대표작이다.
130 미켈란젤로(1475~1520)는 이탈리아 르네상스의 대표적인 조각가, 화가 그리고 건축가이다. 그의 대표작은 로마의 시스틴 예배당 벽화인 〈최후의 심판〉이다.
131 구약의 「시편」을 가리킨다.
132 르네상스 문예부흥을 가리킨다.

내지 못한다. 무엇이 도덕, 정부, 정치 경제에서 가장 지혜롭고 최상인가? 또는 적어도 인간들이 지금 실행하고 견지하고 있는 것보다 무엇이 더 현명하고 더 좋은가에 관해서 지식이 없는 것은 아니다. 그러나 우리는 속담에 있는 고양이처럼 "하고 싶다"고 하면서도 "나는 못하겠어"라고 한다.[133] 우리는 우리가 알고 있는 것을 상상하는 창조적 능력이 결여되어 있다. 또한 우리가 상상하는 것을 행동에 옮길 수 있는 충분한 열정이 부족하다. 우리는 삶을 위한 시가 없다. 우리의 계산력은 상상력을 삼켜버렸다.

우리는 우리의 소화 능력 이상으로 많이 먹어왔다. 외부세계에 대한 인간 제국의 경계를 확장해온 학문 발전은 시적 능력의 부족과 비례해서 인간의 정신 능력을 현저히 축소시켰다. 인간은 외부세계를 복속시키고 나서 그 자신이 노예가 되어버렸다. 모든 지식의 토대가 되는 창조적 능력에 불균형을 가져온 기계적 기술 개발들은 노동을 단축하고 집약하는 모든 발명을 제외하고는 오히려 인간 불평등[134]의 강화 원인이 아니고 무엇인가. 부담을 경감시켜야 했던 발견들이 일해야 하는 아담에게 부과된 저주[135]에 오히려 부담을 가중시킨 어떤 다른 원인이 있단 말인가. 시와 자아 원리의 관계는 — 돈은 자아 원리의 가시적 화신

---

133 셰익스피어의 비극 『맥베스』 1막 7장 44~45행 참조. 속담의 원문은 "고양이는 물고기를 먹고 싶으나 발을 적시기를 꺼린다"이다.

134 셸리는 여기에서 산업혁명이 노동 절약을 가져왔지만 노동자 계급의 노동을 경감시키기는커녕 더 악화시키는 역설을 논하고 있다.

135 여기서 신의 뜻을 어기고 지식의 나무인 금단의 열매를 먹은 아담과 이브에 대한 저주는 '노동'을 가리킨다. 「창세기」 3장 17~19절 참조. "네가 흙으로 돌아갈 때까지 얼굴에 땀을 흘려야 먹을 것을 먹으리니".

이다 — 하나님과 세상의 맘몬[136] 관계와 같다.

시는 타산적인 시대에 가장 필요하다

시적 능력의 기능은 두 가지다. 하나는 지식과 힘과 즐거움에 대한
새로운 재료들을 창조해내는 것이고 다른 하나는 아름답고 선하다고
불리는 어떤 리듬과 질서에 따라 그 재료들을 다시 만들어내고 배열하
고자 하는 욕망을 인간의 마음속에 생성시키는 것이다. 이기적이고 타
산적인 원리가 극단으로 치닫게 되면서, 외적 삶의 재료들을 축적하는
것이 그것들을 인간 본성의 내면적 법칙에 동화시킬 수 있는 능력을 초
과하는 시대에 오히려 시의 계발이 그 어느 때보다 필요하다. 이러한
시대에 인간의 몸은 이제 그것을 움직이는 힘보다 너무 덩치가 커졌다.

시는 인간문화의 총합이며 절정이다

시는 진실로 신성한 어떤 것이다.[137] 시는 지식의 중심인 동시에 주변
부이다.[138] 시는 모든 학문을 포괄하고 모든 학문이 반드시 의지해야만
하는 것이다. 동시에 시는 모든 다른 사상 체계들의 뿌리이자 꽃봉오리
이다. 시는 모든 것이 솟아나고 모든 것을 장식하는 어떤 것이다. 시는
약해지면 열매와 씨를 거부하여 황폐한 세계로부터 생명나무의 후손

---

136 맘몬은 돈의 신, 즉 탐욕과 세속적 욕망이라는 뜻이다. 신과 돈을 모두 섬기는 것
  은 불가능하다. 신약성서 「마태복음」 6장 24절과 「누가복음」 16장 13절 참조.
137 이 구절은 필립 시드니 경의 『시의 옹호』에서 시를 "신성한 재능"이라고 언급한
  부분과 유사하다.
138 이 구절과 그 이하는 윌리엄 워즈워스가 내린 "시는 모든 지식의 호흡이며 섬세한
  영혼이다 : 시는 모든 학문의 지지 속에 존재하는 열정적인 표현이다"라는 정의와
  관련이 있어 보인다.

들에게 자양분을 제공하지 못해 다음 세대로 이어가지 못한다.

시는 모든 사물의 완벽한 최고의 외모이며 절정이다. 장미의 향기와 빛깔은 장미를 만드는 자연의 토양과 관계가 있듯이, 시들지 않는 아름다움의 형태와 찬란함은 토양의 분해와 부패와 관계가 있다. 미덕, 사랑, 애국심, 우정은 무엇이었던가? ― 우리가 살고 있는 이 아름다운 우주의 풍경들은 무엇이었던가? 죽음 이편에 있는 이 세상 위로들은 무엇이었던가? ― 그리고 이 세상을 넘어선 우리의 열망은 무엇이었던가? 만약 높이 날아오르지 못하는 우둔한 부엉이 날개를 지닌 우리의 계산능력이 감히 도달하지 못하는 저 영원한 지역으로부터 빛과 불을 가져오기 위해 시가 비상하지 못한다면 말이다.

시 창작은 시인의 무의식 과정의 산물이다

시는 이성과는 달리 의지의 결정에 따라 수행되는 능력이 아니다. 인간은 "나는 시를 짓겠다"고 말할 수 없다.[139] 가장 위대한 시인조차도 그렇게 말할 수 없다. 왜냐하면 창조하는 마음은 변덕스러운 바람처럼 어떤 보이지 않는 영향이 순간적인 광휘를 깨우는 꺼져가는 석탄불과 같기 때문이다. 이 힘은 꽃이 피었다가 시들어버리고 색이 바래는 꽃의 색깔과 같이 내부에서 일어나고, 우리 본성의 의식적인 부분은 그 힘이

---

139 이 구절은 최고의 시는 영감을 받아 쓰인다는 플라톤의 영감설에 영향을 받은 것이 틀림없다. 좋은 시는 시인의 의도, 노력 또는 의식의 결과는 아니다. 그러나 셸리는 탁월한 시는 신이나 뮤즈의 여신에게서 받은 영감이 아니라 오히려 시인의 무의식에서 기인한다고 보는 듯하다. 다시 말해 시 창작 과정은 시인의 의식적 활동이기보다 무의식의 작업이라는 말이다. 셸리의 이러한 시 창작관은 선배 시인인 S. T. 콜리지가 주장한 시의 유기체설(organicism)과도 맥이 닿아 있다.

접근하거나 떠나는 것을 미리 알지 못한다. 만일 이 영향이 그 본래적인 순수성과 힘을 유지시킨다 하더라도 위대한 결과들을 예견하는 것은 불가능하다. 그러나 시 창작이 시작될 때 영감은 이미 쇠퇴하기 시작한다.

이 세상과 일찍이 한 번도 소통한 적이 없는 가장 영광스러운 시조차도 아마 시인이 처음 가졌던 생각의 희미한 그림자일 것이다.[140] 시의 가장 잘된 구절들이 노력과 연구에 의해 창작된다는 주장이 잘못이 아닌가에 대해 나는 우리 시대 위대한 시인들에게 묻고 싶다. 비평가들이 정당하게 시인들에게 추천하는 시 창작 과정에서의 노력과 계속적인 수정 작업은 단순히 영감을 받은 순간들을 주의 깊게 관찰하는 동시에 통상적인 표현의 상호 텍스트성에 의해 암시된 순간들 사이의 간극을 인위적으로 연계시키라는 뜻에 불과하다. 이것도 시적능력 자체의 한계가 있을 때만 필요하다. 밀턴은 그가 『실락원』을 부분적으로 완성하기 이전에 이미 전체적으로 구상했기 때문이다.

밀턴에게는 "이전에 생각하지 못했던 노래"[141]를 쓰게 만든 뮤즈 여신이 있었다. 그리고 이 사례는 서사시 『광란의 오를란도』의 시인 아리오스토가 첫 행을 56번이나 수정했다고[142] 주장하는 사람들에 대한 대답이 될 것이다. 그렇게 창작된 작품과 시의 관계는 모자이크와 회화의 관계와 같다. 시적 능력의 본능과 직관은 조형예술과 회화예술에서 더

---

140 이 부분은 셸리 자신의 시 창작의 경험일 것이다. 그러나 많은 시인들은 그들의 최고의 영감은 실제로 글을 쓰며 창작하는 과정에서 나타난다는 것을 알게 된다.
141 『실락원』 9권 20~24행 참조.
142 아리오스토는 1503년경에 그의 서사시 『광란의 오를란도』를 창작하기 시작하면서부터 1533년 죽기 직전까지 이 작품을 계속 수정했다고 전해진다.

욱더 잘 드러난다. 위대한 조상(彫像)이나 그림은 어머니 자궁 속에서 자라는 어린아이처럼 창작자의 힘 아래서 자라난다. 그리고 작가의 손을 이끄는 바로 그 정신은 스스로에게도 그 창작 과정의 기원과 단계와 매개체들을 설명할 수 없다.[143]

시는 신성한 비전을 순간적으로 기록한다

시는 가장 행복하고[144] 선한 정신이 느끼는 지극히 행복하고 선한 순간을 기록한 것이다. 우리는 일시에 사라지고 마는 생각과 감정이 찾아드는 순간 의식한다. 그렇게 찾아오는 생각과 감정들은 장소나 사람과 연관이 있기도 하고 어떤 때는 우리 자신의 마음에만 집중하기도 한다. 그러한 생각과 감정은 언제나 뜻밖에 생겨나고 순식간에 사라져버리지만 표현할 수 없을 정도로 우리를 고양시키고 기쁘게 해주기도 한다. 심지어 그 생각과 감정이 남기고 간 욕망과 후회 속에서도 그 대상의 본질에 참여하는 기쁨이 남을 수밖에 없다. 다시 말해 그것은 우리 자신을 통하여 어떤 신성한 성질이 우리의 마음속으로 침투해 들어오는 삼투(滲透) 현상이다. 그러나 그 발자국은 바다 위에 불어온 바람의 흔적처럼 그 이후의 잔잔함이 모두 지워버려 단지 주름진 모래로만 남게 되는 흔적과도 같다. 이러한 것들과 거기에 상응하는 존재의 조건들은 주로 가장 섬세한 감수성과 가장 풍부한 상상력을 사람들만이 경험하게 된다. 그런 상황들에 의해 만들어진 마음 상태는 모든 천박한 욕망

---

143 여기에서 셸리는 다시 창작 과정의 무의식적 속성을 다시 강조하고 있다..
144 "가장 행복한"의 뜻은 "가장 기쁜" 것과 창작 과정에서 "가장 적절한 표현의 재능이 있는"의 두 가지 뜻을 가진다.

과 갈등을 일으킨다.

미덕, 사랑, 애국심과 우정에 대한 열망은 본질적으로 그러한 감정들과 연결되어 있다. 그런 감정들이 계속되는 동안 자아는 우주의 하나의 원자처럼 있는 그대로의 모습을 보여준다. 시인들은 가장 정교하게 창조된 영혼들로 이러한 경험들에 종속되어 있을 뿐 아니라 영묘한 세계에서 순식간에 사라지는 색조들과 함께 하는 모든 것들에게 색깔을 입히기도 한다. 하나의 장면이나 열정을 재현하는 특성을 지닌 어휘는 마법에 걸린 현을 건드리고 일찍이 이런 감정들을 경험한 사람들 안에서 잠자고 있는, 차갑게 묻혀 있는 과거의 이미지에 생명을 다시 불어넣는다. 이렇게 시는 이 세상에서 최상의, 그리고 가장 아름다운 모든 것을 영생불멸의 존재로 만든다. 시는 삶의 어두운 간극들을 따라다니다 사라지고 마는 환영[145] 들을 붙잡는다. 그리고 시는 그 환영들을 언어나 형식 속에 숨겨두었다가 그들의 자매[146]들과 함께 살고 있는 사람들에게 동일한 기쁨의 달콤한 새 소식들을 담아 보낸다. ― 그들이 그곳에 살고 있는 것은 그들이 살고 있는 영혼의 동굴로부터 사물의 세계로 갈 수 있는 표현의 문호가 없기 때문이다. 시는 인간에게 찾아오는 신성한 마음을 망각으로부터 구원해낸다.

시는 비루한 세상을 아름답게 변형시킨다

시는 삼라만상을 사랑스러운 것으로 변형시킨다. 시는 가장 아름다

---

145 찾아왔다가 곧 사라지는 생각과 느낌.
146 "자매들"은 "유사한 암시들"을 가리킨다. 자매들은 여기서 조용히 살 수밖에 없다. 왜냐하면 그들은 시인이 아니기 때문에 유사한 암시들을 표현할 수 없기 때문이다.

운 것을 고양시키고 가장 추한 것을 아름다움으로 바꾸어준다. 시는 환희와 공포, 고통과 기쁨, 영원과 순간을 결합시킨다. 시는 모든 화해 불가능한 사물들을 시의 가벼운 멍에[147]로 하나로 통합시켜버린다. 시는 그가 다루는 모든 것을 변형시키고 그 존재의 광휘 속에서 움직이는 각각의 형상을 경이로운 공감에 의해 그것이 호흡하는 영혼으로 성육화시킨다. 시의 비밀스런 연금술은 삶 속의 죽음으로부터 흘러나온 독이 든 물을 마실 수 있는 황금의 물로 바꾼다.[148] 시는 이 세상에서 친근함이라는 베일을 찢어버리고 세상의 모든 정수 형상의 영혼인 벌거벗은, 잠자는 아름다움을 드러낸다.

시는 장막에 싸인 이 세상을 새롭게 탄생시킨다

모든 사물은 지각되는 만큼 존재한다.[149] 적어도 지각자(知覺者)의 입장에서는 그렇다. "마음은 그 자체의 장소이며 그 자체에서 지옥을 천국으로 만들 수 있고 천국을 지옥으로 만들 수 있다."[150] 그러나 시는 우연히 둘러싼 인상에 얽매이게 하는 저주로부터 우리를 풀어준다. 그리고 시가 우리 자신의 이미지들로 장식된 장막을 펼칠 것인지 아니면 사

---

147 신약 「마태복음」 11장 30절 "이는 내 멍에는 쉽고 내 짐은 가벼움이라 하시니라."

148 셰익스피어 소네트 33번 3~4행 "금빛 얼굴로 녹색의 초원을 입 맞추고 창백한 시내를 천국의 연금술로 빛나게 하는 것을."(피천득 역) 연금술사들의 목적은 모든 질병을 치유하는 생명수가 될 금으로 만든 음료수를 만드는 것이었다.

149 존 로크와 데이비드 흄과 더불어 영국 경험주의 철학의 핵심적 철학자인 조지 버클리(1685~1753)는 자신의 철학적 명제를 "존재하는 것은 지각된 것이다"로 정했다. 다시 말해 "지각되지 않으면 존재하지 않는다" 또는 "보이는 것만 있다"이다.

150 밀턴의 『실락원』 제1권 254~255행에서 사탄이 행한, 신에게 극히 도전적인 유명한 연설의 일부.

물들의 장면으로부터 삶의 검은 베일을 걷어내든지 간에 시는 똑같이 우리를 위해 우리 마음속 깊은 곳에 있는 어떤 존재를 창조해낸다. 시는 우리를 익숙한 세계가 하나의 혼돈일 뿐인 다른 세계 주민으로 만든다. 시는 우리가 그 일부분이자 지각자인 공동의 우주를 다시 만들어내고 우리 내면의 통찰력으로 우리 존재의 경이로움을 우리로부터 감추는 친숙함이라는 장막[151]을 걷어내버려 깨끗하게 만든다. 시는 우리로 하여금 우리가 지각하는 것을 느끼게 해주고 우리가 아는 것을 상상하게 만든다. 시는 반복에 의해 무디어진 수많은 인상들에 의해 우리 마음속에서 사라져버린 우주를 새롭게 창조한다. "하나님과 시인 이외에 누구도 창조자의 이름에 어울리지 않는다"라고 말한 르네상스 시대 이탈리아 서사시인 타소의 대담하고 진실한 말이 타당함을 시는 보여준다.

시인은 행복, 지혜, 즐거움, 미덕, 영광의 사람이다

시인은 다른 사람들에게 최고의 지혜, 즐거움, 미덕, 영광의 저자이듯이 개인적으로 인간들 중에서 가장 행복하고, 가장 선량하고, 가장 지혜롭고, 가장 빛나야만 한다. 시인의 영광에 대하여 인간 삶의 어떤 다른 창조자의 지위가 시인의 지위와 비교할 수 있는지는 시간이 결정하게 하자. 그가 시인인 이상 가장 현명하고 가장 행복하고 가장 선량하다는 사실은 또한 논란의 여지가 없다. 왜냐하면 가장 위대한 시인들은 가장 결점 없는 미덕을 가진 사람이며, 가장 완벽한 분별력을 가진

---

151 여기에서 셸리의 낭만주의적인 시관이 잘 드러난다 : 시적 상상력은 친숙한 것을 기적같은 것으로 변형시키고 오래된 세계를 새로운 세계로 재창조한다.

사람이며, 그리고 만일 우리가 시인들의 삶의 내부를 들여다본다면 인간들 중 최고의 행운을 타고난 사람들이기 때문이다.

그리고 시적 재능이 아직도 최고가 아닌 시인들을 예외로 치더라도 잘 생각해보면 그 예외도 위와 같은 법칙을 벗어나기보다는 오히려 그 법칙이 옳음을 확증하는 것을 알 수 있다. 여기에서 일반 사람들의 의견에 의해 판정되는 경우를 잠시 주목해보자. 그리고 우리 자신의 내부에서 고발자, 증인, 재판관, 사형집행인들의 양립할 수 없는 인물의 지위를 빼앗고 하나로 연합하여 재판, 증인 그리고 형식 절차 없이 "우리가 감히 비상하지 못하는 곳에 앉아 있는"[152] 사람들의 어떤 동기들이 비난받을 만하다고 판결해보자. 호메로스는 술주정뱅이고 베르길리우스는 아첨꾼이고 호라티우스는 겁쟁이였고 타소는 광인이었고 베이컨 경은 공금 횡령자였고 라파엘은 난봉꾼이었고 스펜서는 계관시인이었다고 가정해보자.[153] 살아 있는 시인들을 언급하는 것은 우리 논의의 이 부분[현재 쓰고 있는 제1부]과 맞지 않는다. 그러나 후손들은 지금 위에서 언급된 위대한 이름에 대해 충분히 합당한 판단을 내렸다. 그들의 잘못은 저울에 달아보니 먼지처럼 사소하였다.[154] 그들의 "죄가 주홍빛 같았으나 지

---

152 밀턴의 『실락원』 제1권 254~255행에서 사탄이 사탄이 행한, 신에게 극히 도전적인 유명한 연설의 일부.

153 여기에서 셸리가 열거하는 시인들에 대한 비난은 자못 자신과 바이런 경에 대해 가한 영국인들의 비난에 대한 항의 표시처럼 들린다. 바이런과 셸리는 당시 조국 영국에서 부도덕하다는 애매한 이유로 추방당하여 모두 이탈리아에 살며 자주 만나 교류하였다. 특히 "계관시인"에 관한 부분에서는 당시 계관시인이던 로버트 사우디에 대한 비판이 깔려 있다. 왕의 궁정을 드나들며 명예직이나 얻으면서 사회 개혁을 주장하는 문인들을 비난하는 것을 비판한 것이다.

154 구약 「다니엘」 5장 27절 "데겔은 왕을 저울에 달아보니 부족함을 보였다 함이요"; 「이사야」 40장 15절 "보라 그에게는 열방이 통의 한 방울 물과 같고 저울의 작은

금은 그 죄들이 눈처럼 희더라."[155] 그들은 중재자[중보자][156]와 구원자인 시간의 피로 깨끗이 씻겨졌다. 실제 또는 가상의 범죄가 시와 시인들에 대한 우리 시대의 중상모략 속에서 얼마나 웃기는 혼란을 일으켰는지 보라.[157] 아마도 그것이 겉보기에도 얼마나 사소한 것인가를 생각해보라. 너 자신의 동기를 살펴보고 심판을 받지 않으려거든 너는 심판하지 말라.[158]

시인도 영감이 없을 때는 보통 사람과 같다

지금까지 논의된 바와 같이 시는 정신의 역동적인 힘의 통제에 종속되지 않고 시의 탄생과 발전은 의식이나 의지와 필연적인 관계가 없다는 점에서 논리와 다르다. 정신적 효과들이 언급되는 것을 지각하지 못하고 경험될 때 의식과 의지가 모든 정신적 인과관계의 필연적 조건이라고 결정하는 것은 주제넘은 일이다.

시적인 힘의 빈번한 작동은 그 자체의 본성과 다른 마음에 끼치는 영

티끌 같으며 섬들은 떠오르는 먼지 같으리니" 참조.

155 구약 「이사야」 1장 18절 "너희의 죄가 주홍같을지라도 눈과 같이 희어질 것이요. 진홍같이 붉을 지라도 양털 같이 희게 되리라"; 신약 「요한계시록」 7장 14절 "이는 큰 환난에서 나오는 자들인데 어린 양의 피에 그 옷을 씻어 희게 하였느니라" 참조

156 신약 「히브리서」 9장 15절 "그는 새 언약의 중보자시니 이는 첫 언약 때에 범한 죄에서 속량하려고 죽으사 부르심을 입은 자로 하여금 영원한 기업의 약속을 얻게 하려 하심이라"; 12장 24절 "새 언약의 중보자이신 예수와 아벨의 피보다 더 나을 것을 말하는 뿌린 피니라" 참조.

157 영국 법원은 셸리에게서 그의 확실치 않은 무신론 때문에 첫 번째 결혼에서 얻은 아이들의 양육권을 빼앗았고 바이런 경은 대중들의 의견에 의해 추방당하였다.

158 신약 「마태복음」 7장 1절 참조.

향과 서로 연관된 질서와 조화의 습관을 우리 마음속에 만들어낸다는 것은 분명하다. 그러나 영감의 순간 사이사이에 그리고 지속적이지 않지만 그 중간 과정 속에서 한 시인은 보통 사람이 되고, 시인이 아닌 습관적으로 살고 있는 사람들처럼 갑작스럽게 평범한 생활에 빠져버리기도 한다. 그러나 시인이 다른 사람들보다 좀 더 민감하게 생활을 하고 어느 정도 보통 사람들에게 알려지지 않은 고통과 즐거움 — 자신의 것뿐 아니라 다른 사람들의 것 — 을 지각하면서 시인은 이 감수성의 차이에 비례하여 열정적으로 고통을 피하거나 즐거움을 추구할 것이다. 그리고 시인은 많은 사람들이 추구하거나 회피하는 대상이 서로 다른 의상을 입고 자신을 변장하는 실제 생활의 상황을 관찰하는 것을 게을리 할 때 세상의 중상모략을 받게 될 것이다.

세상 사람들은 시인을 비난하지 않는다

그러나 이러한 잘못에는 필연적으로 악한 것은 없다. 그리고 잔인성, 질투, 복수, 탐욕과 같은 순전하게 악독한 열정은 시인의 삶에 대한 세상 사람들의 비난을 만들어내지 않는다.

시인을 비난하기에 앞서 옳은 시인과 못난 시인의 냉철한 구별이 필요하다

나는 논쟁적인 답변의 형식을 준수하는 대신 주제 자체를 고찰함으로써 내 마음에 제시되는 질서에 따라 이런 의견들을 기록하는 것이 진실의 대의명분에 가장 호의적이라고 생각해왔다. 그러나 만일 그런 견해들이 표방하는 견해가 정당하다면 그 견해들은 [적어도 그 주제에 대한 이 글의 제 I 부에 관한 한] 시를 적대시하는 사람들에 대한 반박이

들어 있을 것이다. 나는 일부 운문작가(시인)들과 언쟁을 벌이는 박식하고 지적인 몇몇 작가들에게 어떤 악감정을 일으켰을지 쉽게 추정할 수 있다. 고백건대 나 자신도 그들처럼 우리 시대의 목소리가 거친 코드루스[159] 같은 시인들에 의해 쉽게 당황하고 싶지 않다. 또 다른 역시 못난 시인들 바비우스와 마에비우스[160]는 그들이 일찍이 그랬던 것처럼 의심의 여지없이 견딜 수 없는 사람들이다. 그러나 그저 혼동하기보다 식별해내는 작업을 하는 것이 냉철한 비평가의 책무이다.

시는 우리의 삶을 질서와 아름다움으로 배열한다

이 시 옹호론의 지금까지의 제1부는 시와 관련된 요소와 원리를 다루었다. 이 주제를 위해 제한된 지면이지만 시라 불리는 것은 제한된 의미에서 질서와 아름다움의 모든 다른 형태와 공통된 근원을 가지고 있다는 것을 보여주었다. 인간 삶의 소재는 그 질서와 아름다움에 따라 민감하게 배열되고 그것이 하나의 보편적 의미에서 시이다.

시인은 이 세상에서 선출되지 않은 입법자다

앞으로 내가 쓰게 될 제2부의 목표[161]는 이런 원리를 시의 계발 문제

---

159 로마 시인 유베날리스(55~140)는 『풍자시』에서 아티카의 전설적 영웅 테세우스에 관해 서사시 『테세우스 이야기』를 쓴 코드루스라는 작가에 대해 엉터리 시인이라며 "거친 코드루스"라고 비난하였다.
160 BC 1세기경 로마 시인인 바비우스와 마에비우스는 베르길리우스의 『농경시집』(3권)에서 풍자를 당했다. 호라티우스는 자신의 서정시집(10권)에서 마에비우스를 공격했다.
161 셸리는 만 30세가 되기 전 일찍 죽는 바람에 제2부를 쓴다는 약속을 지키지 못했다. 원래는 『시의 옹호』 전체를 3부로 나누어 쓰고자 했으니 3부도 못 썼다.

라는 현 상황에 적용시키는 것일 것이다. 나아가 우리 시대의 관습과 사상의 형식을 이상화하고 그 형식을 상상적이고 창조적인 능력 속에 종속시키는 의도를 옹호하는 것이 또 다른 목표이다. 영국문학을 위해 일찍이 국민적 의지의 위대하고도 자유로운 전개에 선행하거나 수반했던 역동적 발전은 바야흐로 새로운 탄생에서 시작되었다.

우리 시대의 장점을 과소평가하려는 사려 깊지 못한 시기심에도 불구하고,[162] 우리 자신의 시대는 지적인 성취에서 기억에 남을 만한 시대가 될 것이다. 우리는 시민의 자유와 종교의 자유를 위해 싸웠던 지난 내전[163]이래 출현했던 어떤 시인과 비교하여도 뛰어넘는 탁월한 철학자와 시인들 가운데 살고 있다. 위대한 사람들을 각성시켜 사상과 제도 안에서 유익한 변화를 가져오는 작업으로 이끈 가장 확실한 전령사이자 동료이자 추종자는 시이다. 그런 시대에는 인간과 자연에 관한 강렬하고 열정적인 사상을 서로 나누고 받아들이는 힘을 축적한다. 이러한 힘을 가진 사람들은 그들 본성의 여러 부분에 관한 한 그들이 섬기는 선한 영혼과 명백하게 일치하는 경우가 없을 때도 있다. 그러나 그들은 스스로의 영혼 속 왕좌에 앉아 있는 힘을 부정하고 거부하는 동안에도 계속 봉사하기를 강요당하고 있다. 현재 가장 저명한 작가들의 말 속에서 타오르는 강한 감동을 주는 삶에 대해 놀라지 않고 그 작품들을 읽는 것은 불가능하다. 그 작가들은 포괄적이며 모든 것을 통찰하는 정신으로 인간 본성의 주위를 측량하고 그 깊이를 잰다. 아마도

---

162 셸리의 이 용어는 필립 시드니 경의 『시의 옹호』와 왕정복고기 존 밀턴의 시 『코뮤스』 6권에 유사한 표현으로 이미 나온 바 있다.
163 올리버 크롬웰이 주도하여 시작된 청교도 혁명으로 찰스 1세의 처형이 있었던 1649년 이래 영국의 왕당파와 의회파(공화파)의 내전을 가리킨다.

그들이 인간 본성의 분명한 표현에 대해 가장 진지하게 경탄할지도 모른다. 왜냐하면 그것은 그들 개인의 정신이라기보다 시대정신[164]이기 때문이다. 시인은 이해되지 않은 영감의 신비의식을 해석하는 사제들이다.

시인은 현재에 투사되는 거대한 미래의 그림자를 비추는 거울이다. 시인이 말하는 어휘는 그들이 이해하지 못하는 것을 표현한다. 시인은 전투를 격려하는 노래를 부르면서도 어떤 영감을 고취하는지 느끼지 못하는 나팔이며 자신들은 움직이지 않지만 남들을 움직이는 영향력이다.[165] 시인은 이 세상에서 선출되지 않은 입법자다.[166]

---

164 여기서 "시대정신"은 후일 문학사가들에 의해 명명된 셸리 당대의 낭만주의 문학 운동을 가리킨다. 이 문학과 철학의 새로운 운동은 프랑스대혁명(1789~1794)을 그 기점으로 삼는다.

165 아리스토텔레스는 신은 "자신은 움직이지 않지만 만물을 움직이는 자(Unmoved Mover)"라고 말한 바 있다.

166 『시의 옹호』의 이 마지막 문단은 대부분 셸리가 1820년에 쓴 『개혁에 대한 철학적 견해』라는 책의 첫 장의 결론 부분과 대응되며 거의 유사하다. 이 유명한 마지막 선언은 18세기 영국의 대문인 새뮤얼 존슨(1709~1784)의 철학소설 『라슬러스』 제10장에 나오는 문장에서 영향을 받았다. "시인은 자연의 해석자로서 그리고 인류의 입법자로서 써야만 하고 자신은 시대와 장소를 초월하는 존재로서 미래세대들의 사상과 풍습을 주재자로 간주해야 한다."

  역자는 이 책에 수록한 시 작품과 시론마다 독자들을 위해 가능하면
간략한 각주와 해설을 붙여보았다. 그러나 어떤 해설은 본의 아니게 역
자의 편견과 무지 때문에 잘못된 것들도 있을 수 있을 것이고, 아니면
오히려 독자들의 셸리 시의 이해와 감상에 방해가 되는 것도 있으리라.
각주와 해설을 위해 참고한 자료 중의 일부는 다음과 같다.

Donald H. Reiman, *Percy Bysshe Shelley*(1969)

Shelley's Poetry and Prose(1977)

Harold Bloom, *Shelley's Mythmaking*(1969)

The Visionary Company(1969)

The Oxford Anthology of English Literature: Romantic Poetry and Prose(1973)

M.H. Abbrams, *Natural Supernaturalism: Tradition and Revolution in
Romantic Literature*(1971)

The Norton Anthology of English Literature Vol II(2002)

Paul de Man, "Shelley Disfigured" in *Deconstruction & Criticism*(1979)

Desmond King-Hele, *Shelley: His Thought and Work*(1984)

Patricia Hodgart, *A Preface to Shelley*(1985)

소네트 : 지식을 가득 담은 풍선에게

셸리는 1812년에 데번셔 지방에서 시 「악마의 산보」와 산문 「권리선언」이 실려 있는 한 장으로 된 인쇄물을 배포하고 있었다. 그런데 셸리는 자신의 저작물을 유포시키는 한 방법으로 빈 포도주 병에 그것을 넣어 강이나 바다에 띄웠다. 셸리는 아마도 그 한 장짜리 인쇄물을 풍선속에 매달아 띄워 보내고 싶었으리라.

시련(詩聯)들 ─1814년 4월

이 시는 셸리의 초기 서정시로 런던 서쪽에 위치한 브랙넬 마을에서 쓰여졌다. 그곳에서 해리엇 보인빌(Harriet Boinville) 부인과 그녀의 딸 코넬리아 터너(Cornelia Turner)를 두고 떠나는 슬픔을 표현하고 있다. 셸리는 코넬리아에게 사랑을 느꼈었기 때문이다. 당시 셸리는 이미 첫 번째 아내인 해리엇 웨스트브룩과 소원한 상태에 있었다. 특히 해리엇과 메리 고드윈 사이에서 고민하는 셸리에게 보인빌 부인은 친절하고 동정적이었다. 그러나 부인은 셸리에게 메리를 잊고 해리엇에게 돌아갈 것을 충고했다(해리엇은 셸리의 지적·정신적 반려자가 되기에는 역부족이었는지도 모른다).

무상

인간의 모든 활동과 삼라만상 위에 군림하고 있는 변화의 힘을 느끼게 해준다.

워즈워스에게

젊었을 때는 프랑스혁명을 찬양하는 등 열광적인 진보주의자였으나 나이가 듦에 따라 보수적으로 변한 윌리엄 워즈워스의 변화를 슬퍼하고 있다. 셸리는 작품을 통해서만 워즈워스를 알고 있었다. 그러나 동시대의 시인 로버트 사우디의 경우는 실제로 만나 잘 알고 있었지만 훗날 사우디도 예외없이 정치, 종교적으로 타협하게 되었고 보수주의에 빠졌으므로 이를 비판하였다. 셸리의 아내 메리는 1814년 9월 14일 일기에 다음과 같이 적고 있다. "셸리는 … 워즈워스의 시 「소요 (Excursion)」를 집으로 가져와서 그중 일부를 읽었으나 아주 실망함. 워즈워스는 노예이다."

「알라스터, 또는 고독의 정령」 중에서

'알라스터'는 '고독의 정령'이란 의미다. 이 작품은 셸리의 비전적인 시로 초기 사상을 잘 나타내고 있다. 시인이자 이상주의자인 셸리는 자신에 대한 비전과 고매한 사상에 만족한다. 현실 세계에서 그는 이상을 추구하지만 실망과 좌절이 뒤따르게 된다. 그 결과로 그는 절망 속에서 죽게 된다. 이 시는 인간 조건에 대한 탄식인 동시에 자기 중심적인 이상주의에 대한 비탄이다. 이 시는 또한 셸리의 시인관을 잘 보여주고 있다. 시인은 존재 초월적인 영역에 충실한 소외된 인물로, 시간이라는 죽음의 세계에서 운명적으로 비탄 속에 빠지도록 되어 있는 존재인 것이다. 이 부분에 나타나는 환상 속의 처녀는 시인 자신의 영혼의 최고의 우수성을 구현하고 있다. 이 이상적인 비전은 셸리의 사랑에 대한 원리로서 후기 시에서 보여주는 형이상학적이며 심리학적인 의미를 지닌 통찰력이다. 그러나 이 시의 목적은 시의 서문에서 셸리 자신이 밝힌 대로 '인간적으로 필연적이나 그 확실성은 인간적으로 가능하지 않은 문제들(doubtful knowledge)'에 대한 상충하는 가능성들을 탐구하는 것이다. 이 시에서 셸리는 이상주의적인 가능성에 대한 탐구를 위해 셸리가 여기에서 복합적인 투시 방법(multiple perspectives)을 창안해서 사용하고 있다.

초감각적인 미에 대한 찬가

원문에 쓰인 'intellectual' 이란 말의 뜻은 'non-sensible, nonmaterial, 또는 beyond the senses' 이다('비감각적인, 비물질적인, 초감각적인' 정도의 뜻이 된다). 그러므로 'Intellectual Beauty'는 감각적 경험에 의한 접근을 초월한 것이 되며, 자연의 세계와 인간의 도덕 의식에 광휘와 우아와 진실을 가져다주는 깨달음의 상태를 말한다.

몽블랑 : 샤모니 계곡에서 쓴 시

이 시는 바로 앞의 「초감각적인 미에 대한 찬가」와 자매시로 우주의 궁극적인 존재 또는 힘에 대한 직관이 주제이다. 이 힘은 우리의 세계와 의식을 초월하는 것으로 완전한 실재는 이 힘에 의해서만 존재할 수 있다. 이 두 편의 자매시는 이런 의미에서 플라톤의 이데아 철학을 잘 보여주고 있다. 얼 와서만(Earl Wasserman)의 해석에 따르면 셸리는 이 시에서 두 가지 정신을 구별하고 있다. 하나는 보편적인 세계 정신(2부의 "깊은 계곡"으로 대표되는)과 다른 하나는 개인적인 인간 정신 (7행의 "약한 개울물")이다. 다시 말해 여기서 우리는 시인이 첫째 그 자신의 개인적인 주체성과 하나의 커다란 보편 정신과의 관계를 탐구하고, 둘째로 보편적인 정신과 제1원인 또는 원동력과의 관계를 탐구함을 알 수 있다. 이 알려지지 않은 실행하는 힘 ― 16행, 96행에서 'power'로 지적되는 ― 은 유럽에서 제일 높은 산이며 구름들 위에 높이 숨겨져 잘 보이지 않는 몽블랑의 최고 봉우리에 의해 표상되고 있다. 이러한 힘과 이 힘에 의해 생긴 것들은 인간적인 가치와 관련이 없다는 것이다. 장대한 몽블랑이 우리에게 가르쳐주는 것은 자연의 필연성 속에서 발견되는 파괴와 재생의 주기에서 배우는 것과 같다. 즉 '힘'은 개인적인 신이 아니라 자연 속에서 변화하고 소멸하는 피조물들과는 아주 다른 '영원히 변함없는 원동력(Unmoved Mover)'이다. 이런 원리에 대한 인식은 인간 세계와 역사에 산재한 부정, 사기와 고통의 커다란 법전들을 폐기시킬 수 있는 것이다. 왜냐하면 이러한 지식과 인식만이 오래된 독단적 사상들(예를 들어 당시의 왕권신수설)과 독단적인 인간탄압과 착취를 묵인하는 계급 제도와 독재 등을 파기할 수 있기 때문이다.

보나파르드[나폴레옹]의 몰락에 관한 한 공화주의자의 감정

이 시는 나폴레옹이 1815년 워털루 전투에서 패하고 폐위된 후에 쓰여졌다. 이 소네트는 프랑스혁명(1789)의 공화주의 이상들을 나폴레옹 배반한 것을 탄식하고 있다. 나폴레옹의 몰락은 프랑스와 유럽 몇몇 나라에서 왕정이 복구되었다. 왕정은 전형적으로 독재, 전쟁과 종교 기구들에 의해 합법화된 지방적인 억압 행위들이 자행되었다.

콘스탄시아에게

셸리는 셸리의 부인 메리 셸리의 의붓자매이며 수년 동안 셸리가의 일원으로 지내왔던 클라라 메리 제인(클레어) 콜레어먼트를 칭찬하기 위해 이 시를 썼다. 그녀의 별명이 콘스탄시아이다. 콘스탄시아는 아름다운 목소리로 노래를 잘 불렀다고 한다.

오지먼디어스

'여행자'나 '옛날 영토' 등에 의해 암시되는 함축적 의미와 여러 심상들의 날카로운 병치는 이 시가 은유적이며 상징적으로 읽혀져야 함을 말해준다. 인간이 만들어낸 거대한 작품과 인간의 자부심에 대한 헛됨을 표현하고 있다.

나폴리 근처에서 실의에 빠져 쓴 시련

아내와 친구들에게까지 숨겼을 정도로 셸리의 가장 절망적인 시편 중의 하나이다. 셸리의 첫 번째 아내인 해리엇이 투신 자살했고 두번째 아내 메리 셸리와의 사이에서 난 딸 클라라도 이즈음 죽었기 때문이다. 셸리 자신도 건강이 나빠졌으며 경제적인 고통도 있었고 자신이 시인으로서 실패자라고 생각하며 괴로워하고 있었다. 해변가의 시인은 밝고 빛나는 대낮의 태양을 바라본다. 주위는 평화가 감돌고 있으나 시인은 평화도 기쁨도 찾지 못한다. 절망에 빠진 시인이 그의 감정을 같이 나눌 사람을 찾는 대목은 인간적인 연민이나 이해의 필요를 암시해주고 있다. 4연에서는 분위기가 바뀐다. 고요한 기분은 평화를 찾은 데서 온 것이 아니라 그의 운명을 놀라서 받아들인 데서 온 것이다. 시인은 "지쳐버린 아이"처럼 누워 있다. 마지막 연에서는 절망과 자기 연민의 색조가 발전된다. 이 완벽한 날은 기쁨으로 남을 것이다. 왜냐하면 나폴리만의 찬란함과 자신의 슬픔과의 대비는 감정의 객관화를 꾀함으로써 자기 연민의 극복을 도와주고 있기 때문이다. 이 시는 정오에 시작하여 석양에 끝나고 있다. 시작은 자연의 활력과 희망으로 빛나지만 끝은 어둡고 절망적이고 그러한 심상들은 삶과 명성에 대한 상징적인 논평으로 끝나고 있다. 감동적인 한 편의 서정시이다.

「줄리앙과 마달로 : 하나의 대화」 중에서

일부가 대화체로 된 시로 그의 시극의 '이상주의'와는 달리 가장 자연주의적인(사실주의적인) 경향을 가진 장시 중 그 첫부분이다. 셸리와 바이런은 말을 타면서 자유의지, 진보와 종교적 문제들을 얘기했으며 이 시는 실제로 토의한 사실에 근거를 두고 있다. 이 시는 흔히 지적되지 않고 있는 셸리의 사실주의적인 묘사 능력을 돋보이게 하는 작품이다. 꿈과 같은 비전적인 풍경을 좋아했던 셸리였지만 분명하고도 주의 깊은 자연과학자와 같은 눈으로 자연을 관찰하고 있다. 각각의 세부 묘사가 그가 필요로 하는 분위기를 전달하기 위해 화가처럼 주의 깊게 선택되었고 배열되고 있다. 이 시는 음조의 재빠른 전환과 묘사적인 기교가 빼어나다(이 시의 풍경과 다른 세부 묘사들은 후일 빅토리아 시대 시인 로버트 브라우닝의 '극적 독백' 형식에 깊은 영향을 주었다).

영국의 민중에게 보내는 노래

이 시는 나폴레옹 전쟁에서 병사들이 돌아온 이후 갑자기 불어닥친 경제적인 불황 상태로 야기된 불안과 소요의 시기에 쓰여진 여러 시편 중 하나이다. 셸리는 정치시들만을 모은 정치시집 출간을 계획하기도 했다. 셸리는 지배 계급이 노동자들을 착취하고 있다고 믿었으며, 부유한 자들의 노예에 불과한 노동자 계급들을 묘사하고 있다. 풍뎅이들(지배 계급)은 벌들(노동자들)의 노동에 의해 점점 더 부유해지고 있다. 노동자들은 노동의 대가로 돈을 받지만 그들의 삶은 인간으로서 그들 자신의 위엄조차 지키지 못하고 있다. 시의 구조도 단순하고 직접적이다. '이것이냐 저것이냐' 논리를 도입하여 그 주장의 대극성이 노동자들에게 즉각적으로 분명히 드러나게 하고 있다. 셸리는 인간 개인의 자존심을 호소하며 단순한 복종은 인간적, 사회적인 죽음을 초래한다고 말하고 있다. 이 시는 단순한 4보격의 시로 구성되어 있기 때문에 노래하고 암기하기 쉽게 되었으나 단순한 노동 노래 이상의 인간의 존엄성을 노래하고 있다. 후에 이 시는 영국 노동 운동의 찬가와 영국 사회주의자들의 시위 노래가 되었다.

1819년의 영국

이 시는 변화를 바라는 셸리의 가장 힘찬 정치시의 한 편으로, 시어도 생생하고 강렬해서 셸리의 감정을 잘 나타내고 있다. 도탄에 빠진 국민들의 생활 개선에 관심을 보이지 않는 극단 보수 내각과 민중의 생존권과 자유 및 가톨릭 신자들의 종교의 자유를 억압하는 정부와 왕실에 대한 분노와 비난이 셸리로 하여금 이 시를 쓰게 만들었다. 이상주의 사회개혁 사상을 가진 셸리는 혁명이 영국에서 일어나리라고 확신하고 있었다. 이 시에 대한 주(註)에서 아내 메리 셸리는 "셸리는 사회의 두 계급 사이의 충돌이 불가피하다고 믿었고 그는 열렬히 민중의 편에 섰다"고 적고 있다.

하늘에 부치는 송가

이 시는 『해방된 프로메테우스』 4막에 나오는 신화를 만들려는 충동과 같은 기분에서 쓰여진 것 같다. 이 시는 우주 속에서 인간의 위치를 나타내는 세 가지 태도를 보여주고 있다. 첫 부분에서는 17~18세기의 이신론(理神論)적인 견해를 나타내고 있다. 이신론자들은 형식적인 종교와 초자연적인 계시를 거부하고 자연의 이치가 신의 존재를 증명한다고 주장하였다. 유명한 이신론자로는 볼테르, 루소, 프랭클린, 제퍼슨 등이 있다. 정통파 교회에서는 종교의 전통 교리를 무시하는 이들을 스스로의 이론을 가진 자유사상가라고 불렀다. 둘째 부분에서는 현재 세계는 영혼의 실재에 비하면 불완전한 것이라는 플라톤의 주장을 소개하였다. 마지막 부분에서는 삼라만상 속에서의 엄청난 종의 다양성 속에서 인간의 존재만이 아주 중요하다고 생각하는 인간중심주의의 오만함을 슬퍼하고 있다.

서풍에 부치는 노래

이 송가는 「무질서의 가면 무도회」와 「1819년의 영국」 사이에 쓰여 져서 두 시가 보여주는 절망과 낙관이 혼합되어 있다. 셸리는 이 시에 대한 자주(自註)에서 다음과 같이 밝히고 있다. "이 시는 피렌체 근처 아르노 근교의 한 숲속에서 발상되어 대부분 그곳에서 쓰여졌다. 그날 은 폭풍우 같은 바람이 수증기를 모아 가을비를 뿌리고 있었다. 격렬한 태풍과 우박, 천둥과 번개를 수반한 그 가을비는 해 질 무렵부터 시작 되었다." 3연의 결미 부분에 암시된 현상은 박물학자들에게 잘 알려져 있다. 바다나 강, 호수 바닥에 분포하는 식물은 계절이 바뀜에 따라 육 지의 식물과 조응하며 바람에 의해 영향을 받는다.

이 시에는 정형시의 명쾌함과 감정의 직접성과 강렬성이 교묘하게 합치되어 있다. 여기서 서풍은 계절적인 재생의 힘이며, 또한 개인적 생활에 있어서도 자기희생, 심지어 자기파괴를 만드는 힘이다. 서풍은 또한 "아직 깨어나지 못한 대지"에 이상을 가져오는 정치적 희망을 의 미하고, 또 그 이상 — 열망과 창조 — 를 의미하기도 한다. 바람, 물, 나무, 구름, 하늘에 대한 셸리의 자세한 관찰은 과학적이고 동시에 신 화적이며 성경에 나오는 심상들과도 결합되어 있다. 이것들은 전체적으로 볼 때 고통과 절망을 통해 이룩된 초월적인 희망과 에너지를 불러일으키는 역할을 하고 있다. 결론 부분에서 볼 수 있듯이 시인은 영감과 변화의 동력인 서풍에게 자신의 메시지를 세상에 퍼뜨리는 힘을 새로 부여해줄 것과 서풍의 계절적 변화와 조응되는 도덕적·정치적 혁명을 위해 그의 시에 힘과 설득력을 지니게 해달라고 탄원하고 있다.

인도 소녀의 노래

이 시는 다른 제목인 「인디언 세레나데」 등으로 알려져왔다. 지난 여러 해 동안 셸리의 시에 적대적인 비평가들은 이 짧은 서정시를 셸리의 '감상적인' 시가의 예로 사용하였다. 그러나 1962년 하버드대 도서관에서 셸리 자신의 정확한 원고가 발견되어 이 시의 제목이 「인도 소녀의 노래」인 것으로 밝혀져 이 시가 순수한 극시로 평가받게 되었다.

사랑의 철학

시냇물은 강과 합쳐지고 강은 대양과 합쳐지고 바람들은 다른 바람들과 합쳐지고 '이 세상에 어느 것도 홀로 있지 않은데 왜 시인의 애인은 시인과 하나의 영혼 속에서 합치려 하지 않는가?' 그러나 이 시를 단순히 남녀간의 사랑의 시로만 볼 수 없을 것 같다. 이 시의 사랑이란 개념은 좀 더 큰 철학적·사회적인 원리로 볼 수 잇다. 셸리는 그의 『시의 옹호』 중 시의 사회적 기능을 논하는 자리에서 시의 정신을 사랑으로 보고 있다. 그리고 그 제1기능을 종합 또는 화합으로 보고 있다. 이 광의의 개념 속에서의 사랑은 시를 읽을 때 생기는 공감적인 상상력(sympathetic imagination)에 의해 촉발된다는 것이다. 즉 인간과 인간, 자연과 인간, 자연과 자연, 더 나아가서 우주와 지구 사이에 어떤 공감적인 유대가 형성되는 것을 말한다. 그렇게 되면 인간사회의 반목, 대립, 투쟁, 전쟁, 지배, 착취 등이 감소될 수 있을까?

해방된 프로메테우스

여기에서 시인의 철학적인 임무는 플라톤적이다. 시인은 "살아 있는 사람보다 더욱 진실한 형상들"과 "영원불멸의 자식들"인 현상 세계의 저 너머에 있는 초월적이며 초감각적인 이데아를 찾아내야 하는 것이다.

4막으로 된 이 서정시극은 이 시의 서론에서 논의된 사회개혁을 주도하는 시의 역할에 대한 기대와 사회개혁자로서의 시인 셸리의 열망과 모순들이 모두 나타난 신화극이며 정치우화이다. 셸리는 인간에게 불을 가져다준 프로메테우스와, 밀턴이 『실락원』에서 하나님을 압제자로 보고 사탄을 그에 대항하는 영웅으로 본 견해를 접목시키고 있다. 셸리의 극에서 프로메테우스는 악과 완고의 상징인 주피터에 의해 신에 대한 도전죄로 바위에 묶이게 된다. 그는 어머니인 대지의 지지와 자연의 정령인 그의 애인 아시아의 사랑에 의해 버티고 있다. 주피터는 원초적인 힘인 데모고르곤에 의해 전복되고, 프로메테우스는 힘의 상징인 헤라클레스에 의해 구속에서 벗어난다. 사랑의 주제가 뒤따른다. 왕좌, 제단, 감옥, 재판관석은 지나간 유물이 되고 모든 인간들은 평등하고 자유롭게 된다. 그러므로 이 시를 여러 가지로 해석할 수 있겠으나 그 중에서 가장 중요한 개념은 '해방'이다. 이 시극의 마지막 부분에서 데모고르곤의 연설 속에는 잔인한 신들과 야만적인 정치에 의해 삶에 부과된 조건들에 대한 확고하고 견인주의자적인 저항 철학이 잘 표현되어 있다. 데모고르곤에 의하면 '부드러움, 미덕, 지혜와 인내'(562행)만이 이것을 가능케 한다.

무질서의 가면 무도회

이 시는 1819년 8월 16일 맨체스터(Manchester)에서 있었던 '피털루 대학살' 소식을 듣고 분노해서 쓴 정치시이다. 한 무리의 술취한 기병대가 명령을 잘못 해석하여 의회 개혁안을 지지하며 평화적인 시위를 하던 남녀와 어린이들을 공격하였다. 당시 이탈리아에 있던 셸리는 이 소식을 듣고 "분노의 격류가 내 핏줄 속에서 아직도 끓어오르고 있다"고 말했을 정도로 분노에 차서 이 시를 쓰기 시작했다 한다. 분노로 급히 쓰여진 이 시는 대중들이 쉽게 읽을 수 있도록 민중 발라드 형식을 취했는데, 이러한 형식을 취함으로써 큰 힘과 초현실적인 효과를 내고 있다. 여기에서 "무질서"란 법의 지배를 받지 않는 독재를 가리키고 정부 지도자들을 무질서의 추종자와 동일시하고 있다. "가면"은 당시 영국 정치 지도자들 — 캐슬리, 엘든, 시드머스 — 의 화려한 행렬, 또는 가면무도회를 가리킨다. 셸리는 피털루의 대학살을 자본가들만을 보호하는 영국 정부의 참담한 압제의 상황으로 보고 이를 "무질서의 승리"라고 보고 있다. 이 시는 결국 자유에 대한 찬미로 끝나며 셸리는 노동자들의 대집회에서 비폭력적인 대중 정치 반대 시위를 탄원하고 있다. 셸리는 이 시의 원고를 『이그재미너(*Examiner*)』지의 편집자인 리 헌트(Leigh Hunt)에게 1819년 9월 23일에 보냈으나 정부의 처벌을 두려워한 출판사 측이 1832년까지 출판을 미루고 있었다. 그 후 이 시는 교육 수준이 높은 기층민중 독자들에게 직접적인 영향을 끼쳤으며, 이 시는 일종의 비폭력적인 저항을 위한 시위 찬가가 되었다.

미모사

미모사는 브라질 원산의 콩과 식물로 날이 어두워지거나 건드리면

잎이 오므라든다. 이 시에서는 양성체인 이 식물을 일상적 주제들에 대한 임기응변적인 환상으로 쓰고 있다. 이 시는 일반적으로 「초감각적인 미에 대한 찬가」와 관련지어 해석되는데, 그것은 이 환영의 세계 너머에 진실로 영원히 존재하는 플라톤적인 이데아에 대한 비전이다. 또한 우화의 형식을 취하고 있는 이 시에서, 인간은 미모사와 같은 역할을 한다. 미모사가 '친구가 없듯' 인간 또한 다른 창조물에서 소외되어 있다. 그런데 그 소외는 인간 자신이 지니고 있는 본성 때문이다. 환상과 무지의 세계에서는 인간의 오감과 이성이 제한되기 때문에 진리는 인간의 이해를 벗어난 단편적인 것이라고 암시되어 있다. 현상 세계에서의 선과 미는 너무 일시적이어서 인간의 열망을 지탱시켜줄 수 없다. 그러나 셸리는 제약된 인간의 감각과 이성을 최종적인 것으로 받아들이지 않고 선과 미가 궁극적으로 진리라는 가정을 주장하고 있다. 그러므로 이 시는 삶과 죽음이 모두 하나의 속임수라는 결론에 이르고 있다. 왜냐하면 삶은 실제의 그림자에 불과하며 죽음은 그 그림자에 불과하기 때문이다(그러나 이 시는 여러 갈래로 해석할 수 있다).

구름

이 시는 셸리의 위대한 자연시 편 중의 하나로 정교한 음악성으로 짜여져 있다. 이 시는 과학적 사실로부터 놀라운 시를 만들어내는 셸리의 끊임없는 능력 — 기계학과 신비학의 조화 — 의 좋은 예이다. 이 시는 과학자들이 'raincycle'이라고 부르는 현상을 고도의 시적 상상력으로 재해석한 것이다. 이 시의 일차적 의미는 구름의 다양한 상태를 묘사하는 구름의 자서전이다. 그러나 셸리에게 있어 구름은 인간 정신의 유추물로서, 이 시에서 인간 영혼의 생활주기와 암묵리에 비교되고 있다.

구름과 다른 상징적인 요소들 사이의 상호 관계는 인간 정신의 다양한 상태를 표현하고 있다. 예를 들어 3연의 태양과 구름의 상호작용은 태양빛이 가장 굴절되고 뒤틀린 때인 일출과 일몰에 일어나는데, 이것은 인간 정신이 신성한 창조에 의해 부분적으로, 그리고 불완전하게 빛나고 있음을 의미한다. 5연에서는 구름에서 보는 천체들의 왜곡된 모습을 보여주고 있다. 시의 끝 부분에 가서 구름은 자신을 "대지와 바다의 딸"인 동시에 "하늘이 소중히 길러낸 어린아이"라고 규정하고 있는데, 이것은 인간 정신이 근본적으로 지상의 것이고 제약되어 있으나 하늘의 창조적 에너지에 의해 고무됨을 알 수 있다. 구름이 또 "나는 … 변하네. 그러나 죽을 수는 없다네"라고 말한 것은 셸리가 신호를 통해 상상력이 지닌 창조력을 영구화하고, 그 신성한 에너지의 지상적인 현현들의 영속적인 제약을 그리려 한 것이리라.

종달새에게

이 시는 1820년 6월 말경 이탈리아 레그혼 근처에서 쓰였다. 기쁨의 본질인 플라톤적인 이데아를 상징하는 종달새는 세상일을 예언해주고, 시인과 예언자에게 영감을 불어넣는다. 종달새의 노래는 이상적인 삶의 본능적인 지식이며 완벽에 대한 인간의 열망을 충족시킬 수 있다. 시인의 생각도 종달새의 기쁨처럼 현실 세계를 초월한 것인데 인간의 본능적인 희망과 두려움을 보여줄 수 있을까? 종달새가 가져오는 완벽한 기쁨은 어떠한 인간적인 지식보다도 훌륭한, 시인이 바랄 수 있는 최고의 기쁨이 되는 것이다(그러나 중요한 것은 이 시가 시작될 때에는 종달새는 이미 시야에서 사라졌다는 사실이다. 종달새는 너무 높이 떠 보이지 않고 그 소리도 거의 들리지 않고 있다. 전 시편을 통해 셸리는 그가 본능적으로 느끼는 기쁨으로부터의 소외를 강조하고 있다).

셸리가 종달새에게 황홀해하는 것은 그 노래 속에 행복이 있기 때문이다. 그래서 셸리는 종달새의 노래를 행복의 상징으로 바꾸었다. 그러므로 이 시는 종달새에 관한 시라기보다 행복에 관한 시이다. 그렇다면 이 종달새의 노래에 나타난 행복의 근원은 무엇인가? 시인은 인간에게 지워진 고통, 번뇌, 사랑의 싫증을 알게 되고 증오, 자만, 두려움에 시련을 당한다. 과거를 벗어날 수 없고 현재는 괴롭고 미래는 불안하다. 인간의 웃음은 슬픔을 수반한다. 그러나 종달새는 이런 것들에 의해 번롱당하지 않는다. 행복이 종달새의 사랑스런 노래의 원천이다. 그러므로 만일 시인이 종달새의 "즐거움"의 반만이라도 가질 수 있다면 그는 세상 사람들을 행복하게 해줄 수 있는 시를 쓸 수 있으련만……

아레투사

이 시는 「아폴로의 노래」와 「판의 노래」와 더불어 아내인 메리가 무운시로 쓴 짧은 신화 극시 「프로세르피나」를 위해 쓴 것이다. 아레투사는 강의 신 알페이오스에 의해 대양 바다까지 추적당했던 님프였으나 아르테미스가 그녀를 시칠리아 근해 오르티기아섬의 하나의 샘으로 변하게 했다.

아폴로의 노래

이 시와 다음의 「판의 노래」는 그리스의 시인 오비디우스의 『변형』(11권 4화 5화)에서 왔다. 트몰로스산의 정령이 아폴로와 판의 음악 시합에 판결을 내리려는 순간에 미다스(Midas)가 그곳에 당도한다. 오비디우스의 작품에서는 음악 경연대회에서 판이 먼저 연주하고 아폴로가 뒤에 연주하여 그를 압도하는 것으로 되어 있으나, 셸리의 아내 메리가 이 순서를 바꾸어놓았다. 셸리는 이 두 편의 시를 통해 아폴로에게는 정적인 힘과 위엄(상당한 자기 만족과 더불어)을 특징으로 부여하고, 판에게는 하나의 비극을 향한 역사의 흐름(그래서 상당한 인간적인 연민과 함께)을 그 특징으로 보여주고 있다. 다시 말하면 셸리는 아폴로의 신성한 침착과 냉정에 자연 세계의 신인 판의 욕망, 상실과 환멸에 대한 인간적인 경험들을 대비시켜 표현하고 있다.

셸리는 앞서의 『해방된 프로메테우스』, 「서풍에 부치는 노래」, 「구름」 등 많은 시편 속에서 신화와 과학을 그의 상상력 속에 융합시키고 있다.

두 정령 : '하나의 우화' 중에서

이 시는 인간 운명에 대한 낙천주의적 견해와 비관주의적 견해와의 시적 대화이다. 제2정령은 무한한 욕망을 나타내고 제1정령은 한계를 나타내는 억압의 정령이다. 더 구체적으로 말하면 제2정령은 첫사랑이고, 제1정령은 첫사랑을 실패시키려고 하는 모든 세력들이다.

밤에게

1821년은 셸리에게 커다란 감정의 동요를 일으킨 해였다. 그는 에밀리아 비비아니라는 젊은 이탈리아 처녀와 열렬한 사랑에 빠져 있었다. 이 일로 인해 아내 메리와의 사이에는 불편한 긴장 상태가 계속되었다. 에밀리아가 9월에 결혼하여 떠나버리자 셸리는 심한 환멸과 병적인 정적 속에 빠졌다(비비아니를 이상화한 시 「에피사이키디언」 참조). 이 시는 특히 「탄식」과 분위기가 비슷한데 우울과 일종의 체념이 서려 있다. 그러나 1818년 12월에 쓴 「절망 속에서 쓴 시」와 같이 죽음에 대한 충동은 보이지 않고 다만 병적인 기분만이 나타나 있다.

셸리는 밤에서 피난처를 구한다. 밤에는 세상 사람들과 관계를 끊고 자신만의 사색과 독서를 할 수 있기 때문일까? 또는 자신의 불만족스러운 생활에서 오는 절망과 어두운 상념들을 정리할 시간이 필요해서일까? 셸리에게 있어 밤과 어둠은 낮과 대비되어 원초적인 힘과 시적 상상력에 대한 계시의 상징이었다.

시간

여기서는 시간을 해변가로 파산물들을 토해 올려내는 깊이를 잴 수 없는 대양과 비교하고 있다. 시간은 대양과 같이 우리 인간을 배반하고야 만다.

노래 : "오실 듯 오실 듯 그대 오시지 않는군요"

이 서정시는 말기에 쓴 시 중의 하나로 경쾌함과 우아함, 그리고 기저에 깔린 우울한 음조가 특색이다. 이 시에는 고통에서 벗어나 기쁨을 불러내려고 하고 있다 — 슬픔을 끝내려는 욕망을 암시하는 것일까? 그러나 「나폴리 근처에서 실의에 빠져 쓴 시련」과는 달리 자기 연민이 과대하게 나타나지는 않고 있다. 셸리는 이 시를 통해 계절에 대한 정확한 묘사와 고독의 선택, 마음을 같이하는 몇 안 되는 친구들과의 친교 등을 나타내고 있다. 음조와 섬세한 기교의 승리를 보여주는 이 시는 부드럽고 해학적인 셸리의 성격을 잘 나타내주고 있다.

오늘 미소 짓는 꽃은

이 시에서는 인생의 덧없음이 구체적 또는 추상적 이미지 속에서 발전되고 있다. 또한 비교적 단순한 시어의 사용으로 주제와 제재의 보편성을 강조해주고 있다. 첫행의 꽃은 인간이 소망, 미덕, 우정, 사랑 등에 대한 추상적 의미를 나타낸다. 마지막 연은 자연의 구체적 이미지로 되돌아오고 있다. 이 시는 우리에게 인간 세계의 영원성의 결여를 탄식하게 만든다 (시 「무상」 참조).

소네트 : 정치적 위대성

이 소네트의 또 다른 제목은 「베네벤토 공화국에게」이다. 셸리는 시스몽디(Jean Charles Léonard de Sismondi)의 저서인 『중세의 이탈리아 공화국 역사(History of the Italian Republics in the Middle Ages)』에서 찬미된 중세 이탈리아 공동 자치구의 부활에 관심을 가졌다. 이탈리아인들은 1820년 7월에, 민중 반란을 반대하는 시칠리아의 왕 부르봉 페르디난드를 나폴리의 절대통치의 권좌로부터 축출하였다. 그후 나폴리 북동쪽에 있던 베네벤토시는 잠시나마 '공화국'을 수립했다. 그러나 곧 이 혁명적인 운동은 1821년 봄 오스트리아 군대에 의해 궤멸되었다.

-에게 : "정열의 황홀감이 흘러간 후"

이 시는 아내 메리와의 불화의 소원해진 관계를 강하게 암시하고 있다. 셸리는 '정열의 황홀감'의 짧은 순간에 일어나는 '부드러움'과 '진리'의 순간적인 재현에 관한 문제에 관심을 가지고 있었다.

에피사이키디언

이 시에서 셸리는 일생 동안 추구한 미의 영원한 영상에 대한 현실적인 여러 여인들 — 아내, 정부, 여자 친구 등 — 을 등장시키고 있다. 해리엇 웨스트브룩, 메리 셸리, 클레어 클레어먼트, 그리고 에밀리아 비비아니를 위한 시이다. 이 작품은 페트라르카와 단테의 전통에 따른 연가이나 플라토닉 러브와 열정적인 사랑을 노래한 시이다. 이 시는 에밀리아에게 "천국의 폐허처럼 아름다운 이오니아 하늘 아래 한 작은 섬"으로 사랑의 도피 행각을 권유하는 것으로 끝나고 있다. 이 시에는 통상적인 결혼을 "기나긴 여행"으로 규정하여 비난하고 "자유스러운" 또는 "진실한" 사랑(148~173행)을 노래하고 있다. 이 시는 또한 부분적으로 시적 창조 과정에 대한 문제를 다루고 있다. 이 시는 셸리의 가장 독창적이고 가장 열광적인 시이다. 이 시의 주제는 자유연애의 필요성이다. 그러나 셸리는 사랑은 결국 사회나 개인의 억압에 의해서가 아니라 인간 조건을 치유할 수 없게 하고 어둡게 하는 것은 타인과의 소외라고 말하고 있다. 여기에 수록된 부분은 결혼의 제약성에 대한 신랄한 비판이다. 셸리의 여성 편력은 악명 높다. 그러나 이 시에서 볼 수 있듯이 그의 편력은 단테의 『신생』에 나오는 베아트리체와 같은 일종의 구원의 여성을 찾아 헤매는 정신적인 역정이리라(이 시에서도 셸리는 에밀리아를 베아트리체로 만들어 더 고양되고 더 비전적인 존재로 향하는 안내자로 삼고자 하고 있다). 그러므로 셸리의 여성 편력을 지나치게 해석하여 부도덕하다든지 난잡하다고만 보기는 어렵다. 괴테가 『파우스트』 결론 부분에서 영원히 여성적인 것만이 인류를 구원한다고 갈파했듯이 셸리의 시편에서 여성적인 면이 적지 않은 것도 이러한 사실과 무관하지 않을 것이다.

아도나이스

이 시는 존 키츠가 죽고(1821.2.23) 4개월 후인 6월에 쓰여졌다. 셸리 자신은 이 시를 "최고로 공을 들인 작품"이며 "내 작품 중 가장 완벽한 것"이라고 말했다. 후일 많은 시인과 비평가들도 대체로 이 말에 동의하고 있다. 그 시적 기술 및 전원 비가(Pastoral Elegy)로서의 전통 속의 위치, 주제 등이 이 시를 셸리의 장시 중 가장 널리 알려진 시로 만들었다. 이 시에서 셸리는 키츠의 고통을 자신의 것과 강렬하게 연계시키고 있다. 셸리는 런던에서 키츠를 간간이 만나 그의 친구가 되기를 원했으나 잘 알지는 못했다. 밀턴의 '리시더스'처럼 아도나이스란 인물은 초상화라기보다 하나의 상징이다. 셸리는 키츠가 위대한 시인이 될 수 있었으나 비평가들의 혹평으로 인해 죽게 되었다고 잘못 생각하고 있었다.

아도나이스는 비너스에게 사랑받았으나 야생 산돼지에게 죽임을 당한 미소년 아도니스이다. 또는 유대의 신비주의적인 카발라 문학에서 중요한 의미를 지닌 아도나이(Lord)를 가리킬 수도 있다. 이 시의 클라이맥스는 39연 1행의 "안심하라, 평안하라! 그는 죽지 않았다오, 잠자지 않는다오"로 시작되어 죽은 키츠가 신격화되는 44연까지 계속된다. 이 부분은 처음에는 애도와 탄식이 주를 이루고("나는 아도나이스를 위해 눈물 흘리네 ─ 그가 죽었다오!") 결론 부분에 이르면 아도나이스가 영원한 삶을 획득했다는 기쁜 인식 사이의 결정적인 전환을 보여준다. 클라이맥스에서 언제나 영혼의 구원이 암시되는 기독교적인 비가와는 달리 무신론자인 셸리는 자연 종교의 입장에서 죽음이라는 사실을 받아들이나 우주의 영원한 아름다움 속에서 신플라톤적인 부활의 형태로서의 영혼 불멸을 노래하고 있다. 즉 죽은 영혼이 천국으로 올라

가는 대신 살아 있는 이 지상 세계에 퍼지게 된다(42연. '그는 자연과 하나가 되었다', '그는 어둠과 빛 속에서도 알 수 있는 존재이다').

이런 면에서 이 비가는 기독교적이 아니고 이교적인 범신론에 가깝다. 이 부분은 (39~44연) 이 시의 철학과 정서의 핵심을 구성한다. 죽은 젊은 시인이 자연의 삶 속에 참여하게 됐음을 강조함으로써 기쁨을 고양시켜주고 있다.

헬라스 : 합창곡

1820년 12월에 셸리가(家)는 피사에 망명해 살고 있던 일군의 그리스 귀족들을 사귀고 있었다. 지난 수세기 동안 터키의 지배를 받아오던 그리스가 1821년 4월 터키에 반기를 들고 독립을 선언했다. 마브로코르다토(Mavrocordato)가 독립전쟁에 참가하기 위해 그리스로 떠났다. 여기에 수록된 세 편의 서정시는 셸리가 그리스의 독립투쟁을 기리기 위해 쓴 서재극(공연보다 읽기 위한 극)「헬라스」에서 합창으로 불려지는 노래이다. 세 번째 서정시는 이 극을 결론 짓고 있다. 셸리는 비전적인 인물들 — 예수, 마호메트, 유랑하는 유태인 아하수에로스와 마호메트 2세 — 을 등장시켜 역사의 윤회 철학을 탐구하고 있다. 이 시극의 서문은 유럽에서의 정치적 자유에 대한 그의 마지막 탄원이며 영어로 된 그리스 애호 사상의 고전이다.]

마지막 합창인 「세계의 위대한 시대」는 서정적 단순성과 사상과 감정의 화합을 보여준다. 이러한 시대정신 속에서 시인은 정치적인 자유를 위한 예언가와 열광자의 역할을 가지게 되는 동시에 마술적·범신론적 과거와 떠나간 영광에 대한 감각과 그의 비전이 실제로 이루어지지 않음을 인식하는 인간적인 절망을 표현하고 있다.

제인에게 : 회상

셸리가 죽던 해인 1822년 2월에 쓰여진 시이다. 셸리는 그 이전 해에 피사로 온 제인에게 강렬한 사랑을 느꼈다. 어느날 셸리는 제인과 아내 메리와 함께 갔던 바다가 가까운 소나무 숲으로의 산책을 회상하고 있다. 날은 밝고 주위는 고요하며 사랑하는 이 옆에 있으니 황홀하지 않을 수 없다. 나무숲 사이의 못 속에는 하늘이 반사되어 사랑에 대한 그의 감정과 연관된 완벽한 일치를 이루고 있다.

자연과 제인이 함께 만들어내는 이 황홀경 속에서 셸리는 그가 일상 생활에서 경험하는 것보다 더욱 풍요롭고 만족스러운 차원을 감지하게 된다. 그러나 가볍고 갑작스런 바람으로 지워져버렸듯이 이러한 진귀한 경험은 순간적이고 쉽게 사라져버린다. 지성적인 아내 메리와는 달리 제인은 태풍 속에서 구상화된 평화의 정령으로 음악적이며 공감 어린 경청자였다. 셸리의 감정은 경탄에서 사랑으로 변해갔다. 그러나 그녀는 남편에게 헌신적이었으므로 그것은 이룰 수 없는 사랑이었다. 이 시는 낭만주의 시의 특질들 — 개인적인 감정의 집중, 내면의 감정과 풍경의 동일시, 자연 속의 혼령의 감지 등 — 을 모두 지니고 있다. 그들 발 아래 있는 바다와 소나무 숲과 꽃들에 대한 서경적인 묘사는 두 연인의 변화하는 기분과 밀접하게 관련되어 있다. 이 시는 셸리의 시 중 서정적 기교의 극치를 이룬 작품이다.

제인에게 : 초대

에드워드 윌리엄스와 그의 내연의 처인 제인은 1821년 초에 피사에 왔다. 제인에게 강하게 이끌린 셸리는 그들과 함께 있는 것을 좋아하여 1822년 4월에는 그들을 그의 집으로 이사시켰다. 이 야외의 소요로의 초대는 셸리의 우아함과 세련성을 예증해주고 있다. 이 시는 고전주의 시대의 운문 서한시의 전통에 따라 쓰여졌다.

기타와 함께, 제인에게

셸리는 제인 윌리엄스를 위해 이탈리아산 기타를 구입하여 세련된 이 시와 함께 선물로 보냈다.

제인에게 : "총명한 별들이 반짝거리네"

이 시는 제인이 밤에 기타 연주하는 모습을 그린 것이다. 셸리는 그녀의 노래가 기타에 어떻게 생명을 불어넣는지 노래하고 있다. 그녀의 노래는 또한 좀 더 이상적인 세계로 셸리의 눈을 열어준다. 셸리는 음악과 달빛과 감정이 한데 어우러진 조화의 세계는 인간인 제인의 사랑스러운 목소리에 의해서만 불러낼 수 있다고 주장한다. 그러한 상상적인 감정을 불러내지 않는다면 기타의 튕기는 음조는 별들의 반짝이는 빛처럼 공허하고 감정 없는 것이 되고 만다.

이 시는 긴 시행들의 억양 없는 음절들이 빚어내는 경쾌한 효과와 아주 짧은 시행들의 느린 움직임이 이 시의 표현과 변화를 암시하고 있고 기타 음악의 특징을 강조하고 있다.

레리치만에서 쓴 시행

이 시는 1822년 셸리가 죽기 2~3주 전인 6월 후반부에 쓰여진 시로 제인 윌리엄스 시편 중의 하나이다. 셸리는 제인 윌리엄스가 어느 날 밤 방문한 것을 추억하고 있다. 그녀가 떠난 후 얼마간 즐거운 기분이었으나 얼마 후에 의심이 찾아든다. 그는 만에서 배들이 떠나가는 것을 바라보며 환상 속에서 그 배들이 저 세상으로 건너갈 수 있다고 상상한다. 같은 시기에 쓰여진 다른 시들과 마찬가지로 감미로움과 쓰디쓴 체념이 혼합된 분위기를 자아내고 있다. 셸리는 즐거운 감각들만으로는 충분치 않으며 인간의 즐거움은 언제나 슬픈 여운을 남긴다고 보고 있다. 그리고 평화와 완성감도 소속감도 그에게는 오래 계속될 수 없다고 말하고 있다. 물고기는 램프불의 유혹에 빠져 어부에게 잡혀 죽는다. 셸리는 자신이 병에 걸린 것으로 생각하고 비록 그가 안도의 꿈을 꾸고 제인을 치유자와 수호 천사로 그리고 있지만 그가 시의 첫부분에서 달을 '아름다운 유혹자'라고 부르는 것은 인간들이 불변성(항구성)을 추구하는 속에서 불행의 유혹에 빠져버린다는 것을 암시하는 것이다. 이 시에서 표출된 고통은 작가가 알바트로스 새와 같은 달의 심상들과 요정이 나오는 배들과 저녁의 고요한 즐거움들에 의해 균형을 이루고 있다.

이 시는 긴장과 이완이 반복되어 — 셸리의 마음이 현재 상황과 추억 사이, 즉 현재 그가 가진 것과 그가 그리워하는 것 사이를 오가듯이 — 시 전체가 하나의 명상적이고 대화적인 특질을 가진다.

시의 옹호

셸리가 이 대표적 낭만주의 시론인 『시의 옹호』를 쓰게 된 동기는 당시 T. L. 피콕(1785~1866)이라는 평론가가 약간은 희화적으로 써낸 소책자 『시의 네 시대』(1920)를 반박하기 위함이었다. 피콕은 19세기 초 당시 영국 문단의 극단적 낭만주의, 감상주의, 정서주의, 막연한 형이상학에 반대해 이성(理性)을 주장하며 "시란 퇴락하는 가치와 사회적 유용성에 대한 원시적 관습 행위"라고 당대 낭만주의 문학을 시대에 반동적인 것으로 비판했다. 이에 의분을 느낀 셸리는 열정적으로 시를 옹호하고 시인들을 변호하는 작업을 완성하였다.

셸리는 1821년에 썼으나 사후 1840년에 출간된 『시의 옹호』 첫 부분에서 인간의 내면에 들어 있는 시적 능력을 역설하면서 사회에 대한 시의 사회적, 역사적 영향력을 논한 다음 마지막으로 예술에 대한 그의 신념을 열정적으로 토로한다. 셸리는 시란 모든 형태의 질서와 미를 표현하고 있고, 시인은 "영원하고, 무한하고, 거대한 하나"에 관여하나 논리나 이성을 통해서가 아니라 영감을 통해서 그렇게 한다고 역설한다. "상상력"은 분석적이고 공간적이고 양적인 특징을 지닌 "이성"과 달리 인간 경험의 가장 가치 있고 진실한 모든 것을 질적으로 전체적 보편적 형태로 드러내준다는 것이다. 그리고 상상력이 질서와 미의 보편적 법칙을 인식할 수 있게 하고 독자에게 전달할 수 있게 한다고 믿었던 셸리는 시인을 "이 세상에서 선출되지 않은 입법자"라고 선언한다.

셸리는 원래 이 옹호론을 더 길게 쓸 계획이었다. 현재 남아 있는 부분은 제1부이고 제2부에서는 제1부에서 제시된 원리들을 적용하는 문제를 논하고자 했으나 갑자기 죽는 바람에 미완성으로 남았다. 또한 『시의 옹호』는 크게 보아 첫 부분과 뒷부분은 시의 원론적 논의지만 많은 분량을 차지하는 중간 부분은 유럽 시문학의 역사에 관한 비교적 긴 논의이다. 그리스, 로마 등 서양의 고전문학에 익숙지 못한 한국 독자들에게는 간혹 지루하고 난삽하게 느껴질 수도 있을 것이나 번역자는 주요 부분만 발췌하지 않고 전문을 소개하고자 한다. 그리고 원문에 없는 소제목을 독자들의 편의를 위해 달았다. 아무쪼록 이 작은 작업이 21세기 국내 문단에 서정과 혁명의 천재 시인 셸리를 다시 읽고 재평가하는 기회가 되기를 바란다.

『시의 옹호』 중 앞부분에서 셸리는 주로 극문학에 관한 논의를 이어 간다. 먼저 시의 사회적 기능과 효용에 관해 비교적 상세한 설명에서 셸리는 기쁨과 지혜를 주는 시의 상상력이 도덕적 선에 다가갈 수 있는 위대한 도구라고 언명한다. 셸리는 일찍부터 그리스극에 큰 관심을 가 졌고 특히 극 중의 코러스(합창)를 효과적으로 사용하는 그리스 비극의 형식과 효과에 주목했다. 초기에 순수 서정시와 명상시를 주로 지었던 셸리의 짧은 생애 중 후기 문학 창작의 궁극적 목표는 그리스풍의 시극 (poetic drama)을 쓰는 것이었다. 단순한 시나 극보다 시와 극이 결합할 때 극적 효과가 가장 극대화된다고 보았기 때문이다.

셸리가 현대 서양극 중 가장 탁월한 희곡으로 평가한 셰익스피어의 『리어 왕』도 시로 쓰였다. 셰익스피어가 살던 엘리자베스 시대는 극이 주요 문학 장르였고 모든 극이 오늘날과 달리 대부분 시로 쓰였다. 이 를 따라 셸리도 불같은 열정을 가지고 1820년 『해방된 프로메테우스』 와 『첸치가의 비극』이라는 탁월한 시극을 남겼다(20세기 초중반 영어 권 최고의 모더니즘 시인 T. S. 엘리엇이 그의 문학적 생의 후기에 시 극 창작에 몰두했던 것도 같은 맥락이었으리라).

셸리는 또한 그리스 문학과 로마 문학에 관한 해박한 지식과 명민한 감식력을 보였다. 19세기 낭만주의 시대 유럽은 서양 문화(문학, 예술, 철학 등)의 뿌리인 고대 그리스에 대한 열풍에 휩싸여 있었다. 신플라 톤주의자이기도 했던 셸리는 플라톤의 『향연』을 그리스어에서 영어로 번역 출간했을 정도로 그리스주의자였다. 셸리는 살아서 그리스를 직 접 방문하지는 않았지만 1818년 영국을 떠나 30세에 죽을 때까지 고대 그리스 문화의 후계자인 로마 제국의 땅 이탈리아의 여러 곳을 옮겨 다니며 그리스를 자신의 마지막 문학적 영감의 근원지, 나아가 자신의 영혼 거처로 삼았다. 이 밖에도 셸리는 이 글에서 자신이 살던 19세기 초 낭만주의 시대 이전인 영국의 왕정복고기와 18세기 시대(1660~1798) 문학 중 특히 퇴폐적이고 음란한 왕정복고기 희극에 대해 날카로운 비판적 시각을 보여준다.

셸리는 서구 시 역사의 맥락 안에서 시가 사회에 끼치는 영향을 폭넓게 논의한다. 중세유럽 문학의 발흥을 기독교 및 기사도 제도와 연결하여 논의하며 유대교 전통에서 나온 고대 그리스 특히 플라톤의 영향을 말한다. 예수 그리스도는 고대 시와 지혜의 교리들을 신비스럽게 그러나 분명하게 드러냈다는 것이다. 셸리는 11세기 이후 유럽에서 시작된 노예와 여성의 일부 해방 역시 기독교 영향이라고 지적한다.

가정에 속박되었던 여자들의 지위가 상승하면서 12~3세기 중세 유럽 이탈리아의 페트라르카와 단테를 중심으로 연애시가 시작되었다. 구원의 여성 베아트리체가 나오는 단테의『신곡』「천국」편을 최고의 사랑시로 평가한 셸리는 서양 문학사에서 최고의 기독교 문학으로 여겨지는『신곡』과『실락원』을 볼 때 시인의 시적 교리와 일반 신도의 교리가 다르다고 말한다.『신곡』의 이교도는 천국에 들어가고『실락원』의 사탄은 영웅으로 등장한다.

셸리는 나아가 서구 문학 전통의 다양한 시인 중 진정한 서사시인으로 호메로스, 단테, 밀턴을 꼽는다. 영문학의 아버지로 간주하는 중세 영국 시인 제프리 초서의 뿌리가 르네상스 시대의 이탈리아임을 밝힌 셸리는『시의 옹호』의 본 주제가 지금까지 서구 시의 비평사적 논의와 시의 사회적 효용 논의로 빠졌다며 시의 옹호 문제로 되돌아가자고 말한다. 셸리는 도구적 이성주의자들이 주장하는 시의 유용성 문제점을 지적하여, 도구적 이성주의자들인 과학자나 정치 경제학자를 따르면 사회적 정의가 오히려 역방향으로 흘러간다고 비판한다. 예를 들어 초기 자본주의와 산업주의 사회로 진입한 19세기 초 영국은 '부익부 빈익빈' 문제가 더 악화하였다.

셸리는 다음 주제로 시의 즐거움 문제를 제기하며 정의 내리기의 어려움을 토로한다. 가령 비극에서 아리스토텔레스식으로 "연민"과 "공포"의 고통스럽고 슬픈 순간을 거쳐 "카타르시스"라는 즐거움으로 나아가는 것은 어떤 의미에서 역설이나 시에는 사랑과 우정이 주는 즐거움, 자연이 주는 황홀감, 시 창작의 기쁨 등 전적으로 순수한 즐거움도 있다고 했다.

셸리는 다시 19세기 과학 중심주의와 분석적 이성의 한계를 지적하며 상상력에 뿌리를 두는 시의 가능성과 중요성을 언급한다. 만약 인류에게 호메로스, 단테, 보카치오, 초서, 셰익스피어, 칼데론, 밀턴 등의 시인뿐만 아니라 서구의 예술 전통이 없었다면 오늘날의 인간 정신은 어떻게 되었겠느냐고 반문하며 셸리는 근대 이후 시의 상상력의 가치를 깎아내리고 분석적 이성만을 강조하는 당대의 서양 시대정신에 강력하게 맞선다.

셸리는 물론 과학이나 근대학문을 모두 거부하는 반동적 지식인은 결코 아니다. 그는 다만 인간 능력의 두 개의 원동력 "이성"과 "상상력"에서 시적 상상력은 무시하고 도구적 이성을 우위에 두는 불균형한 상황을 비판하여 광정하고자 하는 것이다. 셸리는 문학적 상상력의 복원과 활성화를 통해 근대 인간의 도덕적 감수성과 사회적 정의를 다시 일깨워 역동적으로 작동되기를 강력히 희망했다.

서구 낭만주의 시론의 대표작 셸리의 『시의 옹호』 마지막 부분은 결론에 해당한다. 셸리는 이 옹호론을 쓰기 시작한 1820년 이전 18세기 산업혁명을 거치고 자본주의 체제에 들어선 영국의 정치, 경제, 사상 풍토에 대해 논의한다. 당시 영국은 과학적 경제적 지식의 축적으로 많은 재화와 부는 증가시켰으나 그것을 사회 전 계층에 공정하게 분배하는 데는 실패했다는 것이다. 다시 말해 인간의 계산하는 이성적 능력은 뛰어났지만, 성찰과 지혜를 주는 시적 능력이 위축되었다.

셸리가 보기에 19세기 초 영국은 이미 소화할 수 있는 것보다 더 많은 것을 먹고 있는 셈이었다. 국민의 노동시간을 단축하고 집약하는 데 어느 정도 성공했으나 '부익부 빈익빈'이라는 불평등을 완화하는 데 실패했다. 결국, 돈의 신이 시의 신을 지배하는 형국이 되었다.

셸리에 따르면 이런 타산적 시대 상황에는 지식과 즐거움, 미와 선을 창조하는 시가 바야흐로 필수불가결한 해독제가 되어야 하고, 인간 문화의 총합이며 절정인 시가 모든 사상과 학문의 중심이 되어야 한다는 것이다. 지금까지 인간 문명을 지탱해오던 다양한 도덕적 가치들이나 미적 가치들이 시를 통해 부활해야 한다. 셸리의 몇 가지 핵심적 시 사상을 요약 정리해보자.

시인은 의식적 노력과 사전 계획으로 "시를 짓는다"라고 말할 수 없다고 셸리는 생각한다. 시인의 무의식에서 태어나는 시 창작을 태아가 어머니 자궁 속에서 자라나는 과정에 비유한 셸리는 낭만주의 시대의 대표적 창작관의 하나인 윌리엄 워즈워스의 "회상 속에 남겨진 감정들의 갑작스러운 흘러넘침"을 믿었다. 셸리는 18세기 문학 이론인 '모방론'에 입각한 제작으로서의 시 창작론을 거부하고 시의 생성은 식물처럼 자연스럽게 자라는 것이지 훈련과 노력에 의해 기계적으로 창조되는 것이 아니라고 말했다. 시적 창조란 천재적 시인의 독창적 비전의 순간에 거의 무의식적으로 발현되는 것이라는 낭만주의 시론에 입각한 것이다. 시 창작은 이렇게 "이 세상에서 최상의, 그리고 가장 아름다운 모든 것을 영생불멸의 존재"로 만드는 작업으로, 이렇게 창작된 시는 신성한 비전으로 장막에 가려진 세계를 벗겨내고 재창조함으로 세속화되고 황량한 세상에서 우리에게 기쁨과 아름다움을 준다. 이러한 셸리의 시론의 핵심은 영감설을 주장했던 플라톤의 영향이다. 셸리는 서구 낭만주의 시대 가장 충실한 플라톤주의자였다.

셸리는 시인을 시대와 민중을 위한 현명하고 선량한 사람으로 추대한다. 물론 시인 중 비난받아 마땅한 사람들이 더러 있기는 해도 그들의 잘못은 사소한 것이며 시인들을 무조건 훼평할 때에는 자기 자신을 돌아보고 과연 돌을 던질 자격이 있는지 자신에게 먼저 물어보라고 권고한다. 시인은 보통 사람과 다른 탁월한 상상력과 고매한 감수성을 가지고 있지만, 영감이 떠오르지 않을 때도 많다. 이때에는 시인도 보통 사람들처럼 지낼 수밖에 없다. 플라톤주의자인 셸리는 여기에서 플라톤의 '영감설'을 주장한다. 따라서 함부로 시인을 비난하기 전에 옳은 시인과 못난 시인을 엄하게 구별하는 엄정한 판단력이 앞서야 한다고 지적한다. 셸리의 이러한 시인 옹호는 1820년대 토머스 러브 피콕에 의해 시인들이 "오용의 무리"라며 자연과학이 발전하고 풍요로운 산업사회와 민주시민 사회에서 시인은 더는 존재가치가 없다고 무시했던 생각을 강력히 거부한 것이다. 셸리는 오히려 도덕과 윤리가 흔들리고 미와 선이 없는 황폐하고 비루한 시대일수록 시인은 더욱더 필요한 존재라고 주장한다. 거의 200년 전에 셸리가 주장한 이러한 문학사상은 오늘날에도 그대로 적용된다고 하겠다.

마지막으로 셸리는『시의 옹호』결론 부분에서 "시인은 이 세상에서 선출되지 않은 입법자"라고 선언한다. 그 이유는 무엇일까? 현대사회, 즉 시의 기능과 역할이 점점 축소되고 있는 자본주의 시대에는 상상력과 창조력이 넘치고 정의와 사랑으로 유지되는 사회를 만들기 위해 오히려 시의 계발이 절실히 필요하다고 셸리는 역설한다. 낭만주의 시대라는 용어는 셸리가 죽은 후대에 부여된 명칭이지만 셸리의 시와 시인 옹호론은 낭만주의 문학관의 정수다. 시인은 부정과 부패의 인간사회라는 전쟁터에서 올바른 방향으로 힘차게 전진하게 하는 나팔수다. 시인들은 공감하고 정의로운 사회 구현을 위한 여러 가지 사상과 제도를 만들어내는 모든 사회의 입법자들이다. 다만 대중 선거를 통한 투표로 선출되지 않은 의미에서만 '인정받지 않은' 입법자일 뿐이다.

셸리는 근대사회에서 시인의 역할과 기능을 그 누구보다 확실하게 주장한다. 원래 본격적으로 3부로 나누어 쓸 계획을 세웠던 이 옹호론을 셸리가 30세라는 젊은 나이에 불의의 익사 사고로 죽는 바람에 완성하지 못한 것은 매우 아쉽다. 하지만 셸리가 우리에게 남긴 이 글에 시에 대한 그의 핵심 사상이 대부분 들어 있다는 믿음에서 약간의 위안을 받을 수 있으리라! 나아가 바로 이것이 21세기 초반에 '셸리의 유령'을 제도전화된 한국 문단에 다시 불러내야 하는 이유이다.

정정호

초월과 혁명의 대화적 상상력

시작하며 : 21세기에 우리는 왜 셸리를 읽어야 하나?

우리는 영국 낭만주의의 대표적 시인인 퍼시 비시 셸리(Percy Bysshe Shelley)의 짧은 서정시편과는 비교적 친숙해 있다. 그러나 별로 잘 읽혀지지 않고 있는 장시나 시극(詩劇)들을 접하게 되면 이내 방향 감각을 잃고 만다. 그 이유는 무엇인가? 셸리의 감수성과 우리의 감수성에 어떤 간극이 있는 것인가? 셸리는 단지 효험 없는 서정시인인가? 알 수 없는 철학시인가? 과격한 사회혁명시인인가? 그의 생애와 사상을 타작(打作)해보면 아니 '해체'해본다면 어떻게 될까? 그의 시를 균형 있게 이해하기 위해서는 무슨 일을 할 것인가? 19세기 초반에 영국에서 살다 간 셸리와 21세기 초 한국에서 살고 있는 우리와 어떤 맥락이 형성될 수 있을까? 200년의 시간을 넘어 셸리에게서 우리가 배울 것이 있을까? 있다면 무엇인가?

현대의 저명한 영국 시인으로 한국을 방문한 바 있는 스티븐 스펜더(Stephen Spender)는 셸리에 대해 다음과 같이 평가한다.

오늘날 우리들의 문제는 ─ 셸리의 천재성의 빛을 이용하는 데 있다. 왜냐하면 그는 예언적인 시인 ─ 혁명적일 뿐 아니라 비전적인 ─ 이었으며 서정성에 지성적인 힘과 강렬성을 통합한 드문 시인에 속하기 때문이다. 현대 시인들이 그에게서 배울 수 있는 것들이 아직도 많다. 특히 철학적, 과학적, 그리고 정치적 사상들을 이해하기 쉬운 심상으로 환치시키는 능력은 꼭 배워야 할 점이다. 여기에서 그는 『파우스트』 2부의 괴테 ─ 자신의 모든 박식함을 위대한 장인의 기교와 시 속으로 퍼부었던 ─ 와 그의 시대의 사회적 악덕들을 예리하게 폭로하는 보들레르와의 중간 위치에 서 있다.

셸리에 대한 오해와 편견을 걷어내기

셸리의 시는 19세기 초 이래로 오늘날까지 그리 널리 읽혀지지 않았다. 그의 시대는 물론 그가 죽은 직후인 빅토리아 시대에는 치유되기 어려운 낙관주의, 위선적 도덕주의, 물질주의가 팽배했기 때문에 셸리의 시와 생애는 환영받을 수가 없었다. 셸리의 무신론, 문란하게 보인 사생활, 철학적 이상주의와 혁명적인 정치사상 등이 그 이유였을까?

19세기 중반에는 일부 노동자 계급이 그의 독자층을 차지하고 있었다. 1837년부터 1848년 사이에 영국에서는 노동자 정치운동인 '차티스트 운동'이 일어났다. 그것은 1832년 의회에서 통과된 선거법 개정이 주로 중산층의 정치적 신장을 위한 것이었으므로 이에 불만을 품은 노동자 계급이 일으킨 정치운동이었다(이 운동은 완전 실패로 돌아갔지만 후일, 즉 1860년과 1914년의 여성과 노동자 계급을 위한 대폭적인 선거법 개정에 중요한 기폭제가 되었다).

1850년에 찰스 킹슬리(Charles Kingsley)란 소설가가 사회 부조리를 다룬 『알턴 로크(*Alton Locke*)』라는 소설을 발표했다. 이 소설의 주인공은 노동자 구락부에서 행한 강연에서 귀족 계급 출신이며 일류 학교(명문 이튼 칼리지 졸업, 옥스퍼드대학 중퇴) 출신인 셸리를 "태생이나 교육이 사회악에 대해 눈감게 만들지 않고 고통받는 다수를 위해 출신에서 오는 자부심을 팽개쳐버리고 기층 민중들의 대의를 위해 추방자가 된 진정으로 고귀한 인간"으로 칭송하고 있다.

그 후 런던의 영국국립도서관(대영박물관에 있다가 독립되었다)에서 『자본론』의 일부를 집필하기 시작한 카를 마르크스(Karl Marx) 같은 사람도 셸리를 사회주의 천년왕국의 선구자로 간주하였다. 그 후 금세기에 들어와 최후의 급진적 문인이라 할 수 있는 조지 버나드 쇼(George Bernard Shaw)도 셸리를 사화집에서 새처럼 단순히 노래만 부르는 서정 시인이 아니라 사상의 시인으로 파악하고 있다. 그 자신도 셸리를 따라 철학적 무정부주의자와 채식주의자의 길을 걸었다.

1922년 「황무지(The Waste Land)」라는 시를 발표함으로써 20세기(적어도 전반부에는) 영미시, 아니 세계 시단에 결정적 영향을 끼친 바 있는 T. S. 엘리엇은 「셸리와 키츠」라는 논문에서 셸리의 "추상적 사상들을 감성적으로 이해하는 특이한 능력"을 인정하면서도 셸리를 "유머가 없고, 잘난 체하고, 자기중심적이고, 제멋대로"라고 혹평하였다. 그렇다면 어찌하여 엘리엇 같은 소위 비평의 대가가 셸리를 유난히도 미워하고 과소평가했을까? 혹시 셸리에 대한 오해는 몰이해에서 온 것이 아니라 자신의 시를 낭만주의와 구별지으려는 다분히(텍스트 또는 재현의) 전략적인 의도에서 온 것은 아니었을까? 셸리를 속죄양으로 만들어 자신을 일으켜 세우려 했던 (하버드대 철학박사 후보자였던) 교활한 보수주의자 엘리엇의 태도는 과연 정정당당한 것이었을까? 그 결과 일종의 문학적 권력 투쟁에서 엘리엇이 승리한 것은 20세기 전반기 시사(詩史)가 증명해주고 있다.

아니면 더 큰 국제 정치·문화적인 배경의 음모가 있는 것일까? 적어도 엘리엇은 어느 정도 18세기 이후의 서구 중심주의, 백인 우월주의에 빠져 있었다. 그는 당시 제3세계를 포함한 평등한 세계질서 확립과 유럽 각국내의 민주화 내지 대중문화 대세에는 반동적인 지식인으로 제국주의자였고 보수주의자였다. 그가 이상주의 사회개혁가이며 철인이며 시인이었던 셸리를 어찌 순수하게 이해할 수 있었겠는가? 아니 어찌 좋아할 수 있었겠는가? 엘리엇은 셸리와 같은 민중민주주의자, 반체제 혁명가의 삶과 예술의 양식이 서구중심적이자 체제온존적인 보수주의자며 엘리트주의자인 그의 사상에 비추어 볼 때 위험하다고까지 느꼈을 것이다. 그러고 보니 엘리엇이 셸리를 인정하지 않고 과소평가하는 것은 당연한 듯하다.

더욱이 이러한 정치·사회·문화적인 배경 속에서 엘리엇은 문학비평가들과 대학의 문학 교수들에게도 새로운 영향력을 뻗치기 시작했다. 소위 '영미 형식주의/신비평(Anglo-American Formalism/New Criticism)'이 셸리와 그의 시에 무자비한 매질을 가하기 시작했던 것이다. 이미 다 알려진 대로 신비평의 밑바닥에 깔린 이데올로기에는 구린내 나는 데가 있다. 그 신봉자들은 문학작품을 해석하는 데 있어서 문학 외적인 역사, 정치, 사회, 지리 등의 요소를 배제하고 소위 작품 내의 질서와 요소만을 고집하는 부질없는 일종의 언어와 구조의 유희에 빠진다. 본문을 구성하는 데(현실을 '예술적으로' 재현하는 데) 보이지 않는, 그러나 집요하게 따라붙는 니체적인 '힘에의 의지(Will to Power)'와 미셸 푸코(Michel Foucault)적인 '힘의 편재화', 또는 안토니오 그람

시(Antonio Gramsci)의 '문화 헤게모니' 등의 현상을 애써 무시함으로써 문제의 본질을 외면한 채 자신(서구인)들이 저지른 원죄를 잊어보려는 언어학적 · 기호학적 · 정신분석학적 놀음을 하고 있는 것은 아닌가? 셸리는 아마도 그들이 잊고 싶어 하는(또는 잊어버려야만 되는) 사건들을 들추어 파내고, 자꾸만 잠들고 싶어 하는 저들을 항상 흔들어 깨우며 질타하니 어찌 20세기 초중반 이 신비평의 시대에 셸리의 시와 사상이 온전하게 평가받을 수 있었겠는가?

셸리 감상과 이해의 새로운 접근

셸리에게로 돌아가자.

엘리엇을 비롯한 많은 신비평 계열의 오염된 독자들은 셸리의 시에 나오는 심상(imagery)들이 너무 막연하고 확실하게 잡히지 않는다고, 다시 말해 자기들이 세운 분석 방법과 도구에 잘 재단되지 않는 힘줄과 비계 덩어리뿐인 질긴 고깃덩어리라고 불평한다.

셸리가 파악하는 시의 본질은 사랑이다. 여기서 사랑은 시를 통한 공감적인 상상력(Sympathetic imagination) — 셸리에게 창조적 상상력과 비전적 상상력은 중요한 두 개의 상상력의 개념이다 — 의 촉발로 인하여 타자(the Other)에 대한 감정 전이를 통한 이해와 사랑의 성취를 꿈꾼다.

셸리는 옥스퍼드대학 재학시 『무신론의 필요성』을 저술하여 퇴학당한 바 있는 무신론자였지만, 여기서 말하는 지고의 인간적 가치를 지닌 사랑은 교회라는 인간이 세운 제도와 기관에 의해 오용되고 부패되지 않는 순수한 예수 그리스도의 사랑의 정신과 일맥상통한다고 볼 수 있다. 사랑의 본질은 융화와 화합인 것이다. 셸리는 '힘' ─ 니체적이건 마르크스적이건 푸코적이건 그람시적이건 간에 ─ 을 가진 자들의 탐욕과 분배의 거부를 저주했고, 공감적 상상력을 발동시켜 마음을 비우고 위대한 사랑의 화합을 꿈꾸었던 철인이었다. 그는 오히려 그의 첫번째 장시 「알라스터」에서 보여주듯이 복합한 비전(multiple vision)을 가진 건강한 회의주의자였는지도 모른다. 따라서 특히 셸리의 장시에 대한 J. S. 밀의 오해가 불가피하게 된 것이리라.

> 셸리는 장시에 필요한 사상의 연속성을 지탱하지 못했다. 그의 야심적인 작품들은 너무나 자주 깨어진 거울의 조각들이 되었다. 색깔은 살아 있는 듯 눈부시고 단일한 이미지들이 끝이 없으나 완성된 그림은 아니다.

밀이 인내심과 성의를 가지고 셸리의 복합적 비전을 이해했다면 파편 속에서라도 일관성 있게 번뜩이는 싱싱한 잉어 비늘을 찾을 수 있었으련만.

셸리의 시와 사상은 치열하게 ─ 항상 막연하고 추상적인 면에서만이 아닌 ─ 헤겔적인 배타적 변증법이 아닌 노자나 장자적인 포용적 변증법을 실행하였다. 아니면 미하일 바흐친(Mikhail Bakhtin)식의 대화적인 상상력(Dialogic Imagination)이라고도 할 수 있겠다. 그러기에 「종달새에게」 「서풍에 부치는 노래」 「구름」 등의 여러 가지 우주적인 심상, 즉 과학과 문학(기술학과 신비학)의 융합을 꿈꾼 셸리를 이해하는 데는 고통과 노력이 수반되어야 하리라.

셸리의 시에 나타나는 음악성, 직접성, 속도, 순수성, 그리고 드러나는 구체성과 물질성, 역사성이 어우러진 그의 체계를 이해하려는 진지하고도 치열한 노력이 우선되어야 할 것이다. D. H. 로렌스는 자신의 창작 태도를 이해하지 못하는 친구에게 자신의 방법을 나비에 비유하며 설명하였다. '나비는 때로는 그저 날기만 하고, 때로는 꽃에 안주하기도 하며, 때로는 길바닥의 소똥 위에도 앉는다'는 것이다.

구체적으로 한 예를 들어보자.

> 삶의 삶이여! 그대의 입술은 사랑으로
> 입술 사이로 새어나오는 숨결에 불을 지피고
> 그대의 미소는 사라지기 전에
> 차가운 공기를 불로 바꾼다
>
> ── 「대기중의 노래하는 목소리」

이 시행은 서정시극 『해방된 프로메테우스』에 나오는 최고 절창이다. 이 이후의 시행들에서 비전들에 대한 은유가 '빛' 속으로 녹아 들어간다. 그리고 시가 언어를 초월하여 감각들과 사상들로 변형된다. 언어는 초월적인 감각이나 경험으로 용해된다. 언어에 대항하기 위해 언어를 사용한다고나 할까? 시인의 생각이 언어라는 외투를 벗어버리고 빛과 같이 감각으로 변화한다. 그래서 그의 시에서 하나의 은유는 그것이 지시하는 것을 확신시키지 못하면서도 생생한 그림이 되는 경우가 있다. 종달새의 모습은 보이지 않고, 그 모습을 묘사하는 이미지들은 보이는 것과 보이지 않는 것 사이에, 실제적인 것과 이상적인 것, 이름 지어진 것과 이름 없는 것 사이를 배회한다.

다행히 20세기 후반 들어 역설적이게도 해체론(deconstruction)자들에 의해 셸리는 재평가되기 시작하였다. 1970년대 후반 예일대에서 몇몇 문학이론가들이 모였다. 폴 드만, 자크 데리다, 힐리스 밀러 등 당대 해체론의 대표적 이론가들이었다. 이들은 해체론의 원리를 독자들에게 쉽게 전달하기 위해서 난해하기로 유명한 셸리의 최후의 미완성 시인 「삶의 개선 행렬」을 각자 해체론 방식으로 읽고 쓴 글을 모아 단행본으로 내기로 합의했다. 그래서 나온 책이 1979년에 출간된 『해체론과 비평』이다.

이 책에서 대표 저자의 한 사람인 폴 드만은 낭만주의 자체의 수사성 (rhetoricity)을 아는 수사법과 비유법을 통한 설득의 한 형식으로 '수사'로 파악하고 있다. 드만은 낭만주의 시를 성취된 통일성이나 현존을 구현하는 것으로 보는 경향에 대해 강력하게 거부한다. 여기에서 드만은 '상징'과 '알레고리'를 비교한다. 상징은 위와 같은 통일성과 조화를 낭만주의 시관에 토대를 둔다는 것이다. 다시 말해 언어적 구현의 가능성을 믿는 상징에 반해 알레고리는 말과 의미 사이의 끊임없는 간극을 인정하는 양식이라는 것이다. 드만은 이러한 자신의 이론을 「삶의 개선 행렬」 읽기에 적용한다.

드만은 셸리의 이 시는 의미를 부여하려는 시도와 경로를 지속적으로 감추고 있다고 말한다. 그런데 "고정시키는 힘"은 드만에 따르면 "전적으로 자의적인 것이며… 동시에 전적으로 가변적이라는 것"이다. 다시 말해 언어는 의식과 실제 사이의 틈새로부터 위치를 잡는다. 또한 언어는 의식의 의도만을 제외하고는 그것이 위치시키는 것의 어떤 토대도 결코 줄 수 없다는 것이다. 따라서 의미를 추구하는 것은 실패할 수밖에 없다.

결국 이 시에서 언어는 언제나 믿을 수 없고 미끄러지기 때문에 모든 텍스트는 그 자체가 의사소통은 아이로니컬하게도 할 수 없음을 보여주는 과정이다. 따라서 해체론 비평은 구성된 모든 언어의 비유성과 수사성을 해체하는 것이며 그 뒤에 숨어 있는 것을 폭로해내는 것이다. 드만은 「삶의 개선 행렬」이 해체론자들의 가장 예시적 텍스트라고 보고 있다. 따라서 이 시는 독자들에게 의미를 찾으려는 피할 수 없는 충동을 경고한다. 드만은 이 시가 지닌 비유 과정들의 자기반영적인 양상에 대해 깊은 통찰력을 보여주고 있다.

21세기 초반의 문물 상황의 새로운 전개에 따라 많은 독자들이 셸리의 시와 사상에서 환경생태적인 요소를 찾고자 하고 있다. 19세기 초기 산업화가 절정에 달하던 시대에 맞섰던 셸리가 지었던 생태학적 비전은 과대한 탄소 배출로 인한 지구 온난화와 기후 변화로 큰 고통을 당하기 시작한 오늘날에도 큰 빛을 던져줄 수 있으리라.

더욱이 자본주의가 더 순수해지고 악랄해지는 후기자본주의 시대와 금융자본주의 체제에서 셸리가 19세기 초 상상했던 빈부격차를 줄이고 평등을 위한 사회개혁 사상은 아직도 유효하며 오히려 우리에게 새로운 방책을 제시할 수도 있다. 셸리는 서구의 비서구에 대한 식민주의와 제국주의가 정점을 향해 달리던 19세기 초에 이미 인도주의(humanitarianism)와 세계시민주의(cosmopolitanism) 사상을 주장하였다. 비전적이고 이상주의적인 세계질서와 조직에 대한 셸리의 견해를 우리는 그의 시와 사상에서 찾아내어 갈등과 분열, 분쟁과 전쟁으로 지쳐버린 우리 시대를 위한 새로운 비전을 찾을 수도 있겠다.

셸리는 시와 정치를 본질적으로 구별하지 않았다. 그의 시는 다양한 억압을 수행하는 각종 기관들에 대한 사회적 불의를 비판한다. 셸리는 법과 종교를 국가의 이념적 기능으로 간주하고 인간의 자발적인 성장을 억압하는 자본주의 체제의 생산관계에 주목하였다. 셸리의 위대한 비전적인 시편들이 가진 혁명적인 낙관주의는 사회적, 정치적 억압이 지닌 도덕적, 심리적, 역사적 차원에서 도출된 것이다. 셸리는 시와 삶이 하나라는 유물론적인 낭만주의적 이상을 보여준다.

그는 당시 눈부시게 발전하는 과학기술에도 큰 관심을 보였고 그 해방적 가능성을 높이 평가하였다. 그럼에도 불구하고 셸리의 과도한 수사학, 추상주의와 시적 목소리의 숨겨진 오만함과 감성적 냉소는 항상 문제였다. 최근 셸리의 정치사상 속의 철학적 이상주의의 애매성이 보여주는 창조적인 모순점들은 많은 셸리주의자들에게 흥미 있는 주제로 부상하고 있다.

마무리하며

신비평가들, 인습적 도덕가들, 반동적 보수주의자들이 셸리 시라는 장려한 건축물을 무표정하게 '폐허'로 만들었다. 해럴드 블룸(Harold Bloom) 같은 셸리 숭배자들의 영웅적인 노력에도 불구하고 많은 사람이 아직도 이 "천국의 폐허"를 비켜서서 아직도 꾸물거리는 이유는 무엇인가? 셸리의 우주적인 상상력이 아직도 우리보다 훨씬 앞서고 있기 때문일까?

이탈리아 스페차만에서 배를 타고 여행하다 폭풍우로 익사한 셸리는 밀턴의 '리시더스'처럼 (산호와 진주를 목에 걸고?) 물속에서 재생하여 부활하여 승천할까? 아니! 오히려 자신의 '아도나이스'처럼 죽음 속에서 뛰쳐나와 자연과 합쳐지고 자연 속에 내재하게 되어 우리 주위 어디에서나 그를 더욱 느끼고 그를 더욱 알게 될 때도 멀지 않으리!

옮긴이는 이 책에서 셸리의 시를 골고루 소개하려고 애썼다. 초기 시에서 후기 시까지 그의 시의 특성을 골고루 — 서정시, 서경시, 연애시, 송가에서 자연시, 소네트, 철학시, 정치시, 극시까지 — 드러내어 독자들에게 보여주고 싶었으나 그의 유명한 장편 시극들에도 절창이 많으나 지면 관계상 거의 싣지 못해 아쉬울 뿐이다. 우리가 많이 다루지 않는 경향이 있는 현실 참여적인 정치시도 다수 포함시켰다. 이와 아울러 19세기 서구 낭만주의 시대 최고의 문학이론인 『시의 옹호』를 실었다. 셸리의 시와 시론을 함께 읽는다면 그의 사상과 시를 이해하는 데 크게 도움이 될 것이다.

번역은 반역이라지만 셸리 시의 번역은 무력감, 배신감, 고통의 연속이었다. 사상과 열정이 교묘하게 짜여 있는 그의 시의 의미 전달도 문제지만 역자를 가장 슬프게 만든 것은 그의 시가 가지는 음악성의 상실이었다. 그것은 혼 빠진 허수아비일 것이다. 셸리 시의 음악성을 한국어 질서 속으로 무리하게 편곡한다는 것은 아무래도 바보 같은 짓일까 보다.

그러나 셸리 자신도 그리스 작품을 번역한 후 시의 음악성을 옮기지 못하는 좌절감을 그의 『시의 옹호』에서 다음과 같이 토로하고 있다.

> 그러므로 번역은 무익한 것이다. 시인의 창작품을 하나의 언어에서 다른 언어로 옮기려고 하는 것은 제비꽃의 빛깔과 향기의 본질적 원리를 발견하기 위해 그 꽃을 도가니 속으로 던져 넣는 것과 같은 어리석은 짓이다. 제비꽃은 다시 그 씨에서 싹을 내지 않으면 안 된다. 그렇지 않으면 꽃을 피우지 못할 것이다. — 이것은 우리에게 지워진 바벨의 저주인 것이다.

시 번역이 불가능하다면 어째서 계속 번역을 해야 할까? 우리를 좌절시키는 번역에서 번역자들은 무엇을 얻을까? 졸역이라 해도 한국 독자들에게 셸리 시 감상과 이해에 작은 디딤돌이나 마중물 역할을 하고자 함이다. 번역이란 "족쇄를 단 다리로 밧줄 위에서 춤추는" 광대처럼 항상 부자연스러운 곡예임을 어찌하랴.

정정호

1792년 퍼시 비시 셸리가 서식스주 호섬의 필드플레이스에서 출생(8월 4일).
아버지는 의회 의원인 티모시 셸리(Timothy Shelley), 어머니는 엘리자
베스 필폴드 셸리(Elizabeth Pilfold Shelley). 할아버지 (퍼시) 비시 셸리
는 부유한 지주였음.

1798년 시골 목사인 에반 에드워즈 밑에서 학업을 시작.

1802년 런던 근교에 있는 아일워스의 사이언하우스 기숙학교에 입학.

1804년 당시 영국의 명문 공립학교인 이튼 칼리지(기숙학교)에 입학. 글을 쓰
기 시작함. 1810년 봄 이튼을 퇴교하기 전까지 2편의 소설과 많은 시
를 씀. 당시 고전 교육 교과과정에 포함되지 않았던 과학 과목에 특별
한 흥미를 가짐.

1806년 할아버지 비시 셸리가 경(sir)이 됨.

1809년 『에스테일 노트북』에 시 5~6편 발표.

1808년 사촌인 해리엇 그로브와 사랑에 빠져 서신을 교환하기 시작하고 곧
약혼까지 함.

1810년 셸리 최초의 장편시편 『방랑하는 유대인』을 써서 출판사에 넘겼
으나 생전에는 출판되지 않음. 셸리 최초의 고딕소설 『자스트로치
(Zastrozzi)』(4월)와 여동생 엘리자베스와 함께 쓴 『빅터와 카지어
의 최초의 시가(Original Poetry by Victor and Cazire)』(9월)를 출판함.
옥스퍼드대학 유니버시티 칼리지에 입학하여(10월) 토머스 제퍼
슨 호그(Thomas Jefferson Hogg)를 만남. 『마거릿 니콜슨의 유작 단편
(Posthumous Fragments of Margaret Nicholson)』(11월)과 제2고딕소설인

『성 어바인(*Saint Irvyne*)』(12월)을 출간함. 겨울 휴가 중에 해리엇 그로브와 파혼함.

1811년 해리엇 웨스트브룩(Harriet Westbrook)을 만남(1월). 영국 왕 조지 3세가 정신이상을 일으켜 왕세자가 섭정하게 됨. 친구 토머스 제퍼슨 호그와 불가지론을 주제로 한 책자인 『무신론의 필요성(*The Necessity of Atheism*)』을 출판하여(2월), 모두 성직자였던 옥스퍼드의 각 단과대 학장들에게 보냄. 그 후 대학에서 친구와 함께 퇴학당함(3월 25일). 엘리자베스 히치너(Elizabeth Hitchener)와 서신 교환 시작. 16세의 해리엇 웨스트브룩과 사랑의 도피, 8월 29일 에든버러에서 전격적으로 결혼. 요크에서 친구 호그가 해리엇을 유혹하고자 함. 케직(Keswick)으로 가서 시인 사우디(Robert Southey)를 만남(11월).

1812년 과격 정치이론가 윌리엄 고드윈(William Godwin)과 서신 교환 시작(1월). 아일랜드의 더블린 방문(2월 12일~4월 4일). 그곳에서 정치 소책자 『아일랜드 국민에게 고하는 연설(*Address to the Irish People*)』을 발표하고 『권리선언(*Declaration of Rights*)』을 출간하여 배포함. 4월 6일 웨일스로 돌아와 T. L. 피콕(Thomas Love Peacock)을 만남. 데번주 린머스에 머물며 『엘렌보로 경에 보내는 편지(*Letter to Lord Ellenborough*)』를 쓰고 『악마의 산보』를 출간(6월 8일). 노처녀 교사인 엘리자베스 히치너와 합류(7월)하나 곧 헤어짐(11월). 북웨일스 지방 여행(9월). 정치풍자시 『매브 여왕(*Queen Mab*)』 창작에 착수. 당국의 감시를 피하여 북웨일스의 트레마독으로 감(2월). 런던에서 윌리엄 고드윈 만남(10월).

2월에 『매브 여왕』 완성(5월에 출판). 아일랜드 2차 방문(킬라니와 코크 지방) 후 다시 런던으로 귀환(4월 5일). 첫딸 일라이자 이안테(Eliza Ianthe Shelley) 출생(6월 23일). 버크셔주 브랙넬에 정착(7월). 에든버러를 방문(10월~12월)하여 사상적인 스승이었던 고드윈의 딸 메리 울스턴크래프트 고드윈(Mary Wollstonecraft Godwin) 만남.

1814년 『이신론 논박(*A Refutation of Deism*)』을 출간. 연합군이 프랑스로 진격하여 파리 점령(3월 31일). 나폴레옹 황제가 처음 폐위되고 양위. 루이 18세 복귀(4월 6일). 해리엇과 결별(7월)하고 메리 고드윈과 교제 시작. 메리와 그녀의 의붓자매인 클레어 클레어먼트(Claire Clairmont)와 몰래 유럽 대륙으로 건너감(7월 27일). 프랑스, 스위스, 라인 강 등을 여행하고 9월 13일에 귀국. 해리엇에게서 첫 아들 찰스 셸리(Charles Bysshe Shelley) 태어남(11월 30일).

1815년 할아버지 비시 셸리 경의 사망(1월 5일)에 따라 매년 1000파운드의 수입이 생기게 되어 궁핍에서 해방됨. 해리엇에게 200파운드를 매년 분배해주기로 함. 메리에게서 첫 아이가 태어났으나 2주 후에 사망. 나폴레옹이 3월에서 6월까지 워털루 전투 패배 때까지 백 일 동안 프랑스를 다시 통치함. 윈저 근처의 비숍게이트로 이사(8월).

1816년 메리에게서 아들 윌리엄(William Shelley) 태어남(1월 24일). 『알라스터(*Alastor*)』 출간(2월). 메리와 클레어와 함께 스위스 방문. 제네바 호수에서 이미 유명한 시인이던 바이런(George Gordon Byron)을 만나 그 근처에 정착. 클레어와 바이런과의 교제 시작. 시 「몽블랑(Mont Blanc)」과 「초감각적인 미에 대한 찬가(Hymn to Intellectual Beauty)」를 씀(5월~8월). 영국으로 돌아옴(9월 8일). 메리의 동복언니 패니 임레이 고드윈 자살(10월). 다른 남자의 아이를 임신한 해리엇 투신 자살(11월 9일, 12월 10일 시체 발견). 메리와 정식 재혼(12월 30일). 시인이며 『이그재미너(*Examiner*)』지의 편집자인 리 헌트(Leigh Hunt)와 교제 시작. 나폴레옹 전쟁 후 실업과 식료품 부족으로 야기된 사회적 소요가 커지자 군대가 진압.

1817년 바이런과 클레어 사이에서 딸 알레그라 태어남(1월 12일). 시인 키츠와 처음 만남(2월 5일). 시인이며 소설가인 친구 T. L. 피콕이 사는 말로에 정착(3월). 『선거권 개정 제안(*Proposal for Putting Reform to the Vote*)』 출간(3월). 해리엇과의 사이에 난 아이들의 양육권 빼앗김(3월

27일). 딸 클라라(Clara Everina Shelley) 태어남(9월 2일). 『라온과 시스나(*Laon and Cythna*)』 완성 후에 『이슬람의 반역(*The Revolt of Islam*)』으로 개작됨. 『로절린드와 헬렌(*Rosalind and Helen*)』을 쓰기 시작. 『기독교에 관한 에세이』 발표. 『6주 여행기(*History of a Six Weeks' Tour*)』 출간. 『샬럿 공주의 죽음에 관한 연설(*Adress...on the Death of Princess Charlotte*)』 집필 시작(11월). 아내 메리 셸리의 소설 『프랑켄슈타인 : 모던 프로메테우스』 출간(12월).

1818년　영국을 완전히 떠남(3월 11일). 메리와 클레어 등과 함께 이탈리아 각 지역 여행. 베네치아에서 바이런 만남. 알레그라를 아버지 바이런에게 돌려보냄(4월 28일). 에스테에서 「줄리앙과 마달로(Julian and Maddalo)」, 「유게니안 언덕들(Euganean Hills)」, 『해방된 프로메테우스(*Prometheus Unbound*)』 1막을 거의 완성. 로마 방문. 이탈리아 남부 여행. 나폴리에 정착(12월). 엘레나(Elena Adelaide Shelley) 태어남.

1819년　나폴리를 떠나 로마로 옴(3월 5일). 아들 윌리엄 사망(6월 7일). 레그혼으로 이사. 레그혼과 피렌체에서 시극 『첸치 일가(*The Cenci*)』(여름), 피터루 학살(8월 16일) 소식을 듣고 분노하여 「무질서의 가면(Mask of Anarchy)」(9월) 등 많은 작품을 써냄. 피렌체로 이사(10월 2일). 아들 퍼시 플로렌스(Percy Florence Shelley) 태어남(11월 12일). 「서풍에 부치는 노래(Ode to the West Wind)」, 「피터 벨 3세」(워즈워스의 정치적 보수주의에 대한 풍자적인 공격), 그리고 로마에서 『해방된 프로메테우스』 4막까지 완성. 정치 소책자 『개혁에 대한 철학적인 견해(*A Philosophical View of Reform*)』를 씀. 이탈리아 아이를 양자로 들였으나 1년도 못 되어 사망함.

1820년　조지 3세 서거하고 조지 4세 등극. 피사로 이사(1월 26일). 스페인 군대가 봉기하여 입헌군주국 수립(3월). 마운트캐셀 부인, 조지 티그와 친구가 됨. 시 「미모사(The Sensitive Plant)」(3월), 레그혼에서 「자유송(Ode to Liberty)」, 「종달새에게(To a Skylark)」, 「폭군 오이디푸스

(Oedipus Tyrannus)」씀(6월~10월). 짧은 정치 풍자문 『독재자 스웰푸트(*Swellfoot the Tyrant*)』를 완성 10월 31일 피사로 다시 돌아와 에밀리아 비비아니, 메드윈, 마브로코르타토 등과 사귐.

1821년 에밀리아 비비아니를 방문하고 그녀의 아름다움을 이상화한 작품 「에피사이키디언(Epipsychidion)」을 익명으로 발표(1~2월에 완성하여 5월에 발표). 에드워드와 제인 윌리엄스 부부를 만남(1월 13일). 피콕의 현대시를 비난하는 글 『시의 네 시대』를 읽고 『시의 옹호(*A Defence of Poetry*)』완성(2월~3월). 존 키츠의 죽음 소식을(로마, 2월 23일) 전해 듣고(4월 11일) 애도시 「아도나이스(Adonais)」를 씀(7월 피사에서 출간). 라벤나에서 바이런을 만나 피사에 살도록 설득. 「헬라스(Hellas)」완성(10월).

1822년 「찰스 1세(Charles the First)」집필 시작(미완성). 에드워드 존 트렐러니(Edward John Trelawny) 도착(1월 14일). 제인 윌리엄스에게 바치는 시를 쓰기 시작. 알레그라 바이런 사망(4월 20일). 윌리엄스가와 함께 산테렌조로 함께 이사. 「삶의 개선 행렬(The Triumph of Life)」을 씀(5월~6월). 메리는 유산의 고통을 겪었고 특히 셸리가 친구 부인인 제인 윌리엄스에게 애정을 느끼기 시작한 이후로는 특히 외로움을 겪음. 돈 주안이라는 요트를 구입하여(5월 12일) 윌리엄스와 함게 리 헌트 가족들을 만나려고 레그혼을 떠나(7월 1일) 산테렌조로 갔다 오는 도중 폭풍을 만나 익사함(7월 8일). 그의 유해는 레그혼 해안가에서 8월 13일과 14일에 화장되어 후에 로마의 신교도 묘지에 안장되었음. 부인 메리가 셸리의 미출판 원고들 정리 시작.

1824년 메리에 의해 『셸리 유작시편(*Posthumous Poems of Percy Bysshe Shelley*)』이 6월에 인쇄되었으나 셸리의 부친 티모니 셸리 경에 의해 9월까지 배포되지 못하다 이후 출간됨.

1832년 메리 영국으로 귀국. (7월)

1833년 미발표 작품과 더불어 『셸리 문집(*The Shelley Papers*)』이 이탈리아 친구

메드윈(Thomas Medwin)에 의해 출간

1839년 『셸리 시 전집(*The Poetical Works of Percy Bysshe Shelley*)』을 부인 메리가 네 권으로 출간. 재판은 한 권으로 출간.

1840년 메리 셸리가 『에세이, 서간, 번역 및 단편들(*Essays, Letters from Abroad, Translations and Fragments*)』을 출간함.